Franz Schulze

ERICH SARNEKOW

DER U-BOOT-HELD

MIT DEM U BOOT AUF FEINDFAHRT IM WELTKRIEG – ROMAN

klarwelt

&

EK-2 MILITÄR

———

Verpassen Sie keine Neuerscheinung mehr!

Tragen Sie sich in den Newsletter von *EK-2 Militär* ein, um über aktuelle Angebote und Neuerscheinungen informiert zu werden und an exklusiven Leser-Aktionen teilzunehmen.

Link zum Newsletter:

https://ek2-publishing.aweb.page

Über unsere Homepage:

www.ek2-publishing.com

Als besonderes Dankeschön erhalten Sie **<u>kostenlos</u>** das E-Book »Die Weltenkrieg Saga« von Tom Zola.

Klappentext: Der deutsche UN-Soldat Rick Marten kämpft in dieser rasant geschriebenen Fortsetzung zu H.G. Wells »Krieg der Welten« an vorderster Front gegen die Marsianer, als diese rund 120 Jahre nach ihrer gescheiterten Invasion erneut nach der Erde greifen.

Deutsche Panzertechnik trifft marsianischen Zorn in diesem fesselnden Action-Spektakel!

Ihre Zufriedenheit ist unser Ziel!

Liebe Leser, liebe Leserinnen,

zunächst möchten wir uns herzlich bei Ihnen dafür bedanken, dass Sie dieses Buch erworben haben. Wir sind ein kleines Familienunternehmen aus Duisburg und freuen uns riesig über jeden einzelnen Verkauf!

Mit unserem Label *EK-2 Militär* möchten wir militärische und militärgeschichtliche Themen sichtbarer machen und Leserinnen und Leser begeistern.

Vor allem aber möchten wir, dass jedes unserer Bücher **Ihnen ein einzigartiges und erfreuliches Leseerlebnis** bietet. Daher liegt uns Ihre Meinung ganz besonders am Herzen!

Wir freuen uns über Ihr Feedback zu unserem Buch. Haben Sie Anmerkungen? Kritik? Bitte lassen Sie es uns wissen. Ihre Rückmeldung ist wertvoll für uns, damit wir in Zukunft noch bessere Bücher für Sie machen können.

Schreiben Sie uns: info@ek2-publishing.com

Nun wünschen wir Ihnen ein angenehmes Leseerlebnis!

Moni & Jill von EK-2 Publishing

Erstes Kapitel. Bei Kriegsausbruch.

Es war gegen Ende Juli 1914. Ächzend drehten sich die Riesenschrauben am Heck des großen Handelsdampfers der Atlantiklinie. Auf dessen Kommandobrücke stapft der wohlbeleibte Kapitän von Backbord nach Steuerbord und denselben Weg wieder zurück. Bald nimmt er den „Kieker" zur Hand, bald mustert er mit unbewaffnetem Auge die durch die eigene Fahrt des Schiffes sich scheinbar langsam verschiebenden Gegenstände am Ufer. Ein leiser Fluch ringt sich von seinen Lippen, dann bleibt er, plötzlich in seinem Pendelspaziergange innehaltend, mittschiffs stehen, blickt ganz mechanisch auf den Kompass, wie er's so zwanzig Jahre lang zu tun gewohnt ist, seit er als Wachoffizier und später als Schiffsführer die Planken einer Kommandobrücke unter den Füßen gehabt hat. Er wendet sich zu gleicher Zeit an den neben dem Steurer stehenden Kompanielotsen und meint gemütlich:

„Na, Petersen, werden wir's holen? Der vermaledeite Kahn kriecht ja förmlich, als wenn er durch dicken Sirup statt durch Salzwasser führe. Ich habe beim Ober-Ingenieur schon zweimal anfragen lassen, ob er statt Heizer diesmal Zuckerbäcker zur Bedienung der Feuer mitgenommen habe. Aber da unnen is allens in bester Konfusion, wie Herr Neuhold, der oberste der Dampfbereiter, mir sagen lässt. Er habe richtigen Dampfdruck und gute Füllung. Die Kohlen wären auch keine Tannäppel, sondern vorzügliches Heizmaterial! In'n Dock, bie Blohm unn Voß hebb se em den Bodden ook good rein schropt! Woran liegt es nun in aller Welt, mien goode Petersen, datt wie nich voran kom'm? Unn von'n Kontor da is mi höchste Eile auf das energischste anempfohlen. De Generoldirektor sülbn hat mie nochmol na boben ropen loten un n ook nochmal sienen Semp datoo geben. Kep'n Rohde seggt he, wir verlassen nns ganz auf Sie und Ihre oft bewiesene Fähigkeit, Schwierigkeiten zu überwinden. Diesmal liegt uns ganz besonders daran, dass Sie früh genug aus Antwerpen wieder wegkommen. Füer häff he mi förmlich achtern Heck mokt, un'n nu löppt de oll „Düsternwald" afs'lut nich mehr as 'n ol Kräft met Podagra. Sehn Se, Petersen, so lang as ik nu met Se snakkn doh, sünd wi liebsterwelt keen söstein Meter vörut kom'm; ik seh dat doch dütli an de Hüs dor an'n linken Ober; de Eck von dat rode Dack wiest noch ümmer recht in den breeden hogen Boom. Dat Schipp kümmt nix öbern Grund; de Tid löppt to hatt äff!" — Unwillkürlich war Kapitän Rohde bei dieser in ein Selbstgespräch auslautenden Unterhaltung in sein geliebtes Platt verfallen, das die ältere Generation der Seefahrer auch heute noch für die einzige auf ein Schiffsdeck gehörende Sprache ansieht. Trotz alledem wird aber der Kapitän heutzutage oft gezwungen, dem Maschinenpersonal gegenüber, das vielfach der niederdeutschen Mundart nicht mächtig ist, Hochdeutsch zu reden. Zur Überraschung alter Seebären, die eigentlich nur noch in Geschichtsbüchern weiterleben, denn der moderne Kapitän eines großen Dampfers ist ein wohlerzogener und gut unterrichteter Mann, stellt es sich hie und da heraus, dass ein Fahrzeug wirklich auch in letztgenannter Sprache navigiert werden kann. Der Verkehr mit den vielen Passagieren, den zu ihrer Bedienung an Bord beschäftigten Stewards, wie man die Schiffskellner nennt. Schlachtern, Böttchern, Klempnern, Schlossern, Elektrikern und anderen Angestellten, die nicht an de „Waterkant" geboren sind, schließt so oft den Gebrauch des altgewohnten, gemütlichen Salzwasserplatt aus, so dass sich die hochdeutsche Sprache auf Dampfschiffen mehr und mehr einbürgert.

Kapitän Rohde hatte seinen Quermarsch von einer Brückennock zur andern wieder aufgenommen, aber seine Ungeduld ist umso weniger gezügelt, als der alte Petersen, der Kompanielotse, statt einer Antwort nur gebrummt und die Achseln gezuckt hatte. „Ja, Kapitän Rohde, die Scheide ist nun einmal mit ihren starken Tiden ein schlimmes Revier. Um den Strom tot zu laufen, muss da unten wohl tüchtig eingeheizt werden. Übrigens möcht' ich mal genau wissen, wann heute eigentlich Stauwasser oben an der Schleuse ist? Die verdammte Ecke zwischen Fort Isabell und Austrüwell ist noch die schlimmste. Wenn wir da den rechten Dreh kriegen, ohne ankern zu müssen, dann haben wir gewonnen! Sie können in diesem Falle direkt an den Bremer Kai anlegen und die dort für Sie klarliegende Ladung schnell genug in die „Düsternwald" hineinwerfen. Der Lloyddampfer, der Ihnen Platz gemacht hat, ist schon draußen in See. Weiß der Himmel, was in die Herren auf all den Kontoren gefahren ist. So schlimm war doch die Hundstagshitze bisher nicht in diesem Jahr? Ich meine, man konnte sie bisher ganz gut aushalten. Ihr Herr Direktor will wohl bald nach Karlsbad? Mexiko kann ihm doch so viel Kopfschmerzen nicht verursachen? Aber fragen Sie mal Ihre Kollegen von den andern Linien! Eile, Treiben, Schieben überall. Keiner hat Zeit."

Der alte Lotse wies nach dieser für ihn langen Rede stromauf und fuhr nach einer Weile fort: „Da kommt uns schon wieder einer entgegen; ich dachte gestern nicht, als ich flussabwärts ging, dass der stromabkommende Dampfer zu heute. fertig würde. — Gerade links vom Turm der Kathedrale seh'n Sie den Rauch, der sich allmählich weiter nach Backbord hinüberschiebt. Stürbord, 'n beten! So! Stüddi! Recht up den Torn to, as he nu geiht", wies er inzwischen nach altem Lotsenbrauch, immer ein bisschen wegen des Steuerns zu quesen, den Rudersmann an, und wandte sich wieder an den Kapitän: „Es sieht doch recht verdächtig aus in der Welt! Was sich da in Serbien wohl noch zusammenbraut bei den Prinzenmördern?" „Ja", meinte Kapitän Rohde, „diese ganze Eile hängt damit zusammen. Haben wir hier auch wohl nichts zu fürchten an der Wasserkante, namentlich ihr hier nicht in Belgien, dann wirkt die Ungewissheit der politischen Lage doch sehr auf Handel und Wandel in der ganzen Welt ein. Der Kaufmann will seine schwimmende Ware möglichst bald in Händen haben! Dann kann er freier darüber verfügen." — „Aber", brach er plötzlich ab, „ich muss mich doch mal selber überzeugen, wie das heute mit den Tiden ist; wann wir eigentlich Hochwasser haben." Dabei hatte er die Signalpfeife schon an die Lippen gesetzt und rief durch ihren Trillerton den freien Steurer, der grade im Ruderhause die Messingteile der Kompasshauben und Maschinentelegraphen putzte, herbei. „Kurschus, purren Sie den vierten Offizier. Seine Wache zur Koje ist sowieso um. Es müssen doch gleich alle Mann an Deck! Sagen Sie ihm, er solle, ehe er auf die Brücke kommt, sofort die Hochwasserzeit für heute Nacht und morgen Vormittag ausrechnen und mir das Resultat in das Kartenhaus mitbringen. Ich will auch selber nochmal wegen der Strömung nachsehen."

„Bet'n good utkieken, Herr Hoffmann", wandte er sich an den an der Backbordseite der Brücke stehenden zweiten Offizier, der zum Zeichen, dass er verstanden, die rechte Hand grüßend an die Mütze legte. „Petersen, ik bün glick wedder buten, in'n poor Sekunden."

Es war noch keine halbe Minute verflossen, als der zum vierten Offizier hinuntergesandte Kurschus, ein braver Ostpreuße, fast atemlos wieder oben auf der Brücke erschien und seinem Wachoffizier meldete: Der „Vierte" wär näch in der Koje. — „Ek ha äm öberall gesöcht unn kunn äm näch finde. Zuletzt meint' eck, er sie doch in seine Kammer unn woll äm da herut hole!" — Doch lassen wir des guten Kurschus Mämeler Dialekt beiseite und schildern rascher, was er vorfand. Der Steurer war beim zweiten Versuch, den vierten Offizier zu entdecken, nicht imstande gewesen, dessen Kammertür mehr als eine Handbreit zu öffnen; von innen hinderte irgendetwas Elastisches, Weiches und doch Schweres, den schmalen Spalt zu erweitern. Beharrlichem und schließlich energischem Drucke gelang es, das widerstrebende Hindernis, das auf dem Fußboden der Kabine zu liegen schien, beiseitezuschieben. Der Steurer zwängte seinen dicken Kopf durch die verbreitete Öffnung und erblickte nun den von ihm Gesuchten, bewusstlos an Deck in dem kleinen Räume liegend. Dass es sich nicht um einen Betrunkenen handeln konnte, war dem Boten des Kapitäns sofort klar; denn Erich Sarnekow, der vierte Offizier, war allen an Bord als sehr mäßiger und ordentlicher Mann bekannt. Man hatte ihn, einerseits wegen seiner Bartlosigkeit, also seines Milchgesichts wegen, andrerseits aber, weil er einen Trunk frischer Milch dem zweifelhaften Genuss lauwarmen und — wenigstens in Westindien — recht teuren Bieres vorzog, „Fräulein Milchmann" getauft. Man nannte ihn mit Vorliebe so, doch nur, wenn der im Übermut also Getaufte sich außer Hörweite befand. Denn seine Fäuste hatten durchaus nichts Mädchenhaftes und „sangen eine vernehmliche Handschrift", wie Kameraden gern erzählten, die schon früher mit ihm „vor dem Mäste", d. h. während der praktischen Vorbereitungszeit zum Steuermannsexamen, zusammen gefahren hatten.

Mitten in seiner kleinen, aber mit außerordentlichem Geschmacks ausgestatteten Kammer lag der junge Seemann in tiefer Ohnmacht. Kurschus hatte rasch, bevor er seine Meldung auf der Brücke abstatten konnte, den Offizierssteward herbeigerufen, auch in der Nachbarkammer Bescheid gegeben, und war dann erst, wie wir bereits wissen, zum Wachoffizier zurückgeeilt, um weitere Hilfe zu gewinnen. Der „Zweite" durfte die Kommandobrücke nicht verlassen und musste sich daher damit begnügen, dem Kapitän die überraschende Meldung durch Kurschus zukommen zu lassen. Sind doch Krankheiten eigentlich selten bei Seeleuten, die sich ständig in frischer, ozonreicher Meeresluft bewegen. Wenn nicht durch Tropenklima hervor gerufene Seuchen dem Fahrzeuge einen unwillkommenen Besuch abstatten, hat der Schiffsarzt bei gleichzeitiger Abwesenheit von Passagieren fast gar nichts zu tun. Aus diesem Grunde war der Medizinmann für diese Reise abkommandiert worden. Des Kapitäns erster Gedanke beim Hören der Meldung von der tiefen Ohnmacht seines „Vierten" war daher zunächst ein wenig freundlicher wegen „dieser Knauserei des Kontors". Er erinnerte sich aber bald, dass der belgische Arzt, den er gern hatte los sein wollen, eigentlich auf sein, nämlich des Führers eigenes Treiben, versetzt war. „Ick kann den Kerl nich rüken", war Kapitän Rohdes stetes Urteil gewesen, obwohl sich Dr. van Deyken eigentlich allezeit mehr, als den Kabinennachbarn angenehm sein konnte, ruchbar machte. Denn mangels menschlicher Patienten beschäftigte er sich in Westindien tagein tagaus mit dem Abbalgen der von ihm erlegten Vögel und Vierfüßer. Er präparierte alles, was da kreucht und fleucht und roch daher stets nach dem zum Aufbewahren benutzten Spiritus, sein Arbeitsraum nicht minder. Es sollte mitunter sogar jedes Riechorgan beleidigen, wenn größere animalische Studienobjekte da gelegen hatten. Die seiner Kunstfertigkeit entsprossenen Gegenstände wanderten nach der Heimkehr des Dampfers in die Hände williger Abnehmer, die den Verkauf an Kleinhändler, Schulen und wohl auch Museen vermittelten. Da auf dieser Reise nur Güter und, wegen der Unruhen drüben, gar keine Passagiere befördert werden sollten, hatte Dr. van Deyken mit seinem anatomischen Kabinette ein andres Fahrzeug beglücken müssen. „Un grod nu, dat is doch to dumm. So ohne Dokter is man nich mehr gewöhnt. Die Geschichte muss schlimm sein, denn er kommt gar nicht wieder zu sich“, überlegte der um seinen Adjutanten bemühte und besorgte Schiffsführer. „Was mag ihm nur passiert sein? Eine Verwundung ist nirgends zu finden; trinken tut er gar nichts, Fieber kommt hier auch nicht vor und zum Sonnenstich ist erstens nicht Hitze genug gewesen und dann tritt der auch nicht spät nachmittags ein, sondern im heißesten Sonnenbrand; aber knapp auf der kühlen Scheide zwischen Holland und Belgien.“

Endlich regte sich der mittlerweile von den Kameraden Entkleidete und in die bequeme Koje Gepackte. Stöhnend fasste er nach der rechten Seite, fiel aber sofort wieder in die frühere Bewusstlosigkeit zurück. Nach langer Geduldsprobe überwand der Erkrankte schließlich den Zustand der Erschlaffung, die ihm die Herrschaft über die Sinne geraubt hatte. „Wasser!“ und lechzend sog er matt das rasch herbeigeschaffte kühlende Nass mit Behagen ein, um ebenso unvermutet, wie er zuletzt sich erholt, mit neuen Äußerungen des Schmerzes die Augen zu schließen. Wiederum zuckte die Hand nach der rechten Seite und neues Ächzen kündete einen frischen, heftigen Anfall. Da der Kranke keine Auskunft geben konnte, und niemand imstande war, die Natur des Leidens zu erraten, jeder aber vom Ernst der Lage überzeugt sein musste, stieg Kapitän Rohde eilends hinauf zur Funkenbude, wie man den Raum für die drahtlose Telegrapheneinrichtung auf Schiffen zu nennen beliebt. Er hieß den Beamten, der Agentur zu telegraphieren, man möge bei Ankunft der „Düsternwald“, die voraussichtlich in zwei Stunden erfolgen könne, alles fertigmachen, um einen Schwerkranken sofort ins Hospital zu bringen. — Umsichtigerweise war denn auch bei der Ankunft gut vorgesorgt. Als sich der Dampfer seiner Anlegestelle näherte, schor schon ein kleines Motorboot längseit, um den Hilfsbedürftigen der kundigen Hand des Arztes zu überweisen, noch bevor der große Dampfer sich fest an den Kai gelegt haben konnte. Man packte den Leidenden auf eine Zwischendeckermatratze, hüllte ihn noch in warme Decken, legte ihn auf einen Lukendeckel und heißte die leichte Last mit Hilfe der Dampfwinde empor. Sobald die Höhe der Reling erreicht war, fierte man allmählich ins längseit gelegte kleine Motorfahrzeug. Bald nahm dessen enge Kajüte den neuen Passagier auf. „Erst mal los mit ihm, die Sachen senden wir später nach", wurde noch von oben gerufen. Während „Düsternwald" nun langsam schwojete, um gleich wieder den Bug stromab zu legen, seine Stahltrossen den Koloss Zoll für Zoll an den Kai heranzogen, die Dampfwinden an Deck ihre Trommeln langsam drehten, da schoss das kleine Boot mit seinem stillen Patienten schon dem stadtseitigen Scheldeufer zu, sich weiter stromaufwärts beim malerischen Fort Stehen einen bequemen Landungsplatz zu suchen. Es schlüpfte zwischen dem Kai Plantin und dem Quai de la Station hinein in eine Einfahrt bis zum Walloner Bollwerk, wo eine breite Steintreppe und ein weniger lebhafter Verkehr mühelosere Landung des Kranken ermöglichten. Eine zweirädrige Krankenkarre nahm den Patienten hier auf. Die beiden Kompaniehafenarbeiter, die zur Eile ermahnt waren, begannen nun, ihre kostbare Last dem Krankenhause im Galopp zuzuführen. — Die rue Kronenburg hinauf und dann durch die rue Gerard eilend, gelangten sie, trotz der Schmerzensschreie des Erkrankten, den das Stückeln auf dem Pflaster und die Nachtkühle bald aus seiner Bewusstlosigkeit ins Leben zurückgerufen, nach verhältnismäßig kurzem Transporte zum Portal des Hospital St. Elisabeth. Hier war man schon telefonisch in Kenntnis gesetzt, so dass der neue Ankömmling bald umgebettet und untersucht werden konnte. Irgendeine an Bord zu hastig eingenommene Speise oder ein zu kalter Trunk, vielleicht auch ein nicht mehr gutes Stückchen einer Fischkonserve, möglicherweise schon ein kurz vor dem Verlassen des Heimathafens genossenes Gasthausessen hatten, wie sich später ergab, eine ernsthafte „Magenverstimmung", auf gut Deutsch also eine Art Vergiftung, verursacht. Das Laden der zwei letzten Nächte vor dem in SeeGehen hatten wenig Schlaf, der ausgiebige Regen dabei aber ein gänzliches Durchweichen mit sich gebracht, so dass sich noch Erkältung und ein Anfall von Rheumatismus dazugesellten. Das „Fräulein Milchmann" hatte also nicht etwa sein Herz zurückgelassen bei den beiden schönen Kreolinnen, die die „Düsternwald" auf der letzten Reise mit nach Deutschland gebracht. Es war nicht der Trennungsschmerz gewesen — der Seemann macht ihn ja zu oft durch. — Die auffallende Gereiztheit und Schweigsamkeit des sonst immer muntern und beliebten Offiziers waren lediglich schon die Vorboten dieser nunmehr ausgebrochenen, schweren Erkrankung gewesen. Das erkannte der junge Arzt des Krankenhauses auch rechtzeitig und richtig und gab infolge seiner die Wahrheit treffenden Diagnose zuerst scharfe Brech-Pulver und andere Mittel, den rebellischen Magen wieder gründlich zu reinigen.

Große körperliche Schwäche verhinderte den Patienten die erste Zeit nach seiner Einlieferung, den Dingen um sich herum die gebührende Aufmerksamkeit zu schenken. Nur wie durch einen Schleier sah er die mit seiner Pflege betraute Nonne und verwechselte die Lebende in wirren Fieberträumen der ersten Nächte mit einem in seiner Bordkajüte hängenden Bilde. Dies war ihm auf der letzten Hausreise von der jüngeren der beiden erwähnten Senoritas, die sich in Dresden zur Malerin ausbilden wollte, als Andenken zum Geschenke gemacht, nachdem der junge Seemann der Vollendung dieser Skizze während der Überfahrt von Westindien stets großes Interesse entgegengebracht. Es stellte ebenfalls eine Nonne dar, so dass dem Fiebernden bald Dolores selber, bald die ihn im Krankenhause pflegende Schwester dem Rahmen entstiegen. Bunt hatten die Gedanken ein unentwirrbares Netz gesponnen. Als der sonst kräftige, jetzt durch langes Fasten geschwächte Körper endlich Herr wurde über die Krankheit, da merkte Erich Sarnekow bald den Unterschied der beiden Gestalten. Die ferne Künstlerin wäre die weniger hübsche, aber lebensvollere aus Fleisch und Blut gewesen. Hier die Schwester war kalter Marmor. Der junge Seemann taufte sie bald in seinem Innern „das Bild ohne Gnade." Gemessen und kalt tat sie zwar ihre Pflicht, aber bald merkte der Patient, dass es nur aus Zwang, fast mit Widerwillen geschah, was der von den Frauen sonst gern Gesehene sich nicht erklären konnte. Als ihm aber der junge Arzt am sechsten Tage seines Hospitalaufenthaltes erzählte, wie sich indessen die Dinge in der Welt zugespitzt, wie das aus Serbien drohende schwere Gewölk am politischen Himmel höher und höher gestiegen sei, da begriff er manches. Der Mediziner hatte sich in Leipzig und Berlin einen Teil seiner Kenntnisse geholt und an diesen Universitäten mit deutschem Wissen auch Achtung deutschen Wesens und Zuneigung zu den Bewohnern dieses Landes angeeignet. Er teilte seinem jungen Patienten mit, Deutschland und Österreich ständen als treue Bundesgenossen in einem Heerlager, vielleicht bald mächtigen Feinden gegenüber, gegen Russland und Frankreich. Die Sympathie seiner, der belgischen Landsleute aber sei naturgemäß auf gallischer Seite. Man fürchte, Preußen würde vielleicht sein Vaterland zwingen, den Durchmarsch der Armeen zu dulden. Dies werde man doch nicht gestatten dürfen, wolle man nicht allen nationalen Stolz zertreten lassen. So sei es immerhin möglich, dass Belgien, von den politischen Verwickelungen in der einen oder andern Weise gezwungen, sich würde am Kriege beteiligen, und zwar auf Seiten Frankreichs treten müssen. Diese Aussichten hätten naturgemäß nicht gerade dazu beigetragen, die Beliebtheit der Deutschen an der Scheide zu mehren. Fanatische

Franzosenfreunde dürften bereits zwanglos ihren Abscheu vor den von Berlin aus Regierten offen an den Tag legen. Da Krieg und Frieden schon auf des Messers Schneide lägen, so rate er, wenn der Gesundheitszustand die Reise nur irgend erlaube, nach Deutschland heimzukehren. Erich solle dies dem Hauptarzte bei dessen Besuch vorstellen. Letzterer, sowie die pflegende Nonne wären ausgesprochene Franzosenfreunde und zeigten auch offen, auf wessen Seite ihre Sympathien zu finden seien. Erich war nun vollkommen auf dem Laufenden und überlegte, auf welche Weise er seine Entlassung am besten vorbereiten könne. Da der Oberarzt an diesem Tage nicht erschien, die kaltäugige Schwester Josefa sich aber in ein Gespräch überhaupt nicht einlassen wollte, hieß es vorerst noch abwarten. Vielleicht hatten morgen die Kräfte schon wieder so weit zugenommen, dass man wagen konnte, die Entlassung auch gegen den ärztlichen Willen zu erzwingen. Willkommen kam dem Kranken an diesem Tage nun ein Gruß von außerhalb des Hauses. Als er, noch vor seiner Steuermannsprüfung, die letzten Vorbereitungsmonate der praktischen Seedienstzeit nach den Schulschiffsjahren als Steurer bei der Atlantiklinie abfuhr, die ihn heute als Offizier angestellt, hatte er einen älteren Seemann aus der Nähe Lübecks zum Kollegen, mit dem er abwechselnd auf seiner Wache das Steuer zu bedienen hatte. Dieser, Kuhlo mit Namen, war vor dreiviertel Jahren in Antwerpen geblieben, um dort bei der Reederei einen Vertrauensposten zu übernehmen, und hatte sich mit einer schwarzhaarigen Tochter des Landes, aber deutscher Nationalität, verheiratet. — Seeleute halten auch nach vollendeter Reise oft noch lange Zeit treue Kameradschaft, obwohl sie mitunter ganz verschiedener Bildungsstufe sind. Sie haben immer wieder einmal Gelegenheit, voneinander zu hören, ganz einerlei, ob Hansen in San Franzisko hängengeblieben, Müller in Honolulu ein Bahntje gefunden und Berg Liverpool als Heimatshafen erwählt hat. Solange sie in der Seefahrt verwandten Berufen bleiben und hin und wieder noch mit der Wasserkante in Berührung kommen, sieht dieser sie, hört jener von ihnen und berichtet daheim oder von dort weiter zum fremden Hafen, zur entlegensten Küste. So hatte Kuhlo gelegentlich vernommen, dass Erich Sarnekow als vierter Offizier bei der Linie diene und auf der „Düsternwald" fahre. — Eine Nachfrage an Bord hatte ihn die Erkrankung seines ehemaligen Kameraden erfahren lassen, was Kuhlo veranlasste, zum St. Elisabeth-Hospital zu wandern. Da Besuche des Patienten in den ersten Tagen vollkommen ausgeschlossen waren, musste sich der treue Schiffsmaat mit einem schriftlichen Gruß begnügen, dem er die neuesten Nummern deutscher Zeitungen beifügte. Trotz Einspruches der Pflegerin, des „Bildes ohne Gnade", verschlang der Kranke sofort den Inhalt der beunruhigenden politischen Nachrichten und war sich nun vollkommen klar, dass er auf jeden Fall versuchen müsse, die deutsche Grenze zu erreichen, sobald ihm die Kräfte die Reise nur irgend erlauben würden. — Endlich am nächsten Tage ließ sich der Herr Oberarzt mit der stets glimmenden Zigarette wieder sehen. Er pflegte sie eigentlich nur dann aus dem Munde zu nehmen, wenn er einen Patienten näher untersuchen wollte. Schon mehrmals hatte sich der recht eigene Erich unwillig abgewandt, wenn die nikotinduftenden, braunen ärztlichen Fingerspitzen in zu unappetitlicher Nähe seines Mundes herumgefuchtelt hatten.

Auf Bitten des jungen Offiziers, ihn zu entlassen, da er nach Hause wolle, hatte der Gestrenge nur ein Lachen, in das die sonst so schweigsame Schwester Josefa herzhaft einstimmte. „De vent will na huis to en kan noch niet mal loope", meinte sie dann und kehrte auch auf Bitten und Klingeln des Patienten, ihm einige Handreichungen zu tun, fürs erste nicht ins Krankenzimmer zurück. Als die nächsten Zeitungen immer bedrohlichere Nachrichten enthielten, ließ Erich Sarnekow nach seinem wahrscheinlich in den Schuppen oder Kellern der Reederei lagernden Zeug fragen, um wenigstens einen Teil davon zu sich ins Krankenhaus bringen zu lassen. Da man ihn direkt aus seiner Schiffskoje auf die Matratze und aus dem Motorboote in die Karre, aus dieser ins Hospitalbett gepackt hatte, besaß er augenblicklich an Kleidungsstücken nichts bei sich. Er hätte demnach auch nicht heimlich entweichen können. Der treue Kuhlo, der Lieferer der Zeitungen, übernahm nun auch die Besorgung eines Zettels an das Kontor der Reederei mit der Bitte um den nötigen Anzug und um genügende Wäsche. Beides wurde am nächsten Tage, im Handkoffer wohlverpackt, im Pförtnerzimmer des Hospitals für ihn abgegeben. Als dann der Oberarzt seinen Rundgang wieder machte, eröffnete ihm Erich, er fühle sich nun wohl genug, die Heimreise anzutreten und wünsche, das Krankenhaus zu verlassen. Die prompte Antwort des edlen Äskulaps war: „Für Gesunde hat dies Haus keinen Platz! Wenn Sie also nicht mehr krank sind — bitte!"

Damit war der Patient ohne Untersuchung, ohne Sang und Klang entlassen und gezwungen, gänzlich ohne Hilfe des immer unfreundlicher gewordenen Personals aufzustehn und sich allein anzukleiden. Nach unsäglicher Mühe gelang dies dem Schwachen endlich; niemand zeigte sich, der ihm behilflich gewesen wäre, und klappend schloss sich das schwere Gittertor hinter dem ausgewiesenen Pflegling, dem sich alle wie einem Verfemten bei seinem Abschiede ferngehalten!

Auf der Straße heftig gestikulierende, aufeinander einredende Menschen, die zum Glück nicht auf den Ahnungslosen achteten, der nicht wusste, wie scharf sich inzwischen in den letzten Stunden die Lage zugespitzt hatte. Schräg gegenüber fuhr gerade ein Auto vor dem Grand Hotel in der rue Gerard vor, das er mit wenigen Schritten erreichen konnte. Ein Fahrgast entstieg dem Fuhrwerk, kurz entschlossen nahm Erich von diesem Besitz und rief dem Führer die Adresse seiner Reederei-Agentur am Kai Van Deyck zu. Als der Chauffeur nur langsam über den belebten Place Verte fuhr, tauchte aus der hin- und herflutenden Menge dicht vor dem Fuhrwerk das Gesicht des Inspektors der Atlantiklinie auf, der nach der Kathedrale zusteuerte. „Hallo! Sie Geist aus Mitternacht. Wie sehn Sie aus, junger Mann? Augenblicklich mal volle Kraft rückwärts und wieder hinein ins Hospital. Dass Sie gesund sind, glaubt Ihnen doch keen Deubel! Wat soll so 'n Unsinn?" war seine erste Begrüßung. „In das Hospital kriegen mich aber keine zehn Pferde, nicht mal zehn Autos wieder hinein, Herr Inspektor! Wenn das zum Klappen kommt, da ließen sie mich nicht wieder lebendig raus. Das Gefühl habe ich; das ist eine unchristliche Gesellschaft." „Wat 'n Unsinn", brummte der alte Herr nochmals, stieg aber kurz entschlossen mit hinein ins Auto und setzte unterwegs seine Empfehlung, ins Krankenhaus zurückzukehren, nochmals fort. Als er aber auf ganz entschiedenen Widerstand der Gegenseite stieß, meinte er schließlich selber, vorläufig sei zwar noch keine Gefahr vorhanden, man könne jedoch nicht voraus sehen, wie die weitere Entwicklung der nächsten Stunden sein werde. Am besten würde Sarnekow demnach tun, vorläufig im deutschen Seemannsheim zu bleiben, um dort das Weitere abzuwarten. Jedenfalls müsse er sich wohl darauf gefasst machen, dem Rufe des Vaterlandes schnell zu folgen, denn der Kaiser habe die Mobilmachung bereits ausgesprochen. Da schon durchzuckte den jungen Seemann der Gedanke: wo sind deine übrigen Sachen und wo mag zwischen ihnen der Militärpass stecken? Die Kameraden würden ihm an Bord zwar alles sorgsam verpackt haben; in welchem der drei Koffer würden sich aber die benötigten Stücke befinden? Doch die Fahrt sowie die ganze Übersiedelung aus dem ungastlichen Hospital hatten den noch immer bedenklich Kranken so angegriffen, dass er sofort nach Ankunft im freundlichen Seemannshause das Bett aufsuchen musste, das er auch den ganzen folgenden Tag nicht zu verlassen vermochte. Als die Sonne wieder leuchtete, fühlte er sich schon besser, aber sehr unruhig. Was wohl inzwischen passiert sein mochte? Denn unten auf der Straße herrschte reges Leben; vom Kai herüber summte es wie die Propeller eines Zeppelins. Hohe und tiefe Brummtöne der Dampferpfeifen verrieten dem Kranken, wie lebhaft sich der Verkehr auf der Scheide noch abwickelte. Im Hause selbst schien aber Grabes schweigen zu herrschen. Als auf sein wiederholtes Klingeln niemand erschien, entschloss sich Erich trotz großer Mattigkeit, das Zimmer zu verlassen, um sich über den Straßentumult und die Totenstille des Hauses näher zu unterrichten. Doch seiner harrte eine Überraschung, an die er selbst in wildesten Fieberphantasien nicht gedacht hatte. Er sah unter den Bäumen auf der andern Straßenseite, gegenüber dem Seemannshause, eine lebhaft sich unterhaltende, wilde Drohungen ausstoßende Menge, die von Minute zu Minute anschwoll. Den größten Zuzug empfing der dichtgedrängte Haufe von links, vom Kai her. Überhaupt schienen sich hier alle Angehörigen des Janhagels der Wasserkante ein Stelldichein gegeben zu haben. Viele hatten aus Säcken hergestellte Schürzen umgebunden, aus denen durch Hochhalten der beiden Zipfel Beutel gebildet waren, deren Inhalt Erich gleich kennen lernen sollte. Als nämlich wieder ein halbes Dutzend wahrer Apachengestalten mit gefülltem Schürzenbeutel angerückt war, wurden die Ankömmlinge johlend empfangen. Sie schienen von irgendwelchen Heldentaten an der Wasserkante zu berichten. Gelächter und neues Gejohle belohnte die Überbringer jeder Botschaft. Ein eigentümliches Geräusch in der Luft, ein Klirren und Sausen, fast an die Ankunftszene der Vertriebenen in den Quitzows erinnernd, klang von der nahen Hafenstraße herüber. Neues Gelächter, Pfeifen und Heulen; und dann kommt plötzlich Bewegung in die Menge, die Gutes nicht im Schilde führen konnte. Dem jungen Beobachter, der inzwischen zu seiner Bestürzung herausgefunden, dass er der alleinige Insasse des ganzen Seemannshauses sei, war nunmehr klar: Der anrückende Haufe will plündern. Erst ganz klein, die Figuren genau wie auf einem Kinofilm, dann immer größer werdend, die Front breiter und breiter sich ausdehnend. Aus dem Johlen und Pfeifen heben sich schon einzelne Stimmen deutlich ab. Vernehmlich hört man jetzt auch vom Kai Van Deyck das Klirren eingeschlagener Fenster- und Ladenscheiben, das Krachen und Bersten von Türen und Läden. Angstschreie, rohes Gelächter und neue Boten, die dem jetzt schneller vorgehenden Haufen Beruhigung wegen etwaiger Behinderungsversuche von Seiten der Polizei einzuflößen schienen. Wut und Verzweiflung packte den Verlassenen. Denn elend und schwach wäre er der vorstürmenden Rotte auf Gnade oder Ungnade preisgegeben gewesen. Ganz ohne Waffe und knapp imstande, den sonst so kräftigen Arm zu heben, musste er gewärtig sein, wie eine wehrlose Ratte zertreten, totgequetscht zu werden.

Jetzt macht drunten der Haufe halt. Sarnekow schmiegt sich in die schmale Zimmerecke am letzten Fenster und lugt vorsichtig aus diesem Unterstand durch die Scheiben. Die Vordersten stehen weit über der Straßenmitte still; erst drängeln noch die folgenden Reihen, dann staut sich die ganze Flut und steht wie eine feste Mauer in viertel Straßenbreite dem Seemannsheim, das deutscher Gemeinsinn geschaffen, gegenüber. Dann schlüpfen einige Schürzenmänner ins erste Glied. Der Hörer im oberen Stock vernimmt wohl einige flämische Worte, kann aber deren Sinn noch nicht ausfinden. Nur zu klar wurde ihm gleich darauf die Bedeutung der Ansprache, die eine ganz besonders polizeiwidrige Gestalt hielt, schon in der nächsten Sekunde. Der Rädelsführer hatte seine Weisungen gegeben; die Männer schaffen sich erst Ellenbogenfreiheit, und dann prasseln faustgroße Steine, Ziegelbrocken, Eisenstücke wie ein Hagelwetter in die großen Scheiben des Erdgeschosses, wo der Schenkraum und das Kontor liegen. Auch seitwärts in die Zimmer der Seemannsmission sausen die Geschosse. Pfeifen, Gelächter und Gröhlen übertönen fast den Lärm der klirrenden Splitter. Über dem Höllenspektakel aber schwebt trotz ihrer Schnapsrauheit immer vernehmbar die anfeuernde und leitende Stimme des Führers dieser Horde. „Een, twee, drie — warp!" und sausend krachen die Geschosse in neue Scheiben. »La troisiéme« klingt's dann zur Abwechslung mal französisch aus der heiseren Kehle eines Zweiten, dessen Galgenphysiognomie hier recht an Ort und Stelle ist. Dichte Salven von halben Mauersteinen donnern schon gegen die feste Haustür, und einzelne wohlgezielte Würfe zerschmettern gelegentlich die Glasflächen im ersten Stock, wo der einzige Zuschauer dieses Zerstörungswerkes bald Projektile des Bombardements in seine Waschschüssel fliegen sieht. Hoch auf spritzt der Inhalt und bedeckt mit den Scherben der Schale und ins Zimmer fallenden weiteren Steinen den sonst so blitzblanken Fußboden. Das Bett füllt sich mit den Trümmern der Geschosse. Es sieht bald aus, als habe jemand den Kachelofen umgerissen und hier auf der Ruhestatt vorläufig abgelagert. — Von unten herauf hört man das Krachen der gegen die Wand geschleuderten Flaschen und Gläser im Speisesaal, den die Plünderer schon anfüllen. In Splittern fliegen Tische und Stühle, Schenke und Bilder durch die leeren Fensterhöhlen aufs Pflaster, die Straße bald mit dicker Trümmerschicht bedeckend. — Doch nach und nach wird der Lärm geringer, die Banditen scheinen ermüdet abzuziehen; sie wollen auch wohl den Inhalt der geraubten Flaschen in einem stillen Winkel in Ruhe leeren. Schließlich liegt das Haus wieder in Grabesstille, man würde fast hören können, wie die Mäuse die Treppen hinauf und hinunter huschen. — Sind die Frevler gestört? Hat ihrer bessere Arbeit gewartet, noch lohnendere Plünderung ihnen in Aussicht gestanden? Es ist niemals aufgeklärt, warum sie abzogen, ohne dem Oberstock eine Visite abzustatten. Der einsame Gast des sonst so rege besuchten Heims horcht noch angestrengt auf die sich immer mehr entfernenden Tritte und gewinnt nach und nach die Überzeugung, dass er vorläufig gerettet, dass er augenblicklich in Sicherheit ist.

Jetzt bringt sich aber die Krankheit wieder in Erinnerung, auch der Hunger meldet sich, nachdem die Aufregung der letzten beiden Stunden alles andere zurückgedrängt hatte. Da das Bett als Lager nicht zu brauchen ist; große Schwäche ihm das Wegräumen des Schuttes nicht mehr gestatten will, versucht Erich sich auf dem Sofa einzurichten. Trotz nagenden Hungers und ungeachtet der Schmerzen, ist er bald in festen, traumlosen Schlaf gefallen.

Als er die Augen wieder öffnet, ist schon das Dunkel der Sommernacht um ihn her. Er hat also einige Stunden geschlummert und währenddessen Plünderung und Krieg vergessen gehabt. Jetzt ist es ihm aber, als habe die eine Stufe der Treppe geknackt, die jedes Mal einen Alarmton gab, so oft man gerade darüber wegschritt. Dies hatte früher oft zu Scherzen der Hausinsassen Veranlassung gegeben. Gespannt horcht der Einsame und vernimmt nun deutlich, dass jemand sich tastend und vorsichtig nähert. Jetzt hebt sich auch im Türrahmen deutlich die Gestalt eines Mannes ab, dessen Augen sich wohl schon an die Dunkelheit des Zimmers gewöhnt haben mochten. Denn er flüstert den Namen des Schiffsoffiziers. „Sarnekow, sind Sie hier? Leben Sie und sind Sie unverwundet? Ich bin's, Kuhlo, Ihr alter Schiffskamerad. Ich fragte schon früher nach Ihnen im Hospital. — Können Sie hochkommen und fort von hier? „Der Inspektor schickt mich, Sie zu holen. Er will die Nacht noch fort, um seinen Kompaniedampfer in Sicherheit zu bringen. Denken Sie, die verdammten Belgier haben den ganzen Hafen geplündert, d. h. natürlich bei den Deutschen. Unsere Truppen sind drauf und dran, in Belgien einzumarschieren, um Frankreich schnell angreifen zu können. Das hat die Leute hier natürlich furchtbar erbost und wahnwitzig gemacht. Nun haben sie zugelangt und alles kurz und klein geschlagen, wo sie deutsches Eigentum zu finden vermuteten. Die Hunde! Mien Fru ehr neie Neihmaschien hebb se ook. Nich etwa twei mookt? Ne, de hebbt se eenfach heel un ganz metnohin! Un mien Fru, de mutt dat so met ankieken, dat so 'n dicke Ohlsch ehr de recht vor de Näs' wegsleep'n deit! So 'n Bande!" — Nach einer Weile fuhr die treue Seele fort: „Wir müssen alle raus aus Belgien, hüt nacht noch. Da is en grooten Flüchtlingszug tosam'stellt, da mutt wie all met. Sonst weiß ich den Deubel nich, wat da noch von ward!" —

Begierig hatte Erich dem lebhaften Berichte seines ehemaligen Schiffskameraden gelauscht und sich, wenn auch stöhnend und noch mit Mühe, von dem unbequemen Lager erhoben. „Ihre übrigen Sachen sind weiß Gott wo", fuhr er fort, auf Erichs paar Habseligkeiten deutend, „die können Sie man Adjüs sagen auf Nimmerwiedersehen! Da sin die Schubbejacks natürlich ook gliek up los wesen hier unten in'n Keller; alles Seemannszeug, das Janmaat hier zur Aufbewahrung gelassen hat, is allens futsch! Na lat man, uns' Lud salln hier erst mal kom', dann sollt se woll scheun betohln, de Antwerpner Röders!" Sarnekow hatte sich inzwischen, so gut das in dem Halbdunkel ging, angezogen und war nun fest entschlossen, die erlangte Gelegenheit zur Heimfahrt zu benutzen, ob krank oder genesen.

Durch den Seiteneingang der Mission verließen beide das öde Haus und schwenkten, rasch in die trotz der Nachtstunden noch auf- und niederflutende Menge tauchend, links ab nach dem Hause der Agentur der Linie, um hier zu den bereits Versammelten zu stoßen. Angestellte der Kompanie, Frauen und Kinder, Seeleute, Bootsführer, wohl an zwanzig Personen saßen in einem großen dunkeln Packraume hinter dem Kontor, dessen Fenstern dasselbe Schicksal bereitet war wie im Seemannshause. Es war beschlossen, Frauen, Kinder und ältere Leute sollten das unerleuchtete Haus möglichst unauffällig und in kleinen Gruppen verlassen und durch Nebenstraßen den Bahnhof zu erreichen suchen. Unterwegs sollte, um die Aufmerksamkeit des Antwerpener Pöbels nicht unnötig zu erregen, gar nicht oder nur das Allernotwendigste gesprochen werden. Der Vertreter der Linie war der Ansicht, die schlimmsten Jagdszenen würden sich unten an der Wasserkante abspielen. Der Pöbel hätte, so meinte der erfahrene Mann, dann auch vor allem die Hauptstraßen für seine Promenaden gewählt. Als die letzten der für den Bahnhof Bestimmten das Kontor der Reederei verlassen hatten, ohne dass ihr Fortgehen bemerkt worden wäre, machte sich auch der Inspektor fertig, mit den noch übrigen sechs Männern den ungemütlichen Raum zu verlassen. Erich hörte nun den Plan, dass man denke, an Bord des Dampfers zu gelangen und mit dem kleinen Fahrzeug vorsichtig die Schelde hinabzufahren, um Holland zu erreichen. Kuhlo hatte sich noch nach Einbruch der Dunkelheit unbemerkt an Bord gestohlen, den Namen „Libelle" an der Seite überpinselt, so dass die bisher dort angebrachten großen weißen Buchstaben nicht mehr zum Verräter werden konnten und ferner, um das Fahrzeug noch mehr unkenntlich zu machen, dem gelbgestrichenen

Schornstein ein schwarzes Kleid gegeben. Der kleine Dampfer sah durch dieses Umfrisieren den Schleppern der Société Anonyme de Remorquage á Hélice täuschend ähnlich. Selbst wenn nun die Scheinwerfer der Festungswerke ihr Millionen-Kerzenlicht grad auf ihn richten würden, oder auf dem Revier kreuzende Wachtboote ihn bemerkt hätten, so wäre er nach dieser Umwandlung doch nur dann wieder zu erkennen gewesen, wenn die Blockadebeamten mit ihren eigenen Fahrzeugen unmittelbar längseit gekommen wären. Der sonst die Maschine bedienende Belgier war schon nachmittags von Bord und in die Stadt gegangen und zum Glück nicht zurückgekehrt. Der deutsche Heizer hatte das Feuer unter dem Kessel langsam unterhalten und die Glut rasch wieder entfacht, als alle sieben Passagiere an Bord waren. Der am ganzen Hafen bekannte Inspektor hatte sich den Bart gestutzt und eine Arbeiterjacke übergeworfen, während ihm eine breite weiche Mütze ganz das Aussehen eines an der Antwerpener Wasserkante Heimatsberechtigten gab. Er und ein ihm bekannter deutscher Maschineningenieur, der bis heute in einer belgischen Fabrik angestellt gewesen war, hatten sich jeder mit einem großen Ballen beladen, in den man die wichtigsten Papiere und Bücher der Reederei eingeschlagen, um sie für das Stammhaus in Deutschland zu retten. Alle gelangten dank der Vermummung als Hafenarbeiter in ruhigem Schritt mit ihrer Last ungefährdet an Bord. Begegnende hielten das Getragene wohl für gemachte Beute und riefen ihnen dann und wann Scherzworte über dies vermeintliche Glück zu.

Im letzten Augenblick hatte sich ein noch allen unbekannter, achter Mann eingefunden, den man erst beim Verlassen des Speichers gewahr geworden war. Der Inspektor kannte ihn augenscheinlich näher, schien aber bestrebt zu sein, das Inkognito des Fremdlings zu wahren, der einen sehr vornehmen Eindruck machte. Nach später, während der Fahrt aufgefangenen Brocken der Unterhaltung kam er aus Ostende, hatte die rechtzeitige Rückkehrzeit verpasst und betonte, auf jeden Fall nach Deutschland zurück zu müssen. Namentlich schien ihm sehr daran gelegen, sein Handgepäck gut zu verbergen. Er zog auch Erich ins Gespräch, von dessen Erkrankung und Aufenthalt im Hospital er zuvor durch Inspektor Jürgens gehört hatte. Er sollte sich nur nicht zu viel zutrauen, meinte der neue Ankömmling im Laufe der Unterhaltung. So lobenswert es wäre, sich dem Vaterlande sofort zur Verfügung zu stellen, so verkehrt sei es aber, einem noch nicht wieder gesundeten Körper Kriegsstrapazen zuzumuten. Denn an Bord von S. M. Schiffen sei keiner überflüssig. Jeder müsse dort seinen Platz ganz und voll ausfüllen! Erkranke aber jemand gleich in den ersten Tagen, so störe er die Ausbildung der Kameraden, für deren Vollzähligkeit wieder frischer Ersatz nötig sei. Diesen müsse man dann neu einexerzieren, damit er sich dem Zusammenwirken der schon weiter Fortgeschrittenen auch anzupassen vermöge. — Kuhlo warf die beiden Taue, die die kleine „Libelle", den Kompaniedampfer, an der Steintreppe dicht beim Lotsenamte hielten, nunmehr ganz leise los, setzte mit seinem starken Bootshaken den Bug geräuschlos ab und drückte so den Kopf des Fahrzeuges allmählich herum, dass er nach außen zeigte. Der dem Inspektor befreundete Ingenieur hatte den Rock beim Betreten des Bootes abgeworfen, die Hemdärmel hochgestreift und war in die Maschine hinuntergestiegen, um ihre Steuerung zu bedienen, während der alte Jürgens das Rad ergriff, um die sieben Deutschen auf dem rechten Kurse die Scheide hinunter in die Freiheit und sicher heimzubringen. Ein schläfriger Polizist erhob sich beim Passieren des Fahrzeugs von einem am Ufer lagernden Ballen jenseits der Einfahrt in das Petit Bassin und fragte etwas in flämischer Mundart herüber. Kuhlo, dessen Organ das ausgiebigste zu sein schien, rief ihm ein „Ja well" zu und lachte laut auf, als ob er über einen köstlichen Witz des andern außerordentlich erfreut sei. Der Wächter der heiligen Hermandad in seinem schläfrigen Dusel dachte sicher:

„Wo man lacht, da lass dich ruhig nieder.
Die bösen Deutschen kommen niemals wieder"

und warf sich beruhigt von neuem auf seine weiche Unterlage. — Nun ließ der Inspektor seine „Libelle" quer über den Strom schießen und dann die Maschine stoppen, damit das Geräusch der arbeitenden Schraube und das Bub-Bub der Zirkulationspumpe nicht zum Verräter würden. Dicht am linken Scheldeufer, fast unter den Wällen des Forts trieb das kleine Fahrzeug, von der ablaufenden Ebbe getragen, dann leise stromabwärts. Einmal huschte der Lichtkegel eines Scheinwerfers vom Ufer über das Schifflein hinweg. Die Aufmerksamkeit des Ausgucks war jedoch wahrscheinlich mehr auf die Mitte des Reviers und das rechte Ufer gerichtet. Nach einigen angstvollen Sekunden war man wieder frei von diesem Strahlenbündel und sackte weiter und weiter stromab, nunmehr mit nur langsam angehender Maschine, um nicht die unerwünschte Aufmerksamkeit etwaiger Posten in der Nordzitadelle zu erregen. Dann hieß es rechtzeitig wieder stoppen, um nur die günstige Richtung des Tidenstromes zum Weiterkommen zu benutzen. Diesmal zog es der erfahrene Seemann am Steuer vor, recht in der Mitte des Fahrwassers zu bleiben. Man schien aber nirgends Verdacht zu schöpfen, denn niemand hinderte die Flüchtlinge, obwohl an Backbord und Steuerbord zuweilen kleinere Dampfer passierten und auch mitunter nach der „Libelle" etwas hinüberriefen. Kuhlo antwortete dann mit seiner Stentorstimme entweder die internationale Formel „All right", was so viel wie „Alles in Ordnung" bedeutet oder das von den Seeleuten ebenso häufig gebrauchte „Ay Ay", „schon gut", eine Redewendung, die fast immer passt und zu nichts verpflichtet. Der fremde Gast machte sich jedes Mal beim Passieren der Forts kurze Notizen und schien namentlich für die Scheinwerferbeleuchtung großes Interesse zu haben, ließ sich aber unterwegs mit niemand mehr in ein Gespräch ein. Nur einmal ersuchte er den auf dem Einfalllicht der Maschine halbliegenden Erich freundlich, doch an eine Handtasche und ferner an eine meterlange Rolle die größten Steinkohlenbrocken, deren er habhaft werden könne, mit guten Seemannsknoten festzubinden und dann beide Gepäckstücke neben sich im Auge zu behalten. Nötigenfalls würde er weitere Weisungen empfangen. — Beinahe bei Sonnenaufgang hatte man das letzte belgische Fort am linken Ufer, Liefkenshuk, passiert, ebenfalls ohne Aufmerksamkeit zu erregen. Auch bei Lillo rührte sich nichts. Dann steuerte der kundige Inspektor Jürgens wieder quer über den Strom und war nach einer letzten angstvollen Viertelstunde, nachdem man auch voin Fort Frederik Henrik nicht belästigt war, aufatmend in holländischem Gebiet. „Nun lassen Sie ihn laufen, was die Maschine hergibt", pustete er erleichtert dem vornehmen Maschinisten durch das Sprachrohr nach unten, und bald wurde die Bemannung der „Libelle" gewahr, dass das Kommando auch sofort ausgeführt worden sei. Denn wie ein Pfeil flog das kleine Fahrzeug jetzt flussabwärts und lag bald geborgen in der Nähe der zur Oberschelds führenden Schleuse des Süd-Bevelandschen Kanals beim Dorfe Schore sicher vertäut. Der Heizer und Kuhlo blieben vorläufig als Wache an Bord, während die übrigen Fahrgäste sich zu dem östlich liegenden Bahnhofe aufmachten. Der Inspektor mit dem fremden Herrn, den er jetzt, wie Erich zu hören vermeinte, mit „Herr Kapitän" anredete, verabschiedeten sich, da sie in Holland noch durch verschiedene wichtige Besorgungen würden aufgehalten werden. Jedenfalls sei es nicht unmöglich, sich in Hamburg — oder — das meinte der Begleiter des Inspektors zu Erich gewendet — auch in Kiel wieder einmal in Sicht zu laufen. — Nachdem hilfreiche Holländer, dix sich schon beim Anlegen der „Libelle" eingefunden, die Führung der einen Gruppe zum Dorfe, des Nestes zur „spoorweg statie", zum Bahnhofe, übernommen, marschierten die den Belgiern glücklich Entronnenen ihrem Ziele zu. In Rozendaal, wo die von Antwerpen kommende Bahn Anschluss an das niederländische Netz gewinnt, erfuhr man, ein langer von Antwerpen abgelassener Flüchtlingszug wäre schon voraus, und die Möglichkeit, dass noch einer folge, sei nicht ausgeschlossen. Man kam deshalb überein, die gleich nach der deutschen Grenze gebotene Fahrgelegenheit zu benutzen. Man werde bis Goch entweder den vorausbefindlichen Zug einholen oder doch erfahren, ob die Bekannten darin wären oder noch folgten. — Wie vermutet, konnte der in Trilburg liegende Flüchtlingszug die Angehörigen unserer „Libelle"-Leute noch nicht bergen, da er Antwerpen schon am Spätnachmittage verlassen hatte; während unsere Bekannten ja erst in der Nacht aus der Agentur aufgebrochen waren. Man beschloss, trotz der gastlichen Aufnahme durch die stammverwandten Holländer, lieber bis Goch durchzufahren und auf deutschem Boden das Eintreffen der Freunde abzuwarten. Erich fand dort bereitwillige Hilfe in der bereits in voller Arbeit befindlichen Baracke des Roten Kreuzes und durfte, da er sich nicht erst Unterkunft im Gasthause suchen wollte — um die Freunde ja nicht zu verfehlen — in der Bahnhofsstation verweilen und sich dort auf einem Feldbette ausstrecken. Seine Kräfte waren am Ende, und er bedurfte dringend einiger Stunden der Ruhe. Gestärkt erwachte er, als die junge Schwester eintrat, um mitzuteilen, der erwartete Zug sei nunmehr gemeldet und würde in einer Viertelstunde fällig sein. Leichter als man gedacht, waren die in Antwerpen Getrennten wieder vereinigt. Trotz der überfüllten Wagen machten die Insassen gerne Platz, wenn man bei der drangvoll fürchterlichen Enge überhaupt von einem solchen noch reden darf. Erich konnte dem bald gefundenen Vertreter von der glücklichen Ankunft der „Libelle" berichten, und fuhr mit den andern vereinigt weiter.

Mit welcher Dankbarkeit hatten die Flüchtlinge die ersten Erquickungen angenommen, nachdem man die holländische Grenze erreicht. Mit welchem Jubel aber sah man schließlich wieder die deutsche Flur, trotzdem mancher im Zuge wohl nur mit trübem Blick der Zukunft entgegenschauen konnte, nachdem all sein, vielleicht in Jahrzehnten, erworbenes Hab und Gut dem Antwerpener Pöbel zum Opfer gefallen! Langsam rollten die vollgepfropften Wagen durch die mit stets neuer Freude begrüßten Gaue unseres Vaterlandes. Die Kunde von ihrer Vertreibung war ihnen bereits vorausgeeilt; schon waren durch das rastlose Arbeiten des elektrischen Funkens die Gräuelszenen bekannt, die sich in der Scheldestadt abgespielt hatten. Aber beruhigend war allen, den unzähligen Zügen zu begegnen, die bereits Soldaten und Kriegsmaterial gen Westen schleppten. „Die Schmach von Antwerpen werden wir rächen,

Landsleute! Lasst uns nur erst mal da sein! Denen soll schon eingeheizt werden. Man ruhig Blut! Ihr sollt schon wieder zu Eurem Eigentum kommen," so schallte es den Flüchtlingen vielfach aus den Soldatenwagen entgegen.

Zweites Kapitel. Hin zur Flagge Schwarzweißrot.

Langsam, oft angehalten, in überlasteten Bahnhöfen wartend auf Freiwerden der Strecken vor ihnen, war der Flüchtlingszug, entgegen dem sich nach Westen wälzenden grauen Heerwurm, durch Westfalen und die Provinz Hannover gekrochen und näherte sich nun der alten Welfenstadt. Jetzt kam es für Erich darauf an, abzubiegen und der thüringischen Heimat zuzueilen oder gleich Kiel zuzustreben. Erlaubte freilich der geschwächte Gesundheitszustand noch nicht sofortigen Eintritt in die Marine, so wollte der junge Schiffsoffizier dort doch möglichst an Ort und Stelle sein. Auch lautete seine Kriegsbeorderung, sich nach Erreichen der Heimat sofort im Kriegshafen einzufinden. So stand im Militärpass des Vizesteuermanns oder, wie man sie früher nannte, Vizeseekadetten. Erich Sarnekow hatte seine „erste Übung" damals gleich im Anschluss an sein Dienstjahr gemacht und beabsichtigt, die zweite nach Ablegung der Kapitänsprüfung abzuleisten, um damit die Dienststufe des Reserveoffiziers zu erreichen. Er überlegte jetzt nicht lange, sondern war sich sofort darüber klar gewesen, dass es kein andres Ziel wie Kiel für ihn geben könne. Auch sein Vater würde dies Verhalten billigen, der alte Geheime Medizinalrat Sarnekow in der thüringischen Residenz. Er würde dem Sohne nicht anders raten, davon war Erich fest überzeugt. Er fühlte sich freilich noch äußerst schwach, jedoch schien seine Jugend die Macht der Krankheit endgültig überwunden zu haben. Der Körper hatte das damals wahrscheinlich in Fischkonserven enthaltene und in den Magen aufgenommene Gift wieder ausgeschieden; in kurzer Zeit würden auch bei geeigneter Pflege die Nachwehen des Anfalls überwunden sein. Er blieb also ruhig in seinem Abteil sitzen und fuhr weiter nach Hamburg, um erst mal frisches Unterzeug und die dort aufbewahrte Uniform abzuholen. Zugleich beabsichtigte Erich, einen Freund seines Vaters, der eines der großen hanseatischen Krankenhäuser des Kaufmannsstaates leitete, seines Leidens wegen um Rat zu fragen. Dieser, gerade in jenen Tagen so überaus in Anspruch genommene Gelehrte, der als beratender Chirurg des Armeekorpses ins Feld rücken sollte, untersuchte den Sohn seines ehemaligen Studiengenossen trotz aller Geschäftigkeit auf das eingehendste und riet ihm, ruhig zum Kriegshafen zu fahren. Dort werde man ihn unzweifelhaft annehmen, aber vielleicht noch acht bis zehn Tage zur Erholung zurückstellen. Befriedigt kehrte der Jüngling von dieser Besprechung in sein Hotel auf St. Pauli zurück, nachdem er noch dem Palaste der Reederei einen Besuch abgestattet, um dem Direktor von der Zerstörung des Deutschen Seemannshauses und der Agentur kurzen Bericht zu erstatten. Hier in dem gewaltigen Gebäude lief es ein und aus und kribbelte wie in einem gestörten Ameisenhaufen. Dutzende von Leuten wollten Auskunft, wo dieser oder jener Dampfer sich befinde. Ob die Passagiere eines dritten Schiffes in Sicherheit und ob vielleicht die Bemannung des als von den Engländern gekapert gemeldeten Fahrzeuges nun würde gefangen gehalten werden? Wohin man die Güter umbeordern, jene Sachen abfertigen solle? Erkundigte sich ein anderer. Automobile mit einer kleinen Kriegsflagge vorne am Führersitze, grau übermalt, hielten, mindestens ein halbes Dutzend an der Zahl, vor dem großen Portal. Weitere kamen in rasender Fahrt herangesaust; Marineoffiziere oder Ordonnanzen in der kleidsamen Matrosenuniform entstiegen ihnen und eilten mit gewichtigen Mappen die Granitstufen empor. Andere kamen wiederum aus den geräumigen Schreibstuben des vornehmen Hauses zurück. Nur einen Blick wirft der eben aus der Tür Kommende umher und schon rattert sein Motor heran. Der Wagenführer macht trotz der schnell sich nähernden Elektrischen einige geschickte Wendungen, bald den Hebel nach vorne reißend, bald ihn knackend und krachend für Rückwärtsfahrt einlegend. Doch bevor der Führer an die Kante der Bordsteine herankann, hat der Fahrgast schon seine Mappe auf das Polster geschleudert, die Tür des Wagens aufgerissen und ist in das Gefährt gesprungen, um in rasender Fahrt nach dem Rathause zu die Straße hinunterzufliegen. Schon erscheint wieder ein Offizier im blauen mit Goldknöpfen geschmückten Rocke der Marine; mit ihm zugleich trat Sarnekow aus dem Portal.

„Hallo! Erich, Mensch, wie sehn Sie aus? Hat Sie das Gelbe Fieber drüben in den Klauen gehabt oder haben Sie sich sonst mit dem Schiffsarzt erzürnt? Ganz mies, mein Junge!"

„Ja, Warncke, ich muss irgendwas geschluckt haben, was mir nicht bekommen ist. Nur Wunder, dass ich der Einzige an Bord geblieben bin, dem's was geschadet hat. Mein Magen verträgt doch sonst Kieselsteine! — Jetzt bin ich wieder über den Berg; einige Tage, dann werde ich auch den Rock anziehen können, den Sie bereits tragen. Was aber in aller Welt tun Sie hier mit dem Auto vor dem Hause unserer Reederei? Marine zu Lande? Lüneburger-Heide-Panzer?"

Warncke schaute die Straße erst nach einer, dann nach der andern Richtung hinab, neigte, obwohl eigentlich niemand in Hörweite war, seinen Mund dem Ohre des Freundes zu: „Sarnekow, fixen Sie sich erst mal ordentlich wieder auf und versuchen Sie, zu uns zu kommen. Die Nordsee kennen Sie doch von der Londonfahrt her genau genug. Wir rüsten hier die schnellsten Dampfer aus und senden sie dem verd . . . . Engelschmann hinüber zum Eierlegen. Denken Sie, ein prachtvoller Plan, den Großhälsen drüben jenseits des Kanals die eigenen Flussmündungen zu versperren. Die Bande, die Gott strafen möge! Sie haben immer gedroht: bevor noch die Kriegserklärung in Deutschlands Gauen überall bekannt geworden, würde „Wilhelms Luxus-Flotte" aufgehört haben zu existieren; lägen die Schleusen von Wilhelmshaven in Trümmern, sei Kiel ein Haufen rauchender Mauerreste, während Bremen und Hamburg am nächsten Tage in den Händen der mächtigen englischen Panzerkolosse, ihrer Fürchtenichte, sein würden! — Nun haben wir schon eine recht nette Minensperre vor der Themse. Weitere Schnelldampfer liegen fertig, auch andere Hauptschlagadern Albions zu verstopfen. Überall hat man als Gehilfen der der aktiven Marine entnommenen Kommandanten solche Reserveoffiziere an Bord dieser Fahrzeuge gesetzt, die die Flusseinfahrten und die dazu ausgesuchten Handelsdampfer aus eigener Erfahrung kennen. Ich bin auf Nr. 38; der rote Dechentin auf 44; Georg Müller ist sogar Kommandant eines Vorpostenbootes! Sie werden sämtliche Offiziere der Reederei hier vereinigt finden. Also Gott befohlen; vorerst gute Besserung und dann auf Wiedersehn bei Engelland, mach's gut, mein Junge!"

Hier verfiel der Abfahrende dem jüngeren Kameraden gegenüber in das trauliche Du; hatte er den „Vierten" doch schon auf dem Schulschiffe herangebildet und gern gesehen. Bei seinen letzten Worten war der Sprecher bereits eingestiegen und sauste, die Ecke scharf nehmend, rechts herum nach dem großen Hafenbecken zu, um dem Kommando neben dem Stadttheater einen neuen Befehl zu übermitteln. Sarnekow aber überquerte die Straße, trat in das gegenüberliegende Ausrüstungsgeschäft und bestellte einige Ersatzstücke seiner Wäsche, da er ja fast alles in Antwerpen zurückgelassen hatte. Es blieb ihm nur eine kleine Stunde bis zur Abreise, mit der er eigentlich nichts mehr anzufangen wusste. Er sandte ein Telegramm an die Eltern, seine glückliche Ankunft meldend, und eine zweite Nachricht an seine früheren Wirtsleute in Kiel mit der Bitte, ihn aufzunehmen und ihn mit Auto von der Station zu holen. Dann ging er hinauf zur schönen, die Stadt umschließenden Allee mit ihren herrlichen Anlagen, am Kunstmuseum vorbei, schwenkte rechts ab und wählte ein Lokal dem Bahnhofe fast gegenüber. Die Menge flutete hier vorüber, auf und ab wandelnd. Autos sausten vorbei, durch Hupensignal zur Vorsicht mahnend. Unten aus dem tiefen Einschnitt der Bahn schrillten Lokomotivenpfiffe empor, das zahlreiche Publikum jedes Mal an die den Schienengraben umfassende Granitmauer lockend. Hochrufe grüßen die dort unten Vorbeifahrenden; hinauf klingt's wieder, vom Straßenlärm oft verschlungen: „Da gibt's ein Wiedersehn!" Drüben im Portal der Riesenhalle standen Posten, scharf die Hineinwollenden musternd und den Militär-Pass fordernd und unaufhaltsam, eine lebende Kette, zog einer nach dem andern da hinein. Dann kam wieder ein ganzer Trupp, niemals eine Pause im Zuzug. Jetzt erst mahnte den Genesenden eine plötzlich anwandelnde Schwäche, dass er noch lange nicht wieder der Alte, dass die Kräfte doch erst langsam zurückkehren würden. Noch einmal schaute er mit innerm Auge rückwärts und verglich dies Hasten und Wogen und doch würdige Abschiednehmen in der großen Hafenstadt mit den jüngst erlebten wüsten Bildern in Antwerpen, denen unterwegs noch manche Einzelheiten durch die Erzählungen von Ausgeraubten hinzugefügt waren. Wie konnte man Kranke so schmählich hilflos sich selbst überlassen? Sie einfach buchstäblich vor die Tür setzen? Doch vielleicht würde ihn der Kriegsgott nach seiner Genesung wieder dorthin senden. Dann würde er Arzt und Schwester aufsuchen und beiden ihre wenig zu ihrem Stande passende unchristliche Handlungsweise deutlich und deutsch klar machen!

Bald schlug die Abschiedsstunde; der bis auf den letzten Platz gefüllte Zug verließ die Riesenhalle, umfuhr die im saftigen Grün prangende Stadt und rollte, zwar langsam aber unaufhaltsam nordwärts.

„Und die Vöglein im Walde, die sangen ja so wunder-wunderschön" klang's immer wieder von neuem. „Un dat segg ick die, verhaun doht wie ein doch den Spihkjuh-engelsch. Lat em man kohm!" So klang's aus dem dichtbesetzten Gange des D-Wagens. Hier hatten sich alte Bordkameraden gefunden, die in Honolulu zusammen gewesen. Im Nebenabteil feierten zwei nach zehn Jahren ein unvermutet Wiedersehen, die einst in Friedrichsort kameradschaftlich auf derselben Kasernenstube gehaust. Im zweiten Wagen sind Torpedobootskameraden, die sich trotz langer Trennung sofort wiedererkannten. Der eine ist beim Maschinenfach geblieben und hat die letzten sieben Jahre weiter alle Meere durchfahren. Sein Bekannter aber hatte nach der Dienstzeit seine kaufmännische Ader entdeckt und, seitdem er damals „abgeliefert", zuerst Packungsmaterial und Maschinenschmieröle, später Kohlen verkauft. Jetzt ist er schon ein wohlhabender Mann geworden. — Doch einerlei, wie ihre bürgerlichen Verhältnisse sonst sind, jetzt streben sie alle Kiel zu; alle wollen die blaue Jacke wieder anziehn. Jeder ist bereit, hinauszuziehen über die Nordsee, den frechen Engländer zu züchtigen, der die ganze Welt bevormunden möchte und uns in seinem maritimen Hochmute nachgerade unerträglich geworden war.

Spät abends erst läuft der Zug in Kiel ein. Erich war so glücklich, sein Auto sofort zu erhaschen, das ihn durch die Stadt zum alten Hause der

Brunswikerstraße brachte, in dem er damals während seiner einjährigen Dienstzeit und ersten Übung gewohnt hatte. Der Wirtin Sohn war Kraftwagenführer und hatte es trotz aller Schwierigkeiten möglich gemacht, den angemeldeten Gast der Eltern schnell aus der Masse der Ankommenden herauszufinden. Kraftfahrzeuge waren in jenen Tagen knapp dort. Die engen Gassen lagen wegen der Fliegergefahr in gespenstischem Halbdunkel, durch das eine ungezählte Menschenmenge krabbelte. Die Straßen- und Ladenlampen waren nach oben hin abgeblendet und beleuchteten nur ein eng abgezirkeltes Rund grad unter der Lichtquelle. In der Dämmerung der Sommernacht allerdings kein großer Ausfall an Leuchtkraft; der Wagenführer muss immerhin doch noch schärfer als gewöhnlich auf Steuer und Bremshebel passen. Hier zieht, von linker Hand kommend, ein Trupp Reservisten zum Hafen hinunter, dort schieben sich, mit Paketen und Kartons beladen, viele Gruppen zur Wasserallee hinaus. Bereits Eingekleidete, den Kleidersack aus der rechten Schulter, die Jägerbüchse am Riemen quer über dem Rücken, streben den Landungsbrücken zu, sie sind bereits den einzelnen Schiffen der Hochseeflotte zugeteilt. — Beim Schlosse biegt das Auto links, dann gleich wieder rechts ab und saust, mm abermals links wendend, mit ausgerückter dritter Übersetzung, um die Steigung zu überwinde», die Brunswikerstraße hinauf. Bald ist das Ziel erreicht und die behäbige Mutter Lenkmann steht an der Tür, den ihr lieben Einwohner mit großem Redeschwall zu empfangen, während ihr klapperdürres Ehegespons sich schweigend wie der alte Moltke des wenigen Gepäckes annimmt, das der neue Mieter mit sich führt. Nach kurzem Berichte seiner Leiden und seiner nächsten Pläne liegt er bald geborgen im sichern Hafen des Lenkmannschen Renommierbettes mit der wunderbaren, gewebten Gobelin-Wanddekoration, die Unkundigen zwar die Tür zur Wohnung des Vermieters dahinter verbirgt, aber keineswegs alle Geräusche verschluckt.

Der nächste Morgen findet unsern Reisenden schon zeitig vor der Schreibstube der Abteilung; aber lange müssen alle Harrenden Geduld üben, ehe sich ihnen die Pforte zum Allerheiligsten öffnet. Wohl eine volle Stunde dauerte es, bevor Erich Sarnekow an die Reihe kam. Zu seiner großen Überraschung sah er sich jetzt seinem Reisegefährten von der „Libelle" gegenüber, der sich als der Kommandeur der Matrosendivision entpuppte. „Na, mein Verehrter? Wenn mir Ihre Geschichte nicht bekannt wäre, würde ich meinen, die Handelsschifffahrt nährte ihren Mann nicht mehr oder Sie hätten sich zum Hungerkünstler ausgebildet, Sarnekow? Wie ist es jetzt mit Ihnen? Unser Medizinmann muss Sie wohl erst mal in seine weiche Hand nehmen? Ordonnanz, führen Sie den Vize mal direkt zum Herrn Oberstabsarzt. Befund soll mir sofort gemeldet werden!“ —

Der Mann der Wissenschaft legte sein früher einmal von zwei mächtigen Durchziehern geteiltes Gesicht in ernste Dienstfalten, die sich aber glätteten, je weiter Erich in seinem Bericht, der Arzt in seiner Untersuchung kam.

„Na, werden sehn, was sich machen lässt. Kräftige Konstitution; nichts im Wege. In fünf Tagen sich wieder melden, bis dahin viel Ruhe, gutes Futter. Können Sie sich beides leisten oder wollen Sie lieber zu uns ins Hospital?“

Auf verneinende Antwort erhielt der Patient die Erlaubnis, in der eigenen Wohnung zu bleiben, wurde noch gewogen und dann bis zu dem bekannt gegebenen Zeitpunkt entlassen. Gewogen sollte er, wenigstens vorläufig, jeden Tag werden. Damit war er entlassen, um nun seine Ausrüstung vollkommen in Ordnung bringen zu können. Der Laden, den er dazu betrat, bildet gleich eine Art Nachrichtenbüro für alle Kunden, weil man fast immer den augenblicklichen Aufenthalt der dort Verkehrenden erfahren kann. Dann suchte Erich das ganz in der Nähe befindliche Hotel auf, in dem die Reserveoffiziere meistens ihre Mahlzeiten einnehmen, und zog auch hier während des Essens Nachrichten über Freunde und Kameraden ein. Viele, die sich zufällig an Land befanden, waren in der Lage gewesen, des Kaisers Ruf sogleich zu folgen; andere waren in Hamburg, Bremen, Lübeck, Stettin, Danzig und Rostock sogleich von Bord gegangen, um das friedliche Kleid des Kauffahrers mit der blauen Jacke der K. M., der Kriegsmarine, auszutauschen. Von Amsterdam und Rotterdam, Kopenhagen und Christiania waren sie schon in den folgenden Tagen eingetroffen. Jeder Zug brachte neue Ankömmlinge, die zuletzt sogar bereits aus Italien und anderen Mittelmeerhäfen herankamen. — Der Bescheid des Arztes lautete günstig; Ruhe und gute Pflege taten die erwünschte Wirkung, so dass sich Sarnekow voller Zuversicht zur nächsten Meldung anschickte. Kapitän z. S. Rösseling wünschte seinen Reisegefährten auf den Gewässern des Escaut Fleuve auf Deutsch Scheide genannt, nochmals persönlich zu sprechen. Er begrüßte heute den in strammer Diensthaltung vor ihm Stehenden außerordentlich leutselig, gab seiner Freude über die rasche Genesung Ausdruck und ließ sich sogar herbei, etwas über seine Antwerpener Mission verlauten zu lassen. „Ja, ja, mein lieber Vize! Es war mir doch recht ungemütlich auf der „Libelle“, als ich Sie hieß, die Kohlen an meine Reisesachen zu binden. Hätte man uns da angehalten oder gar aufgebracht, so durften die wichtigen Papiere, die ich bei mir führte, auf keinen Fall in die Hände der Freunde

Frankreichs und Englands fallen! Sie sollten daher, so unangenehm ihr Verlust gewesen wäre, dann doch lieber versenkt werden. Ich sah mal im Marinemuseum in London ein geheimes Signalbuch, in dessen Rücken neun Bleikugeln eingeheftet waren. Bei uns hätten damals die Kohlenstücke diese Rolle übernehmen und dasselbe leisten müssen, nämlich die zu bewahrende,, Geheimnisse auf immer der Kunde unberufener Mitwisser zu entziehen. Doch nun zu Ihnen! Haben Sie irgendeinen Wunsch, den ich Ihnen betreffs Kommandierung zu einem Marineteil erfüllen kann?"

Erfreut horchte der junge Seemann bei dieser Aussicht auf; war es doch immer sein Wunsch gewesen, an Bord einer noch neuen Schiffsart kommandiert zu werden. Nun bot sich günstige Gelegenheit, dies erfüllt zu sehen.

,,Wenn ich Herrn Kapitän gehorsamst bitten darf: ich möchte auf ein Unterseeboot kommandiert werden. Diese Fahrzeuge haben mich seit meiner Kindheit immer interessiert!"

Lächelnd hörte der Vorgesetzte, was sein Schützling vorbrachte und versprach, für seine Abkommandierung einzutreten.

— Der Dienst sei allerdings außerordentlich schwierig, aber der Oberstabsarzt habe ja, trotz der eben überstandenen Krankheit, eine sehr günstige Auskunft über die körperliche Anlage gegeben. Sarnekow war damit entlassen und sollte sich am kommenden Morgen an Bord des Schul-U-Bootes melden. Die Fahrzeuge lägen eben oberhalb der Signalstation in der Nähe der Seebadeanstalt.

Drittes Kapitel. Am Ziel der Wünsche.

Erich sah sich nun am Ziel seiner Wünsche, die ihm so lange fast unerfüllbar geschienen hatten. Ein Zufall, das Zusammentreffen mit Kapitän Rösseling bei der Flucht aus Antwerpen, sollte ihm die Verwirklichung wesentlich näherrücken. Jules Verne, der phantasiereiche Franzose, hat seine Leser schon vor mehr als einem halben Jahrhundert an Bord des „Nautilus" geführt und sie auf diesem mit allen Errungenschaften der Technik ausgerüsteten Schiffe allerlei Abenteuer und Fahrten von zehntausend Meilen unter dem Meeresspiegel erleben lassen. Der Romanschreiber spielte in allen seinen eigenartigen, damals heißhungrig verschlungenen Schriften mit den Grundsätzen der Physik gewissermaßen Fangball, indem er seine Leser durch irgendeinen versteckten Trugschluss, über den sie meist flüchtig Hinwegzugleiten pflegten, von dem sichern Boden der Wissenschaft auf den schwankenden Untergrund der Phantasie hinüberführte. Er hat gewiss selbst nicht geträumt, dass alles, was er seinerzeit vorahnte, schon heute Wirklichkeit sein würde. Das damals nur durch seine Einbildungskraft so wirksam ausgestattete Unterseeboot sollte in dem entbrannten Weltkriege eine so wichtige und furchtbare Waffe zur Verteidigung unseres Vaterlandes werden.

Erich hatte auf seinen Reisen hin und wieder von diesen unterseeischen Angreifern gehört und war in einem für sein Schiff beinahe verhängnisvollen Falle sogar einmal in die nächste Nähe eines englischen Tauchbootes geraten. Sein Dampfer kam von einer Mittelmeerreise mit Touristen zurück und war ungefähr querab von Dover, als der Ausgucksmann vom Buge her meldete, es sei ein Boot oder Wrack an Backbord voraus. Bald schien es der Mast eines versunkenen Fahrzeuges zu sein, oder eine von ihrer Verankerung losgerissene Spierentonne; aber der geheimnisvolle Gegenstand schien doch wiederum „Fahrt durchs Wasser" zu machen, d. h. eine Eigenbewegung zu haben. Man sah deutlich die weiße Welle, die sich vor dem die Flut durchschneidenden Buge des Fahrzeuges auftürmt. Dann war der eben noch sichtbare Stumpf verschwunden, um bald darauf an anderer Stelle wieder aufzutauchen. Der Wachoffizier auf der Brücke hatte die Maschine erst auf „Achtung", dann auf „langsam" gestellt und bald, um ein rasches Ausweichen auszuführen, die Backbords-, bald die Steuerbordsschraube stoppen oder rückwärtsschlagen lassen, welche Manöver den immer nur mit einem Ohr schlafenden Kapitän sofort auf die Brücke gerufen hatten. Eben war der Dampfer ganz außer Fahrt gebracht, da schob sich, keine halbe Schiffslänge entfernt, die graue Spiere wieder aus der Flut heraus und wuchs länger und länger empor. Ein schräg laufendes Stag wurde sichtbar, dann tauchten einige Erhöhungen, schließlich ein breiter Rücken, von dem das Wasser schäumend nach beiden Seiten, nach vorn und hinten abspülte, aus der Salzflut auf, gerade als entstiege ein Meerungeheuer den Abgründen der Tiefe. Jeder der Beobachter auf der Brücke sah nun, dass man einen Vertreter der geheimnisvollen, jüngsten Waffe der Marine vor sich habe. Da hatte sich drüben in der Mittelerhöhung des Deckes der obere Teil einer Kuppel geöffnet, aus der ein Mann bis zur Brust emportauchte, »Can'nt you see and keep a better lookout?« tönte es ziemlich barsch und anmaßend herüber. »No Sir,« hatte der deutsche Kapitän sofort schlagfertig geantwortet, „wie soll ich wohl Ausguck halten nach Dingen tief unter Wasser? Better you go out of the way, Sir, when I may advice you, Besser wär's schon, Sie manövrierten hier nicht mitten im Fahrwasser, — wenn ich meine Meinung ausdrücken darf!“ — Der Kommandant des Tauchbootes hatte noch etwas gebrummelt und sich dann ohne Gruß wieder in sein Rohr zurückgezogen, dessen Deckel hinter ihm zugefallen; und allmählich, Zoll für Zoll war das Periskop wieder weggesackt; das an langem Stiel befindliche unterseeische Auge des „Submarine“, wie der Engländer diese Fahrzeuge nennt, hinunter in die verhüllende Flut verschwunden. Noch eine Weile hatte der Deutsche gewartet und war dann erst weitergefahren, als er annehmen konnte, dem Tauchboote keinen Schaden mehr zu tun. Einen Segenswunsch hatte der Kapitän aber dem unter dem Meeresspiegel Verschwindenden dann noch hinterhergesandt: „Die dammligen Kerls tun grad so, als ob sie den ganzen Ozean gepachtet und zu alleinigem Gebrauch hätten! Können Sie nicht besser aufpassen? fragt he mi, so'n Grotsnut. Lat em doch sülben tokieken met sien Pliertut. Ös de!“

Diese Begegnung hatte bei Erich einen bleibenden Eindruck hinterlassen und ihn dazu getrieben, sich von da ab mit der allerdings noch spärlichen Literatur über Unterseeboote vertraut zu machen. Seine dann folgende Übungszeit bei der K. M. hatte ihm leider keine Gelegenheit zu näherer Einweihung in die Geheimnisse der U-Bootswaffe gegeben, aber hin und wieder war ihm doch von Kameraden mal Neues zugetragen, was ihm den Wunsch, an Bord zu kommen, immer wieder rege erhalten hatte. Nun sollte dieser schließlich in Erfüllung gehn.

Pünktlich, wie sich's beim Militär von selber versteht, war Erich am Zugang zum Liegeplatz der U-Boote und passierte nach gegebener Auskunft den nach seinem Ziel fragenden Posten. Der hatte ihm erst das breite Entermesser mit runden: Korbe quer vor den Weg gehalten und so den Eintritt verwehrt. Erich merkte bald, wie die Empfehlung des Kapitän Rösseling ihm den Weg bereits geebnet. Denn, nachdem er seinen

Wunsch, bei der U-Bootsabteilung einzutreten und seine Order, sich hier zu melden, zuerst dem Schreiber, einem Obermaat, genannt, brauchte er ihn dann nur noch an ungefähr drei anderen Stellen nacheinander vorzubringen. Je höher die Sprosse war, die der den Bericht Empfangende auf der Dienststufenleiter schon erklommen hatte, desto freundlicher wurde er angehört. Endlich war Erich Sarnekow wohlbestallter zünftiger U-Boots-Vizesteuermann. „Zunächst", so hatte sein neuer Kommandant, ein Kapitänleutnant, ihn instruiert, „beginnt der theoretische Unterricht der Neukommandierten. Zugleich wird auch praktische Unterweisung an Bord abgehalten, um mit der Raumeinteilung vertraut zu werden. Dann muss der Neuling lernen, wo die einzelnen Maschinen untergebracht sind, welche Handgriffe dazu dienen, das Boot zum Sinken zu bringen, und wie man das Manöver schneller oder langsamer ausführt. Vor allem hat man sich an die eingeschlossene Luft zu gewöhnen, die spärliche Beleuchtung und die Temperaturverhältnisse. Mancher Brustkasten verträgt den Druck unten überhaupt nicht. Gute Lungen gehören nun einmal dazu."

Schon nachmittags begann die neue Arbeit; die an Bord Gekommenen wurden durch einen Obermaschinisten erst in allen engen Räumen des Schulbootes herumgeführt, als sie einer nach dem andern durch die offene Luke des Kommandoturmes in die Unterwelt gestiegen waren. Trotz der Luftzufuhr, die durch diese Öffnungen strömte, war's unten dumpf; ein eigenartiges Gemisch von Öl-, Benzin- und Menschengeruch vereinigte sich zu einem unbestimmbaren Etwas, gegen dessen Aufnahme sich Nase und Lungen anfangs auflehnten. Doch bald gewöhnt sich die menschliche Natur auch an Bedingungen, die ihr erst unannehmbar scheinen.

Die Neulinge lernten in kurzem Überblick, den der sehr gewandte und das Ohr seiner Schüler fesselnde Deckoffizier gab, wie sich das U-Bootswesen bei uns aus sehr kleinen und bescheidenen Anfängen allmählich weiter entwickelt hatte. Die ersten Versuche der Menschen, gleich den Fischen in die schaurige Tiefe zu tauchen, könne man schon zweihundert Jahre zurück verfolgen. Denn es habe sie gereizt wie einst den Ikarus, zur Sonne in den lichten Äther emporzusteigen, gleicherweise in den unergründlichen Tiefen des Ozeans verborgene Geheimnisse zu erlauschen.

Brauchbare Resultate habe man erst im vorigen Jahrhundert gezeitigt. Auch unser süddeutscher Landsmann Wilhelm Bauer habe trotz seiner sinnreichen Pläne in Deutschland eigentlich nur einen Misserfolg erzielt. Denn wenn allen Erfindern immer noch der heutige Motor gefehlt, den

Schiffsrumpf mit genügender Gewalt durch das widerstrebende Mittel des Wassers zu zwingen, so sei grade bei ihm auch noch immerwährender Geldmangel dazugekommen. Menschenkraft, die Remen und Treträder zu bewegen, reiche nicht aus. Die Franzosen hätten volle zwanzig Jahre früher begonnen als wir, dieser modernen Waffe ihre Aufmerksamkeit zu schenken. Unsere Kriegsmarine dagegen habe zuerst ruhig die ihr durch die Presse gemachten, aber, wie man heute wisse, ganz ungerechtfertigten Vorwürfe eingesteckt, sie vernachlässige in unverantwortlicher Weise die U-Bootsfrage. Man hätte unterdessen aber aufmerksam alle Vorgänge bei unsern westlichen Nachbarn und bei den Seeleuten jenseits des Ärmelmeers beachtet. Wir ließen ihre U-Boote ruhig dort die Kinderkrankheiten durchmachen und unsere Mitbewerber in Flottenfragen das Lehrgeld für uns zahlen. Erst als man sich überzeugt hatte, dass die Schiffe nunmehr dem Versuchsalter entwachsen wären und als ernsthafte Waffen zu betrachten seien, da griff Exzellenz Tirpitz zu. Wir waren in Deutschland dank dieser Taktik imstande, gleich von vornherein den richtigen Schiffstyp auszusuchen und die Größe zu bauen, die nach den gemachten Erfahrungen den größten Erfolg erwarten lassen durfte. Auch die Wahl des Antriebsmittels konnte nicht schwerfallen, da uns anderswo erlebte Misserfolge ein warnendes Beispiel geschaffen hatten. Man stattete unsere Boote mit Schweröl-Explosionsmotoren für die Fahrt über Wasser aus, während man sie in versenktem Zustande durch elektrische Kraft antreiben wollte. Dabei sind wir dann die ganzen Jahre geblieben und kennen alle Tücken der Maschinen und alle Kniffe der Handhabung aus dem FF! Ob eigentliches Nur-Unterseeboot oder amphibienartiges Tauchboot, das sowohl an der Oberfläche wie in der Tiefe fahren kann, diese Wahl brauchte uns nicht mehr zweifelhaft zu sein, da alle neueren Erfahrungen sich zugunsten des letzteren Typ ausgesprochen hätten. — An diesen mit Spannung angehörten Vortrag schloss sich dann eine Erklärung des Motors und der elektrischen Anlage für die Unterwasserfahrt.

Am nächsten Tage erfuhren die Lehrlinge, wo die Haupt- und Hilfstrimmtanks sitzen, durch deren Füllung der Auftrieb des doppelwandigen Tauchbootes beseitigt wird. Vom Querschnitt der Zuflussrohre hängt es natürlich ab, wieviel Liter Wasser in der Minute einströmen. Je mehr Gewicht und je größer die Schnelligkeit, mit der dies Einnehmen von Wasserballast geschieht, desto geschwinder sinkt das Boot und entzieht sich der Sichtbarkeit. Seitensteuer und Tiefenruder sind wichtige Organe des so fein erdachten Fahrzeuges; die sichere Handhabung der Apparate kann nur der beherrschen, der sich klar über die Wirkung dieser senkrechten und waagerechten Steuerflächen ist. Auch das Periskop muss man genau kennen lernen. Man sieht mit dem Instrument gewissermaßen um die Ecke. Ein fernrohrartig ineinanderschiebbares Rohr von 5—7 Meter Länge in der Stärke eines Telegraphenpfahls trägt im oberen Kopf eine sinnreiche Spiegelvorrichtung, die den Anblick des ganzen Horizonts oben im Bootsinnern unten wiedergibt. Der Kommandant leitet mit Hilfe dieses optischen Kunstwerkes den Kurs beim Annähern an den Feind. Er kann nur mittels der durch die obere Spiegelung nach unten geknickten Lichtstrahlen wahrnehmen, ob er noch die Richtung recht auf den dem Untergang geweihten Gegner innehält. Auf der untern Mattscheibe erblickt er deutlich, was oben vor seinem Bug sich befindet. Dann taucht er wieder, um sich nicht selbst dem Gegner zu verraten, und hält den Kurs unter Wasser nach dem Kreiselkompass inne. Nach Zurücklegung einer gewissen Strecke muss er wieder nach oben und sein Periskoprohr vorsichtig eben über den Meeresspiegel hinausschieben. Oft genügen wenige Dezimeter, um einen Blick zu erhaschen. Liegt das Ziel dann noch recht im Fadenkreuz der Visiervorrichtung des Sehrohrs, dann geht der Befehl an die Torpedomannschaft, das todbringende Geschoß durch den gewaltigen Luftdruck vieler Atmosphären dem Feinde in die ungeschützte Flanke unter dem nur wenige Meter hinabreichenden Panzerschutzgürtel hineinzujagen.

Tagtäglich wiederholten sich diese lehrreichen Stunden; dann wurden Teile dieser oder jener Vorrichtung herbeigeschafft. Der Windkessel und die Steuerschraube des Torpedos mussten in ihrer inneren Einrichtung den gelehrigen Schülern ebenso bekannt sein, wie der Sitz der Handgriffe für die Trimmtanks, für das Ausblasen des in ihnen aufgenommenen Wasserballastes und vor allem die Handhabung des Steuers. Wie man trotz bester Unterweisung das Schwimmen nicht überm Stuhl erlernen kann, so ist auch niemand imstande, sich am stillliegenden Fahrzeug über die Wirkung der Ruderlage zu unterrichten. Steuern lernt man nur am bewegten Schiff. Natürlich waren alle Seeleute darin längst geübt, ein Boot auf geradem Kurs zu halten. Aber das gute und stetige Im-Kurs-Halten eines U-Bootes, zumal nach dem Kreiselkompass, dessen innere Rose zehnmal so schnell wie die Magnetnadel arbeitet, will sorgsam geübt sein. Der Kommandant ließ sich die Mühe nicht verdrießen, die Ausbildung seiner Steurer persönlich zu überwachen; denn von deren Zuverlässigkeit hängt später sehr viel ab. Einige Matrosen wurden als nicht geeignet zu andern Stationen versetzt und Ersatzleute an deren Stelle zur Probe angenommen. Besonders die Handhabung der Tiefensteuer kann nur den Allergeschicktesten und Ruhigsten anvertraut werden. Geben sie zu viel Ruder, dann schießt das Boot in eine größere Tiefe als sie für das Abfeuern des Torpedos geeignet ist. Der kostbare Schuss geht nutzlos in den dunklen Abgrund. Ist aber der richtige Moment erst einmal verpasst, dann kehrt die Gelegenheit am Ende nie wieder.

Die folgende Woche brachte neue Übungen; erst Fahrten an der Oberfläche, an Friedrichsort vorbei, um das Gabelsflach herum, in die Eckernförder Bucht hinein und zurück zum Liegeplatz in Kiel. Man muss sich erst an das stete Überdeckwaschen des durch die Fahrt aufgepeitschten Wassers gewöhnen. Trockenen Fußes kann man nie an Deck des nur eben aus der Flut heraussteckenden Bootes verweilen; bei der geringsten Brise dampft und spült es beständig von vorn und beiden Seiten über den Rumpf hinweg.

Endlich kam nun der langersehnte Tag der Unterwasserfahrt. Hundert- und mehrmal war Lukenverschluss, Übergang vom Motor- zum elektrischen Antrieb geübt; nun sollte das praktisch ausgeführt werden. Ein eigenes Gefühl, als sich die Wellen höher und höher über dem Deck zusammenschlossen. Bald überfluteten sie auch den Kommandostand, und in Dämmerung gehüllt sind plötzlich die Räume des U-Bootes, zu denen sonst das Tageslicht noch spärlichen Zugang hat. Tiefer sinkt das Fahrzeug, wie man deutlich an der langsamen Fortbewegung des Index am Tiefenzeiger und dem pfeifenden Geräusch der aus den Tanks entweichenden Luft erkennt. Noch hält der Steurer die Fläche des Tauchruders etwas geneigt, da das Kommando, in derselben Tiefe unter Wasser zu bleiben, noch nicht erfolgt ist. Nach der Karte kann man draußen ohne Gefahr noch weiter hinuntergehen. Dies geschieht; dann stoppt die Maschine, die Schrauben hören auf, zu arbeiten, das Ruder wird in Horizontalstellung gedreht; nun muss das Boot im selben Abstande unter dem Spiegel der Ostsee bleiben. Es soll nach dem Gesetze des Kartesianischen Tauchers, wie der Goldfisch im Bassin, an gleicher Stelle schweben. Nur ganz geringe Mehrbelastung gehört jetzt dazu, ein weiteres Sinken zu bewerkstelligen. Das erfolgt bald darauf, und langsam gleitet der Rumpf des Riesenfisches immer tiefer, bis er leise den weichen Grund berührt, den man sich vorher nach der Seekarte zur nun folgenden Probe ausgewählt hat. Wie der menschliche Körper allmählich in die Matratze einsinkt, die weiche Unterlage sich dem darauf lastenden Leibe anpasst, so drückt sich das Tauchboot nach und nach sein weiches Bett. Der Kommandant blickt auf die Uhr und lässt nach einer Weile, während der die Schrauben in Stillstand waren, die Maschinen allmählich wieder angehen. „So langsam, wie nur irgend möglich!“ wird noch befohlen. Es sollen heute gleich zwei Fliegen mit einer Klappe geschlagen werden. Die

Mannschaft kann man erst allmählich an die eingeschlossene Luft mit ihrem Öl- und Benzindunst gewöhnen. Nach einigen Stunden wird Sauerstoffzusatz aus den stählernen Vorratsflaschen freigelassen. Saugapparate leiten die Binnenbordsluft über eine Reihe von untereinander verbundenen Kalipatronen und befreien sie dadurch von der ausgeatmeten Kohlensäure. Die Luft bleibt nach diesem Reinigungsvorgange für wiederholtes Einatmen verwendungsfähig, nachdem sie noch durch Außenbordswasser gekühlt ist. Die Leute können länger und ohne große Beschwerden im geschlossenen Boote aushalten. Dennoch müssen später noch zwei Matrosen abkommandiert werden, die den Unterwasseraufenthalt durchaus nicht vertragen können. Die Auswahl der Bemannung kann, wie man weiß, gar nicht sorgsam genug gehandhabt werden, denn Ungeeignete bilden später eine Last, können unter Umständen zum Verhängnis für die übrigen werden; sie sind jedenfalls hinderlich an Bord.

Der zweite Zweck der diesmaligen Übung war ein Zusammenarbeiten mit dem im Kriegshafen stationierten Zeppelin und mit der Fliegerabteilung. Man hatte schon früher entdeckt, dass der Sehstrahl des menschlichen Auges bei klarem Wasser und günstiger Beleuchtung aus der Höhe des Luftschiffes viele Meter tief ins Wasser eindringt. Er vermag unterseeische Hindernisse, Klippen, Wracks, also auch Unterseebote wahrzunehmen, die man von der Meeresoberfläche aus nicht erblickt. Um sich der eigenen Entdeckung durch solche unbequeme Beobachter zu entziehen, Pflegen geschickte U-Bootsführer bei Tage den Boden der See aufzusuchen. Während sie dort bewegungslos in der Tiefe verharren, mahlen die Schrauben dann ganz langsam und trüben das umgebende Wasser durch leises Aufpeitschen der Grundschlammschicht. Der Zeppelin musste zu dieser Probe während einer vorher bestimmten Zeit über dem genau bezeichneten Liegeplatz des Tauchbootes kreuzen und nachher melden, ob er es gefunden. Die Besatzung hörte später, es sei nicht der Fall gewesen. Das Gefühl, sich auf diese Weise unsichtbar, zu machen, verleiht der U-Bootsbemannung ein erhöhtes Gefühl der Sicherheit; sie wird dem Führer mit größtem Vertrauen hinab in die Tiefe folgen.

Viertes Kapitel. Mit dem U-Boot in der Ostsee.

Erich war volle zwei Monate an Bord des Schulschiffes und hatte bei seiner außerordentlichen Ruhe, die ihn auch in kritischen Momenten nie verließ, vortrefflich gelernt, auf dem Boote alle ihm zugewiesenen Obliegenheiten zu verrichten. Er kannte die Anwendung und Wirkung aller Maschinen und Hilfseinrichtungen und wusste genau, in welcher Tiefe der abgeschossene Torpedo die größte Wirkung erzielen kann. Man soll nicht zu früh, wie im Jagdfieber abfeuern; sich nicht in zu großer Entfernung verraten und niemals nutzlos drauflosknallen, da das Schießmaterial kostbar und nur in wenigen Stücken an Bord ist. Er konnte vermöge seiner scharfen Augen das im Periskop Erblickte nach Ausdehnung und Abstand bald richtig schätzen und wusste, was man der Mannschaft zumuten kann, ohne sie zu sehr zu ermüden. Einer ausgepumpten Besatzung versagen schließlich die Nerven, der Rudersmann kann nicht mehr so geraden Kurs halten, wie zum Gelingen des Angriffs unbedingt erforderlich ist. Der Rohrmeister braucht den Torpedo nur einen winzigen Sekundenbruchteil zu spät aus dem stählernen Bauche des Ungetüms zu entlassen — und umsonst ist tagelanges Warten, nutzlos die ganze Anstrengung gewesen!

Der Kommandant ließ am Morgen nach der letzten wohlgelungenen Übung die gesamte Mannschaft antreten und rief Sarnekow, zwei Bootsmannsmaaten, einige Matrosen und verschiedene Leute des Maschinenpersonals vor die Front der an Land neben der Signalstation Angetretenen.

Er belobte ihren Eifer, ermahnte alle, sich auch ferner des Vertrauens ihrer Vorgesetzten würdig zu erweisen und verlas einen Stationsbefehl, dass die Ausgerufenen zur Stamm-Mannschaft für ein ganz neues, bedeutend größeres U-Boot bestimmt seien. Sie hatten ihr Zeug fertigzumachen und pünktlich um elf Uhr wieder anzutreten, um mit der Werftpinasse oben zum großen Trockendock zu fahren. Dort liege ihre nunmehrige Heimat.

Das neue Boot war geräumiger und zeigte gegen das alte Schulfahrzeug mancherlei Fortschritte und Verbesserungen. Die ersten Tage des neuen Kommandos flossen schnell dahin. Wenn man diese Apparate zusammengeschraubt, jene wieder auseinandergenommen, hier einen noch kleineren Teil ausgewechselt und dort irgendeinen an und für sich unerheblich scheinenden Mangel abgestellt hatte, wurde es fast zu schnell Abend. Offiziere und Maate, Maschinen- und Deckpersonal, alle waren von früh bis spät beschäftigt. Müßige Hände und polierte Fingernägel gab's nicht an Bord, und mancher Ölfleck oder auch nur flüchtig wieder zugenähter Dreiecksriss in den blauen Jacken zeugte von der emsigen Tätigkeit ihrer Träger. Mit den ersten Versuchen, sich einzugewöhnen, war auch die zweite Woche rasend schnell dahingeflogen. Am folgenden Mittwoch, morgens früh, sollte der Rest der Mannschaft an Bord kommen, das neue U-Boot seine Probefahrten beginnen. Zur großen Freude Erichs meldete sich der Obermatrose der Reserve Kuhlo, als Steurer kommandiert, nachdem er sich acht Tage an Bord des alten Schulbootes über seine Fähigkeit im Bedienen des Ruders glänzend hatte ausweisen können. Auch Hans Preuß kam mit, genannt die „Krabbe", ein Zögling des auf Erichs Zeit folgenden Schulschiffsjahrgangs, der jetzt sein Jahr abdiente. Dann war auch, als ein weniger erfreulicher Zuwachs der Mannschaft, Friedel Fuchs unter den Neuen, den Hans und Erich vom Schulschiff her in keiner guten Erinnerung hatten. Denn „Fridolin" hatte wenig seemännische Anlagen, dafür aber einen desto größeren Mund, und war so klug, seiner eigenen Meinung nach wenigstens, dass er das Seegras auf hundert Meter Tiefe konnte wachsen hören. Er verstand es trefflich, sich von jeder Arbeit zu drücken, ergatterte sich aber dafür stets sehr rasch irgendeinen Schreiber-, Burschen- oder sonst welchen Faulenzerposten und hielt dann nirgends lange aus. Sobald er sich durchschaut glaubte — und das war die einzige lobenswerte Eigenschaft an ihm —, verschwand er auf Grund irgendeines einem gutmütigen Unterärzte ab gelisteten Krankenscheines ins Lazarett oder auf Erholungsurlaub, um später ein anderes Schiff oder eine Kompagnie am Lande mit seiner werten Gegenwart zu zieren.

Als die neu Hinzugekommenen alle verteilt waren, begann dieselbe Arbeit wie vor zwei Monaten auf dem Schulboot; nur hatten die damaligen Teilnehmer des Ausbildungslehrganges hier die Schülerrolle bereits mit der des Exerziermeisters vertauscht und mussten schon Lehrer spielen. War der erste Kommandant ein strenger Erzieher gewesen, so konnte man auch dem jetzigen diese Eigenschaft keineswegs absprechen. Er besaß sie vielmehr in erhöhtem Maßstabe und verlangte von jedem, das Letzte herzugeben bis zur völligen Erschöpfung, bis dass man eben nicht mehr weiterkonnte.

„Aber, Leute, was sollte sonst Se. Majestät von mir und von euch denken? Die Augen unseres allerhöchsten Kriegsherrn sind so gut auf euch alle, wie auf meine einzelne Person gerichtet! Was sollte unser Kaiser wohl sagen, wenn wir das Wort „unmöglich" brauchen wollten? Das nehmen wir einfach nicht mit an Bord. Also — die letzte Übung hat noch nicht geklappt. Das muss so lange gemacht werden, bis es wie am

Schnürchen, bis es von selber geht! Nochmal: Luken dicht! An die Stationen! Klar beim Torpedoausstoßrohr. Tiefenruder gut achtgeben!"

„So, Kinder, das ging; nun hat's geklappt. Denkt doch, ihr macht das hier nicht zum Exerzieren! Hier gibt's keine Theaterkulissen, jede Minute kann's Ernst, blutiger Ernst werden! Der Kaiser hat uns schon vertröstet: ‚Für meine Marine habe ich noch Arbeit genug aufbewahrt.' Werdet nur nicht ungeduldig! Wir bekommen das erste Stück Arbeit mit in die Hände und ein sauber Stück Arbeit woll'n wir liefern!" So der Kommandant.

Das Ausharren sollte belohnt werden, eh' man's gedacht. Es ging auch hier wie immer. Wochenlang lag man auf der Lauer, im stillen schon wütend und schimpfend über die erzwungene Untätigkeit. Dann mit einem Male kommt der so lange vergebens erwartete Befehl. Und nun bleibt bis zu seiner Ausführung fast zu wenig Zeit zur Ordnung von Privatangelegenheiten. Der eine hat noch mindestens zwei Abschiedsbriefe loszulassen. Friedel Fuchs deren drei. Jener muss noch Wäsche an Land, ein anderer geborgte Sachen abliefern. Nur wenige können mit gutem Gewissen sagen, dass sie vollkommen „ausklariert" hätten. Da lassen viele es ganz und vertrösten sich selbst auf die Rückkehr.

Das neue U-Boot lag draußen bei Gabelsflach aufgetaucht und hatte die jetzt ganz ohne Störung ablaufenden Manöver zum hundertsten Male geübt, als plötzlich der Funkenapparat den Rückruf übermittelte. Mit großer Oberflächenfahrt dampfte der Schitelläufer unter den Tauchbooten nun zurück nach Kiel und wurde schon auf halbem Wege durch ein Depeschenboot angewiesen, sofort seine volle Zahl scharfer Torpedos über zu nehmen. Proviant sei schon unterwegs. — Hei! das war willkommene Kunde, die der Kommandant, der mit dem Depeschenboot nach Kiel hinauf gewesen war, zurückbrachte:

„Unser Boot geht sofort in See. Jetzt, Kameraden, ruft unser oberster Kriegsherr uns und erwartet bestimmt, das in die Bemannung seines neuesten U-Bootes gesetzte Vertrauen gerechtfertigt zu sehen. Kameraden! Das ganze deutsche Vaterland sieht auf uns; ja, ich darf wohl sagen, die Augen der ganzen Welt werden in kurzer Zeit auf uns gerichtet sein! Nunmehr gilt es, zu zeigen, was deutsche Seemannschaft und deutscher Mut zu tun vermögen! Doch einerlei, was uns beschieden, kehren wir siegreich zurück — oder sollten wir weniger glücklich sein: in jeder Minute, des weiß ich mich eins mit euch — werden wir unsern Gefühlen gegen Seine Majestät Ausdruck geben in dem Rufe: Seine Majestät Kaiser Wilhelm, unser allergnädigster, oberster Kriegsherr Hurra, Hurra, Hurra! Tretet weg!"

Nach der vorschriftsmäßigen Wendung aber stiegen plötzlich die blauen, langbebänderten Mützen hoch von den jungen Köpfen und abermals erschallt ein vielstimmiges Hurra, Hurra, Hurra! für unsern Kommandanten! Herr Kapitänleutnant, nochmals Hurra! wir folgen ihm, wohin er uns führt. Möge bald einer der fremden Satans uns quer vor den Bug laufen. Dann gnade ihm Gott!

> „Stolz weht die Flagge Schwarzweißrot von unsres Schiffes Mast,
> Dem Feinde weh, der sie bedroht, der diese Farben hasst!
> Sie flattern an der Heimat Strand im Winde hin und her,
> Und, weit vom teuren Vaterland, auf sturmbewegtem Meer!
> Ihr woll'n wir treu ergeben sein, getreu bis in den Tod,
> Ja, ihr woll'n wir unser Leben weih'n, der Flagge Schwarzweißrot!"

Mit dem Flaggenliede, das durch die tapfere Iltismannschaft einst so berühmt geworden, seitdem die blauen Jungens unter seinen Klängen an Shantungs Vorgebirge in die vom Taifun aufgewühlte Tiefe sanken, glitt das neue U-Boot aus dem Kieler Hafen. Brummend sangen die Schrauben ihr Lied, von weitem knapp zu unterscheiden vom Getöse der Zeppelin-Propeller. Schrill tönen die Pfeifen der begleitenden Torpedoboote; bald ist die Flottille den Blicken der Kieler entschwunden. Mancher schaute enttäuscht auf, als sich der Bug des Fahrzeuges nach dem kleinen Leuchtturm von Friedrichsort wendete und nicht auf die Holtenauer Schleuseneinfahrt zuhielt. Man hatte als selbstverständlich angenommen, diesmal durch den Kaiser-Wilhelm-Kanal die Elbe hinab in die Nordsee zu gehn, um einen Schlag gegen den Engländer zu führen, dem jeder gern eins auswischen wollte. „Doch, wenn der Kaiser uns gen Osten schickt, so werden wir auch dort unsere Pflicht tun. Russische Panzer werden nicht weniger hart sein, als englische Dreadnoughts!"

Erich Sarnekow war als Offiziersdiensttuer unten im Steuerraum, wo Kuhlo am Rade stand. „Du Erich — Herr Vizesteuermann wull ick segg'n — wenn wir bloß so'n Kahn vor unser Bugrohr kriegen können. An mir soll's nicht liegen, ihm recht auf 'n Kopp zu zu laufen. Dat Fahrtüg stürt sick ja as 'ne Boot so licht, wenn man erst mal dran gewöhnt is. — Was da woll los is in de Ostsee, sicher doch n Rußmann? Na, einerlei; denen siind wir auch über. Ran an ihm! Unn em denn Kattun geben! Unse Kommandant, de weet mit den Kram Bescheed. Unn die Ruhe, die der hat!"

„Ruhe da, der Rudersmann," schallte dem Sprecher jetzt die Stimme des Angeredeten entgegen.

„Mensch, das geht hier nicht, lange Unterhaltungen! Wir kriegen sonst beide was auf den Kopf gespuckt. Der da oben im Kommandoturm fackelt nicht."

Als Bestätigung dieses Hinweises schallt es jetzt von oben her:

„Was ist das da sür eine Schweinerei, Vizesteuermann? Ich beobachte den Kurs schon eine ganze Weile. Das Kielwasser ist so krumm, als wenn ‘ne alte Kuff dichtgerefft hier lang triebe. Bitte mir aus, aufs Steuern zu passen; wir fahren hier nicht mit ‘ner chinesischen Dschunk. Welcher Schuster steht da am Ruder?"

„Der Obermatrose der Reserve Kuhlo, Herr Kapitänleutnant!"

„Sagen Sie dem Obermatrosen Kuhlo, der Deubel würde ihn lebendig zu Frikassee verarbeiten, wenn er so weiter herumdudeln will!"

„Zu Befehl, Herr Kapitänleutnant. Jetzt liegt richtig an!"

„Das möchte ich mir auch sehr ausgebeten haben in Zukunft."

„Siehst du, da hast du den Salat. Nu lat dien verdammtes Klönen na, bet wie wedder in Kiel sünd. Stüddie, Obermatrose Kuhlo, gut aufpassen!"

„Zu Befehl, Herr Vizesteuermann!"

„Ja, Dienst ist Dienst, alter Kamerad!"

Alle waren gespannt, welche Aufgabe dem neuen U-Boot zugewiesen sein würde. Der Kommandant hat freilich seine ganz bestimmten Befehle, er pflegt sich aber nicht früher darüber zu äußern, bis es schließlich an den Feind geht. Da ist dann den Vermutungen Tor und Tür weit geöffnet. Der Offiziers-Steward Meinke hatte irgendein Wort aufgefangen und — meistens falsch verstanden. Er setzte, um Interessantes berichten zu können und sich mit einem Schein von Wichtigkeit zu umgeben, gerne etwas dazu, wenn er seinem Freunde, dem Koch Schäring, davon berichtete. Dieser ist der unbeschränkte Herrscher der Küche oder, wie’s in der Seemannssprache lautet, der Kombüse. Auf gewöhnlichen Schiffen sitzt der „Schmuttje", wie der Matrose ihn gerne schimpft, in seinem beschränkten Raume viel allein und wartet, bis das Wasser kocht, oder die Erbsen weich werden. Dabei kann er seinen Gedanken ungestört Audienz geben und eben Vernommenes nach seinem eigenen Geschmack umarbeiten. So kommt dann, wenn er’s dem nächsten Besucher seines Topfreiches weitererzählt, das „Kombüsenbesteck" zustande. „Besteck" nennt der Kapitän den Schiffsort, den er jeden Mittag nach geographischer Länge und Breite auf der Karte „absetzt". Diesen Punkt pflegte man früher durch eine in die Karte gesteckte Nadel deutlich kennbar zu machen, dann hat man das richtige und gültige „Mittagsbesteck", während das vom Kombyses „aufgemachte" weniger zuverlässig ist. Dennoch pflegt die Mannschaft, der es bei längerer Reise bald an neuem Unterhaltungsstoff gebricht, dem letzteren großes Gewicht beizulegen nach der alten Erfahrung, was man wünscht, das glaubt man gern. So waren auch in diesem Falle allerlei Gerüchte in Umlauf, der bei den engen Grenzen der Schiffshaut bald beendet sein musste. Der eine wollte in Kiel gehört haben, bei Rügen lägen Russische Kriegsschiffe, an denen die Sprengkraft der großen Torpedos neuester Bauart zuerst erprobt werden sollte. „Fridolin" musste das ja am besten wissen; er berichtete, sein Freund, ein Schreiber von der Station, hätte ihm verraten, dass die Reise den Zweck habe, Handelsdampfer aufzubringen, die noch mit Proviant und Munition nach Petersburg unterwegs seien. Die dritte, den Leuten am meisten gefallende Lesart war aber schließlich, der Streifzug richte sich gegen feindliche Unterseeboote. Der Engelschmann habe ein halbes Dutzend seiner erprobten Fahrzeuge der E-Klasse in einer der letzten dunklen Nächte durch den Belt gebracht, was bei der Enge des Fahrwassers und der starken Strömung immerhin eine recht achtungswerte seemännische Leistung sei. Man habe dies aber nur durch Verrat fertigbringen können, nachdem die Ausführung seit Wochen geplant gewesen wäre. Ein Engländer hätte sich unlängst auf der kleinen Insel angekauft, die den schon sehr schmalen Meeresarm in zwei Kanäle teile, die beide von Seeschiffen befahren werden könnten. Nach Nordosten erstrecke sich vom Eiland aus ein gefährliches Steinriff, das bei Nacht nicht leicht zu vermeiden sei. Gerade in der Richtungslinie läge nun eine alte Windmühle, die bei Tage ein ausgezeichnetes Landmarkbilde. Man könne, nach ihr steuernd, den richtigen Kurs innehalten, um von der Sandbank frei zu laufen. Nun habe der erwähnte Sohn Albions diese Mühle für einen sehr hohen Preis erworben. Der frühere Besitzer sei seelenfroh gewesen, dem — seiner Meinung nach spleenigen Briten das baufällige Gerümpel aufzuhängen. Dem Windmüller geht's wie dem Segelschiffsführer. Der alte Äolus, der Jahrhunderte die Triebkraft für die Schiffe geliefert, ist durch den Emporkömmling Hans Dampf entthront worden. Dampfmühlen und Dampfschiffe bedürfen des Windes nicht mehr. Doch der fremde Käufer sei zu happig auf Grundbesitz in Dänemark gewesen; er hätte das Anwesen schon vor endgültigem Abschluss des Kaufes bezogen, als sich der Abtretung noch rechtliche Schwierigkeiten entgegengestellt hätten. In jener dunkeln und stürmischen Nacht aber sei besagte Windmühle bis auf die Grundmauern niedergebrannt, was zwar leicht passieren könne. Bedenke man jedoch, dass ein solches Fanal, zumal bei Nacht, ein ausgezeichneter Wegweiser wäre, dann gewänne die

Wahrscheinlichkeit eines Zusammenhanges vom Brande mit der Durchfahrt der fremde» U-Boote sehr an Boden. Der Einjährige Hans Preuß verdankte seine Weisheit betreffend diesen Neutralitätsbruch der Tauchfahrzeuge auch dem alleswissenden Fridel Fuchs, der sich wirklich schon einen Faulenzerposten als Schreiber besorgt hatte. Nun schreibt man zwar auf den U-Booten eine kurze, energische und sehr deutliche Handschrift, nämlich mehr mit dem Bugrohr, als mit dem Federkiel; dennoch findet sich auch hier manchmal etwas mit Tinte auf Papier Niederzumalendes. Und dann ist es dem Kommandanten doch recht angenehm, jemand mit guter Schrift bei sich an Bord zu wissen. Es ist mir die große Kunst, das Geheimnis besaß aber Fridel und behielt es schlauerweise für sich, auch andere Leute über seine Fähigkeiten beizeiten zu unterrichten, damit eine spätere Wahl gerade auf ihn fallen konnte — und musste! Die „Krabbe“ hatte, geschwollen mit der Neuigkeit, schleunigst Kuhlo aufgesucht, der als erste Autorität für dänische und schwedische Angelegenheiten galt. Denn der Lübecker Seemann hatte seine ersten Versuche in Neptuns nassem Reiche auf einer schwedischen Bark, einem alten Holzschlepper, gemacht, der jeden Sommer einige Reisen zwischen der alten Hansestadt an der Trave und „Plankenchina“ ausführte. Von dieser Fahrt her beherrschte Erichs ehemaliger Kollege die schwedische Sprache ganz geläufig. Einige Matrosen hatten am letzten Abend in Kiel noch Shagtabak eingekauft und dabei aus dem Zigarrenladen das in Ostseestädten häufige Schild „Här talas swenska: Man spricht hier Schwedisch“ ausgeführt und dem gutmütigen Kuhlo hinten auf den Überzieher gehakt. Selbst der ernste Kommandant hatte gelacht, als sein Steurer mit dem empfehlenden Aushängeschild angetreten war. Kuhlo pflichtete der Krabbe bei, nachdem er den Kleinen erst weidlich durch Fingerzeichen geärgert hatte. Durch nichts konnte man nämlich Hans Preuß mehr zur Raserei treiben, als wenn man den Zeigefinger zangenartig auf den Daumen klappen ließ und dadurch sowohl die Kleinheit des etwas kurz Geratenen und die Scherenbewegung der Krabben symbolisierte. Als Fuchs dies einst versuchte, stülpte ihm der krötige und durchaus nicht feige Preuß seinen ganzen Essnapf mit Erbsensuppe über den Kopf und hatte künftig Ruhe vor Neckereien. An Kuhlo, der das Azen schlauer anfing, wagte er sich jedoch nicht heran. Beide überlegten nun, ob sie die Kunde von dem Mühlenbrand und dem Erscheinen der Tauchboote im Baltischen Meer für sich behalten oder weiter melden sollten. Man könne ja nie wissen, was Wahres an solchem Gerücht sei. Den Mittelsmann, so fiel dem Obermatrosen rechtzeitig ein, könne am besten der Vize bilden, der doch immerhin „ein seebefahrener Mensch“ wäre, wenn er ihn,

Kuhlo, auch neulich am Ruder angepfiffen hätte! „Ick hebb em dat nich öbel nahm, he kunn wohl nich god anners, denn de „Ohl" (Kommandant) hett em ook eenen Gehörigen öbert Muul geben!" Der Vize war aber solchem Kombüsenbesteck gegenüber mehr gewitzigt und nahm die Seekarte zur Hand, um dem Gerede von der abgebrannten Windmühle gleich auf den Grund zu gehen oder ein Ende zu machen. Es fand sich weder eine solche, noch überhaupt so eine Insel, von der her nächtliche Feuersignale als Pfadweiser möglich gewesen wären!

Betrübt dampfte Kuhlo ab, jedoch nicht völlig überzeugt von der Unrichtigkeit seiner Meldung, die so romanhaft klang und „lögenhaft to vertellen war"! Die Karte konnte ja ebenso gut verkehrt sein!

Der Fehmarnbelt war passiert; im Fahrwasser, um sich gut von dem gefährlichen Steinriff an der Nordwestecke der Insel frei zu halten und funkte nach der Landstation hinüber, um Erkundigungen einzuziehen, ohne jedoch Neues zu hören. Auch Gjedser Feuerschiff an der dänischen Seite war bald erreicht, man passierte die unterseeische Schwelle, die sich quer über die Rinne lagert und die Grundgewässer der westlichen Ostsee gewissermaßen vom größeren Teil des Beckens trennt. Dann drehte der Kommandant nach Südosten und lief in Sicht der Kreidefelsen von Rügen, um von da längs der pommerschen Küste weiterzufahren. Ein aufgefangenes Funkentelegramm veranlasste eine plötzliche Kursänderung in den Nordost-Quadranten. Nordost von Bornholm schien sich irgendeins der gesuchten Schiffe aufzuhalten, von dem schon die ganze Zeit über gefabelt war.

„Der Vizesteuermann soll zum Kommandanten kommen!" hallte es plötzlich durch den Raum, und Erich erschien vor seinem Befehlshaber.

„Sie kennen den Obermatrosen Kuhlo schon länger von früheren Fahrten her, Vize?"

„Zu Befehl, Kerr Kommandant! Wir waren beide Quartiermeister oder, wie's heute heißt, Steurer auf demselben Dampfer der Atlantiklinie."

„Ist der Mann absolut zuverlässig und können Sie beurteilen, ob er fertig Schwedisch spricht?"

„Beides, Herr Kommandant! Er ist ein ehrenwerter, treuer und braver Kamerad. Ich habe ihn oft sich mit unsern skandinavischen Matrosen fließend unterhalten hören und nehme daher an, dass er Schwedisch genügend beherrscht. Er scheint auch ganz den rechten Zungenschlag dazu zu haben."

„Gut, Vizesteuermann, schicken Sie mir den Mann gleich mal her!"

Der Kommandant erklärte dem eilig Herbeigerufenen, der vergebens nachsann, was er wohl ausgefressen haben könne, welche Aufgabe ihm gleich zugedacht sein würde und entließ den darob höchst Erfreuten mit einem Worte der Anerkennung über den Wert seemännischer Erfahrung, die nur in Wind und Wetter zu erwerben sei. — Fern im Nord-Nord-Ost zeigte sich jetzt eine Rauchfahne, die von Viertel- zu Viertelstunde höher aus der Kimm hinauswuchs, bis sich deutlich Masten, Schornsteine und Unterschiff zeigten. Leider neigte sich der kurze Tag seinem Ende zu; man konnte fürchten, den Dampfer während der Nacht wieder zu verlieren. Doch hatte sich der U-Bootsführer schon über die Zeit des Mondaufganges vergewissert und damit gerechnet, im bleichen Lichte unseres Erdtrabanten seinen Plan dennoch auszuführen.

Es war eben eine Stunde nach Mitternacht, als man dem fremden Kauffahrteimann, der seine planmäßigen neun Seemeilen die Stunde machte, ziemlich nahekam. Das U-Boot war dem Handelsdampfer mit aufgetauchter Fahrt bei weitem überlegen und konnte demnach jetzt nach Steuerbord ausscheren und einen Bogen beschreiben, dessen Endpunkt dann ziemlich nach vorn dicht an die Kurslinie des Fremden führen musste. Als man ungefähr zehn Schiffslängen rechts voraus vom Dampfer stand, ließ der Kommandant das U-Boot ganz auftauchen, nachdem der letzte Teil des Weges, um unentdeckt zu bleiben, in geflutetem Zustande zurückgelegt war. Die Ausstiegsluke des Kommandostandes wurde geöffnet, der Mast emporgerichtet, um sofort wieder drahtlose Verbindung zu haben. Dann brannte man ein Fackelfeuer ab, um sich dem andern damit bemerkbar zu machen. Dort war man auch aufmerksam, denn unmittelbar nach Wahrnahme des Lichtsignals zog er seine Dampfpfeife und ließ einen kurzen Ton hören. Dies heißt nach der internationalen Seestraßenordnung: ich nehme meinen Kurs nach Steuerbord, oder in der Sprache der Leute auf der terra firma ausgedrückt: ich will Ihnen nach rechts aus dem Wege gehen! Ein zweites Lichtsignal des stillliegenden U-Bootes machte den Herannahenden jedoch aufmerksam, dass das Hindernis nicht etwa stillliege, sondern sich ebenfalls nach dort zu bewege, wohin der Dampfer auszuweichen vorhatte. Da pfiff er dreimal: „Ich gehe volle Kraft rückwärts." Das hatte der deutsche Kommandant auch beabsichtigt und ließ seine eigene Maschine wieder vorausarbeiten, um dem Fremden, von dessen Deck einige zornige Schimpfworte, wie »Tusen djevlar«, Tausend Teufel usw. herüberwehten, ganz nahezukommen und ihn in bequemer Rufweite zu haben.

„So, Kuhlo“, befahl der Kommandant dem neben ihm in der engen Ausstiegsluke Stehenden, „fragen Sie ihn: Woher, wohin, Name und Nationalität. Man spricht an Bord, so viel verstand ich aus dem Geschimpfe, Schwedisch. Hoffentlich haben wir den erwarteten finnischen Dampfer vor uns. Die Kerle reden ja dieselbe Sprache, wenigstens die an der Küste; die Kapitäne jedenfalls, trotzdem sie Russische Untertanen sind.“

Der neuernannte Dolmetscher rief mit seinem ausgiebigen Organ hinüber, weiter gestoppt liegen zu bleiben, man werde sofort ein Boot längseit senden. Der fremde Kapitän antwortete prompt, er würde nach Anweisung verfahren. Erich sollte als Offiziersdiensttuer mit fünf Mann, Kuhlo unter ihnen, hinüberfahren, die Papiere untersuchen und je nach Befund den Kapitän zum Aussteigen auffordern oder, wenn Schiff und Ladung unverdächtig, der Weiterreise nichts in den Weg legen. Als man mit dem kleinen Boot längseit kam, wurde ihnen eine Fangleine zugeworfen, zwei Mann sprangen sofort auf der Sturmleiter an Deck des tiefbeladenen Dampfers; sowie sie über das Fallreep waren, zogen sie vorsichtigerweise den Revolver.

Der Vizesteuermann, wie Kuhlo mit vorgehaltenem Browning, stiegen dann über und fragten, ob das Schiff die Russische Flagge führe. Der Kapitän zögerte noch mit der Antwort, als ihn Kuhlo schon der Mühe überhob. „Wir brauchen gar nicht erst zu fragen. Ick kenn ihm, es ist die „Stella“ von Åbo (å = o), die schon oft im Lübecker Hafen gewesen ist.“

Überraschenderweise begann der Kauffahrteikapitän, nachdem er sich gegen die feindlichen Marineleute verbeugt und seinen Namen Evenius genannt, in bestem Deutsch zu berichten: „Der Matrose hat recht, dieser Dampfer ist die „Stella“ von Åbo, führt also die weißblaurote russische Flagge. Wir sind aber Finnen und Deutschenfreunde. Meine Ladung ist für die Russische Regierung. Ich habe unten Kohlen, dann Butter im Vorraum, Naphthatanks und hinten Kaffee. Wollen Sie die Papiere einsehen?“

Kapitän Evenius hatte seinen Bericht beendet und ging mit Erich ins Kartenhaus, um ihm die Papiere vorzulegen. Hans Preuß „morste“ indessen durch kurze und lange Lichtblinke einer elektrischen Handlampe die Punkte und Striche des Telegraphenalphabets nach drüben. Da die See ruhig und nichts Verdächtiges in Sicht war, kam das U-Boot fast längseit und konnte sich nun durch Rufen schneller verständlich machen. Naphthaöl war willkommene Beute, für Schiffsgebrauch wurde daher so viel Vorrat nach drüben geschafft, wie man dort unterbringen konnte, dann ließ der Kommandant noch ein Fass Butter und einen Sack Kaffee requirieren und schickte den Rohrmeister mit dem Boote zurück, nachdem Erich noch ein Befehl zugerufen war. — „Ja", begann der junge Seemann gegen Kapitän Evenius gewandt, „Sie sind dem Russen zwar selber nicht grün, aber fahren seine Flagge und führen ihm Vorräte zu, seine Wehrkraft zu stärken, also Bannware! Wir haben den Auftrag, Ihr Schiff zu versenken und müssen Sie auffordern, das Fahrzeug binnen 13 Minuten zu verlassen."

Der Kapitän nahm dieses Todesurteil der „Stella" gelassener auf, als man hätte denken können.

„Ich habe es kommen sehen! Wollte Gott, ich wäre gleich in Lübeck geblieben. Ich habe damals so langsam wie möglich gemacht, um dort festgehalten zu werden. Meine Makler aber trieben mich dermaßen zur Eile an, dass ich, ohne aufzufallen, schlechterdings nicht mehr bleiben konnte. Ich hatte meine Hoffnung immer auf den Hafenmeister und schließlich auf den Lotsenkommandeur in Travemünde gesetzt. Aber auch dies trog. Die Herrenbrücke öffnete ihre Bogen wie gewöhnlich, und vor der Travemündung lag auch keine Sperre! Wäre ich dort geblieben, hätte ich meine gute „Stella", die mich so lange über die Ost- und Nordsee getragen, obenschwimmend behalten. Doch damals hatte man noch kein Recht, mich festzulegen. Das ist der Krieg. Alle Mann an Deck, setzt beide Boote aus!"

„Jeder suche sein wertvollstes Zeug und dann über die Seite und hinein ins Boot!"

Mit Hilfe der Dampfwinde waren die schweren Boote bald zu Wasser gelassen und merkwürdigerweise auch dicht, was man nicht immer von allen Exemplaren der Handelsschiffe sagen kann. Die Matrosen halfen ihren beiden weiblichen Kameraden, die man auf schwedischen und finnischen Kauffahrteidampfern fast immer als Köchin und Stewardess findet, hinunter, gaben ihre paar Habseligkeiten in die an der Schiffsseite recht winzig sich ausnehmenden Nussschalen und warteten, bis Steuermann und zuletzt Kapitän eingestiegen waren. Dann stießen sie ab und lauerten, auf Remen liegend, d. h. ohne anzurudern, was nun vor sich gehen würde. Der Rohrmeister war sofort in den Maschinenraum geeilt und hatte das Bodenventil geöffnet, als der letzte der Besatzung über die Reling gestiegen war. Dann ging er in den Heizraum, der von der Maschine durch ein wasserdichtes Schott getrennt war und legte hier die mitgebrachte Sprengpatrone, deren Zündfaden er zuvor in Brand gesetzt hatte.

Eilig stieg er die steile eiserne Leiter empor, die hinter dem dicken Schornstein nach oben führt, stieß das eiserne horizontale Gitter auf und verließ das dem Untergange geweihte Schiff ebenfalls. Das deutsche Boot wurde an Deck des U-Bootes genommen, den beiden finnischen eine Schleppleine zugeworfen. Mit einigen Schlägen der Schrauben entfernte man sich aus der gefährlichen Nähe des Opfers der Tiefe. Durch einen Knall wurde ihnen angezeigt, dass die Patrone zur Explosion gekommen. Die „Stella" neigte sich bald, wiegte erst nach Steuerbord, holte dann nach der entgegengesetzten Seite über und verschwand mit dem Buge voran plötzlich in der Tiefe. Die Boote waren vorsichtigerweise einige hundert Meter davon- geschleppt, man konnte im Mondschein aber alles noch sehr gut erkennen. Kapitän Evenius litt es nicht auf der Bootsducht (Bank); er stand auf und sah nach seinem auf Nimmerwiedersehen verschwindenden Kahne hinüber. Ein Seufzer begleitete die „Stella" in die Tiefe, und seine gebräunte Hand fuhr über die Augen. Die beiden Weiber kreischten laut auf, namentlich als die rückflutende Welle des durch den sinkenden Schiffskörper verdrängten Wassers die Boote in erst leise und dann lebhafter werdende Schaukel- und Drehbewegungen brachte. „Djefvul" brummten die betroffen dreinblickenden fremden Seeleute. Auch der deutschen Matrosen Augen hingen gebannt an dem eigenartigen und ihnen noch neuen Schauspiel. Der mit seinem Offizier und dem Vizesteuermann auf den Kommandostand hinausgetretene Kapitänleutnant legte die rechte Hand stumm an die Mütze und grüßte den in die Tiefe gehenden Dampfer zum Abschiede.

„Volle Fahrt voraus!" hieß es dann, nachdem sich alle von dem leicht durch Spritzer und die Bugwelle überfluteten Deck nach unten geborgen oder oben auf dem Kommandostand ein trockenes Plätzchen gefunden hatten. Das Fahrzeug hatte aber noch keine halbe Seemeile zurückgelegt, als der Kommandant schon wieder stoppen ließ und nach den geschleppten Booten hinüberrief, ob die Frauen auch genügend warm angezogen seien, sonst sollten sie an Bord des Kriegsschiffes genommen werden. Nachdem aber Evenius versichert, dass alle warm genug wären, Köchin und Stewardess auch keine Neigung zur Übersiedlung zeigten, fingen die Schrauben wieder an zu arbeiten und gaben dem Schiffe bald gute Fahrt. Der Kurs wurde dann recht auf die schwedische Küste gerichtet, um die Schiffbrüchigen an irgendeinen vorbeifahrenden Dampfer abzugeben, den man sicher auf dieser Handelshochstraße treffen würde. Diese Überlegung erwies sich auch als richtig, denn bereits nach zweieinhalbstündiger Reise lief man einen Dampfer ungefähr drei Strich am Backbordbug in Sicht. Beim Näherkommen machte man aus, dass es die „Söderhamn" von Gefle sei. Der Kommandant ließ dem Offizier auf der Brücke durch Kuhlo sagen, man möge doch die Besatzung der beiden Boote an Bord nehmen und im nächst zu erreichenden Hafen absetzen. Eine Erklärung des Wie und Warum könne Kapitän Evenius geben.

„Achtung auf die Schrauben, dass die Leinen nicht unklar werden! Los die Schleppleinen — Gott befohlen! nichts für ungut, Kerr Kapitän. Wir treffen uns wohl mal wieder in friedlichen Zeiten."

„Klar zum Tauchen. Luken sind dicht. Drei Grad das Tiefensteuer und auf die Ventile zu den Tauchtanks!" Langsam erst, dann schneller sank das U-Boot, zur großen Verwunderung der ausländischen Zuschauer, die dies Schauspiel zum ersten Mal erlebten. Auch das Periskop verschwand unter Wasser, damit niemand verraten könne, wohin sich der Deutsche gewandt. Denn es war als ziemlich gewiss anzunehmen, dass der Schwede seine Passagiere sofort im nächsten, in wenigen Stunden zu erreichenden Hafen landen würde. In kurzer Zeit wäre dann jedermann dort am Bollwerk und im ganzen Orte imstande, den Kurs und den Platz des nächsten Erscheinens dieser Meeresgeißel anzugeben. Entzog man sich aber vollkommen den Blicken der Zuschauer, dann mochte, wer Lust hat, des Rätsels Lösung versuchen!

> Hier geiht he henn,
> Dor geiht he henn!

Niemand kann dann mit Sicherheit aussprechen, ob der Kurs gegen Osten oder wieder westlich geführt hat, an welcher Küste Bornholms das U-Boot sein nächstes Opfer suchen wird.

Fünftes Kapitel. Gegen den Moskowiter.

Vorläufig aber wollte man eine flachere Stelle suchen und dort liegen-
bleiben, um den Tag zu erwarten. Die Mannschaften waren übermüdet
und bedurften dringend einiger Stunden der Ruhe. Als man in geeignete
Wassertiefe gekommen war, senkte sich der glatte Rumpf allmählich, bis
man die leise Berührung mit dem Grunde fühlte, wie man's früher in der
Kieler Bucht probiert.

Jetzt durfte der Ruhe gepflegt werden; der im Dienst bleibende Teil
der Mannschaft hat die Pflicht, über die Sicherheit des anvertrauten
Schiffes und des Lebens der schlafenden Kameraden zu wachen. Erich
Sarnekow fiel die Ehrenaufgabe zu, diese erste Wache zu kommandieren.
Er musste sich von der Beschaffenheit der Atemluft überzeugen, darauf
achten, ob die Druck- und die Tiefenanzeiger an gleicher Stelle des Zif-
ferblattes hafteten; ob die Akkumulatoren nicht dunsteten, das elektrische Licht ruhig brenne. Er ging dann in den Kommandoturm, um die
nötigen Eintragungen in das Schiffstagebuch zu machen, sich selbst einige Notizen niederzuschreiben und mit kunstfertiger Hand ein paar
flüchtige Skizzen der heute Nacht durchlebten Szenen zu entwerfen.

Das U-Boot nahm, wie die „ganz Klugen" an Bord schon vermutet
hatten, wirklich weiter Kurs nach Osten, also auf die russische Küste zu,
um den Moskowitern einen Besuch abzustatten und womöglich ein Boot
ihrer englischen Bundesgenossen zu vernichten oder aufzubringen. Da
man erwarten konnte, an der schwedischen Küste solche Begegnung
leichter herbeizuführen, als wenn man Kurs nach Pommern hinüber gesetzt hätte, folgte man dem Verlaufe der erstgenannten, war jedoch
ängstlich bemüht, den vorgeschriebenen Drei-Seemeilenabstand vom
Lande innezuhalten, um nicht in die Verlegenheit einer Neutralitätsver-
letzung zu geraten. Öland war bald passiert, Gothland zur rechten Zeit,
genau nach der Schätzung, gesichtet, als man eine ganze Zeit aufgetaucht
fuhr und die Luken zur Auffrischung der Innenbordsluft offenhielt. Da
ringsum nichts in Sicht war, auch keine noch hinter der Kimm (Horizont)
befindlichen Schiffe sich durch ihre Rauchfahnen verrieten, wurde der
Mast hochgerichtet, um drahtlos mit Königsberg zu verkehren. Bald
wurde auch zurückgefunkt, ein russischer Torpedobootszerstörer sei in
der Höhe von Libau gesehen und schiene als Späher daraus zu warten,
die russische Flotte herbeizurufen, sobald man diesen Teil der Ostsee frei
von deutschen Kriegsschiffen ausgemacht habe. Trotzdem seine Radio-
gramme chiffriert und in russischer Sprache abgefasst waren, gelang es
den Deutschen in Königsberg meist jedes Mal, die feindlichen Anweisungen aufzufangen. So holte man nun auf dem angedeuteten Umwege

Auskunft, wo man den Feind finden könne. Das U-Boot sollte von Mitte Gothlands recht Ost nach der russischen Küste hinübersteuern und sich dem Feinde südlich von Windau vorsichtig nähern. Es sei möglich, den Ahnungslosen zu überraschen, denn er scheine vorläufig dort allein bleiben zu sollen, wie die neuesten Kundschaften bestätigt hätten.

„Also Kurs Ost, volle Fahrt und guter Ausguck. Bei anbrechendem Tag Unterwasserfahrt!" hieß es nunmehr. Gegen Morgen wurde wieder gefunkt, die Küste querab von Windau anzulaufen und von da südlich herunterzusteuern, sowohl um den Feind abzuschneiden, sowie um ihm unbemerkt nahezukommen. Denn es sei mit großer Sicherheit anzunehmen, dass er seine Aufmerksamkeit, Feinde zu entdecken, nach Süden richten und daher knapp nach achteraus sehen würde.

Die Höhe von Windau war ohne Anfall erreicht; Peilung und Lotung ergaben ein genaues Besteck, so dass von hier wieder ein sicherer Abfahrtspunkt gegeben war. Wenn die Ostsee auch keine Ebbe und Flut besitzt, so sind ihre Strömungen doch immerhin nicht außer Betracht zu lassen. Sie laufen zwar meistens mit dem herrschenden Winde, man kann sich jedoch niemals sicher darauf verlassen. Denn wenn zum Beispiel starke Stürme die Gewässer gegen eine Küste treiben und dort ein Anstauen verursachen, wird der Meeresspiegel so lange steigen, bis der Druck dieser angestauten Schicht den des auf ihr lastenden Windes übersteigt. Dann drängt das Wasser, die Niveaudifferenz wieder auszugleichen und beginnt, gegen den herrschenden Wind an zu fließen. So kann der Schiffsführer bei Ost- das heißt aus der östlichen Richtung wehenden steifen Winden zuweilen eine gerade nach Osten hin, also recht gegen den Wind setzende Meeresströmung antreffen, die das Schiff natürlich mit sich reißt und nach der genannten Himmelsrichtung hintreibt. Steuert man nun Ostkurs, dann wird man seiner Berechnung um den Betrag der Stromversetzung voraus sein. Dies muss der verantwortliche Navigateur so oft, wie ihm möglich ist, prüfen. Er misst bekanntlich den durchs Wasser zurückgelegten Weg des Schiffes vermittels der Logge. Trägt er die vermeintlich gemachte Strecke in seine Seekarte ein, dann ist er am Endpunkt des eingezeichneten Weges. Fällt dieser in die Nähe der Küste, an der man einen hervorragenden Punkt mit dem Kompass anvisieren oder, wie der Nautiker sagt, „peilen" kann, dann wird man auch diese Richtungslinie, von dem gesichteten Orte rückwärtsgehend, in die Karte einzeichnen. Dieser Endpunkt ist der wirkliche Schiffsort. Liegt er dem erstgefundenen vorauf, so hat man günstige Strömung, den Strom „mit", im andern Falle „gegenan" gehabt.

Hier stimmte das Besteck; man brauchte nicht erst berichtigen und „setzte nun den nächsten Kurs" nach Süden hin, auf Libau zu, um den Russen, wenn möglich, von hinten zu fassen. Es war bisher nach Wunsch gegangen, kein Anberufener hatte das deutsche U-Boot erblickt. Niemand konnte demnach seine Anwesenheit in diesen Gewässern verraten. Die Fischer, die sonst bei gutem, wie schlechtem Wetter die Meeresfläche beleben, waren verschwunden, teils aus Furcht, auf Minen zu laufen, teils waren sie wohl von den Russen zu Kriegsdiensten, als Lotsen für die Flotte oder für andere Zwecke, gepresst.

Ahnungslos trieb der große moderne Torpedojäger, ein Neubau der Rasjaschtschy-Klasse, träge mit dem Strome südwärts, er sollte wohl jede feindliche Annäherung an den weit in See sich hinaus erstreckenden Wellenbrecher verhindern oder im Notfalle sofort Hilfe aus dem Kriegshafen herbeirufen. Die später auch ausgeführte Absicht unserer Flottenleitung zielte darauf ab, den Zugang zum inneren, durch die langen Steinmolen geschützten Hafen durch Versenkung eines oder mehrerer Fahrzeuge zu sperren. Leider lag der feindliche Torpedoboots-Zerstörer noch zu weit von der Einfahrt, um ihn dort gleich in die Tiefe zu senden. Es war auch gefährlich, in die Minenfelder hineinzufahren, obwohl man genaue Pläne davon an Bord des U-Bootes hatte. Aber die Verankerung dieser Höllenmaschinen war seitens der Russen so nachlässig ausgeführt, dass man sich doch auf keinen Plan mehr recht verlassen konnte. Genau dieselbe Verwirrung, wie vormals im Russisch-japanischen Kriege. Erst hatten die gelben Japs jener Zeit Angriffsminen gelegt, um den Feind im Hafen zu blockieren. Dann hatten die Russen, ohne zu ahnen, dass der Asiate ihnen zuvorgekommen, ebenfalls diese Verderben speienden Eisentöpfe versenkt, um dem Gelben den Zugang zu wehren. Die der einen Partei waren von selbst in Trift geraten, die der andern natürlich bei Nacht und Nebel in größter Eile, wie leicht begreiflich sein wird, in das feindliche Fahrwasser gebracht. Niemand hatte schließlich einen genauen Lageplan, namentlich, als unbeabsichtigte Verschiebungen vorgekommen, nachdem diese „Defensiv-Torpedos" eigenmächtige Spazierschwimmtouren unternahmen. —

Auch Netzsperren sollten vor Libau ausgelegt sein. Wenn diese Hindernisse an und für sich nicht unüberwindlich sind, so muss der vorsichtige U-Bootsführer, der mit Erfolg angreifen will, doch vermeiden, in ein solches, von ihm noch nicht sorgfältig untersuchtes Fahrwasser hineinzusteuern. Namentlich wird ihm die seemännische Vorsicht gebieten, in sicherem Abstände zu bleiben, wenn das von ihm anzugreifende Fahrzeug schnell Hilfe zur Stelle haben kann. Vorsichtig hatte sich Erichs

Kommandant bisher an sein auserwähltes Opfer herangepirscht, und zwar in geschickter Weise so manövriert, dass er dem U-Boote eine Trimmlage gab zwei Meter unter der Wasseroberfläche. Das Periskoprohr brauchte dann nur wenig herausgeschoben zu werden, um einen Rundblick auf die Umgebung zu ermöglichen. Jetzt galt es, alle Geschicklichkeit anzuwenden, sicher heran und dann zum wirkungsvollen Schuss zu kommen. Kuhlo bediente seit einigen Tagen das Tiefensteuer, Hans Preuß aber war an seiner Stelle Rudergänger geworden und verstand auch prächtig, sich den hohen Anforderungen des verehrten Führers anzupassen. „Ruhe, Ruhe und nochmals Ruhe verlange ich von meinen Steurern. Ihr Auge hat nur den Kompass zu sehen, das Ohr nur meine Kommandos aufzunehmen. Alle andern Sinne sind auszuschalten, oder euch soll der Deubel frikassieren, Kerls!"

„Eine Haaresbreite vom Kurse ab oder um einen kleinen Bruchteil eines einzigen Grades den Bug aus der horizontalen heraus, dann haben wir die schönste Schweinerei!" Das hatte der Kommandant schon unzählige Male wiederholt, sodass Kuhlo im Selbstgespräch dies schon immer wiederholen konnte, sobald früher eine Übung losging. Er war seinem Kommandanten dabei mitunter sogar einige Takte voraus gewesen, sodass er ihm auch hätte als Souffleur dienen können.

„Maul halten da!", tönte des Vize Stimme. „Passt auf, jetzt wird's ernst! Die Torpedos sind im Rohr; wenn der Satan den Russen bloß nicht beisteht und sie noch zu guter Letzt entkommen lässt."

Das schien beinahe so, denn plötzlich schrillten seine Sirenen. Wäre das U-Boot jetzt aufgetaucht gefahren, hätte man auf dem drüben auch die Glocke des Maschinentelegraphen anschlagen hören können. Unter Wasser vernahm man natürlich nichts von alledem. Zufällig war gerade ein Mann in den kurzen Signalmast des Russen geschickt, da sich an der Antennenrah der drahtlosen Einrichtung ein Seitenspanntau durchgescheuert hatte. Dies sollte repariert werden. Als sich der damit beauftragte Matrose auf seinem luftigen Platz etwas zurechtsetzte, um sicherer zu arbeiten, sah er plötzlich achteraus, in bedrohlicher Nähe den weißen Schaumstreifen des heransausenden Ungeheuers der Tiefe! Ein Warnungsruf nach unten an Deck und hastiges Hinabgleiten, da die Befestigung der Antenne bereits vollendet war, folgten in der nächsten Sekunde. Da tauchte auch das Periskop des Tauchbootes, zwar nur für einen kurzen Augenblick auf, der jedoch genügend war, die Leitung des U-Bootes zu überzeugen, dass man noch den rechten Kurs, gerade auf das Opfer zu, innegehalten! Der Kommandant hatte das Manöver oft geübt, sein Stielauge ohne Öffnung der Trimmtankventile, lediglich durch ein wenig

Rudergeben des Tiefensteuers, oben über Wasser zu bringen. Ein Blick auf das Fadenkreuz in der Periskopvorrichtung genügt dann, sich vom geraden Kurs zu überzeugen. Die Helligkeit im Bootsinnern wird größer, man sieht alle Gegenstände im engen Raume unten deutlich und blickt schließlich bis in die, noch kurz zuvor in Finsternis getauchten Ecken. Der Führer schaltete zu diesem, große Geschicklichkeit und genaues Zusammenarbeiten der Leute am Ruder erforderlichen Manöver der Auf- und Abbewegung ohne Wasserballaständerung die elektrische Beleuchtung in seiner Kommandozentrale aus und richtete sich dann ganz nach dem Helligkeitsgrade des auf der Mattscheibe erscheinenden Beleuchtungslecks, genauso, wie der Photograph die Belichtungsdauer einer Aufnahme beurteilt. Erst erschien beim Höhergehen nur ein scheinbar phosphoreszierender Fleck, der aufleuchtet und dann wieder schwächer wird, je nachdem, ob Wellenberg oder -tal über den Kopf des Sehrohres hinwegfluten. Sind nur noch wenige Meter Wasser darüber, wird der Fleck milchig weiß, um schließlich kurz vor dem Auftauchen, ein wenig ins Bläuliche spielend, ganz hell zu werden, gerade als wenn man noch tief im Bergwerksstollen oder Tunnel den ersten Lichtstrahl der Oberwelt wieder begrüßt. Im selben Augenblicke muss aber das zur Fahrt nach aufwärts gedrehte Tauchruder horizontal und im Nu auch fürs Absteigen in die Tiefe gelegt werden. Dann erzielt man nur ein blitzartiges Erscheinen des Periskopkopfes über dem Meeresspiegel. Dieser Moment, auf den mehrere Beobachter gespannt warten, ist aber hinreichend, die Richtungen und Abstände zu prüfen. Ein Augenaufschlag genügt; das Fahrzeug verschwindet sofort wieder, dem schlanken Delphin gleich, der dem Bug des die Wellen durchschneidenden Schiffes voraneilt.

Auch der Rudersmann sieht in seinem Periskop, das nur vorausschaut, ob sein Kurs dahinführt, wo der abgeschossene Stahlleib des Torpedos gleich Tod und Verderben speien soll. Hans Preuß hatte, wie der Kommandant schon mehrmals lobend hervorgehoben, eine leichte und doch sichere Hand. „Man muss das im Gefühl haben, wohin der Kasten ausbrechen will, und ihm durch Drehen des Rades um eine oder einige Spaken (Speichen) schon entgegenarbeiten!" Kuhlo desgleichen war der geborene Steurer, er merkte, zum wenigsten behauptete er es immer stets und fest, ohne auf den Tiefenanzeiger zu blicken, ob das Boot sinke oder steige.

Der Russe hatte erst andauernd Dampfpfeife und Sirene heulen, auch Leuchtkugeln steigen lassen, weil seine Funken-Einrichtung anfänglich wohl noch nicht arbeitete. Das schien endlich in Ordnung gekommen zu sein, denn die Tonsignale verstummten plötzlich. Aber noch schlug seine

Maschine nicht an. Bei ihr war auch wohl irgendein Hindernis, sonst wäre die Dummheit doch zu groß gewesen, nach Hilfe zu schreien und sich selbst nicht von der Stelle zu rühren! Entweder waren die Herren in der Maschine zu beschränkt oder nicht mehr nüchtern; kurz und gut, der Torpedozerstörer war vollkommen überrascht und durch die Kopflosigkeit seines Kommandanten nunmehr der eignen Zerstörung preisgegeben. Aus den Luken tauchten Leute auf und stürzten an die Torpedoausstoßrohre. Aber bevor sie gedreht werden konnten, hatte die russische Ostseeflotte bereits ein Fahrzeug weniger. Der Deutsche hatte ausgezeichnet getroffen, denn vor dem dritten Schornstein des feindlichen Bootes stieg eine gewaltige Flammensäule, wohl an 13 Meter hoch, empor; ihr folgte, Feuer und Wasser sich mischend, eine in die Höhe sprudelnde Gischtfontäne. Dann ein dumpfer Knall, ein Bersten, Splittern und Stöhnen. — Wo eben noch die vier schräg nach hinten stehenden Schornsteine schwarzen Qualm ausgestoßen, hatte sich ein dunkler Riesenring gebildet, immer größere Kreise erzeugend, die Holztrümmer von Booten, Korkgürtel usw. vor sich hertrieben und immer mehr nach außen stießen. Darauf im Zentrum dieses schäumenden Pfuhls eine Wasser- und Luftblase gewaltiger Abmessung. Trümmer entsteigen der Tiefe, fliegen einige Meter in die Höhe, um dann klatschend und gegeneinanderschlagend, wieder aufs Wasser niederzuprasseln. Ein großer Ölfleck, schmierig glänzend, breitet sich von der Mitte her immer weiter aus und treibt auftauchende Ringe von Ruß und leichte Aschenreste vor sich her. Schwarze Ölkannen wirbeln dazwischen herum, überschlagen sich und verschwinden gurgelnd und volllaufend zum zweiten Male in die Tiefe.

„Dort hinten aber, Vize, das ist ein Kopf! Ein Mensch! Er schwimmt, ich sehe jetzt ganz deutlich, wie er ausholt mit den Armen, er will auf uns zu!"

Dies nahm der Führer des gleich nach dem abgegebenen Schusse aufgetauchten Bootes wahr und ließ sofort auf den mit der kalten Flut Ringenden zuhalten. Als der Torpedo das Ausstoßrohr verlassen hatte, da zählten alle atemlos die Sekunden der eingestellten Laufzeit, die bei der großen Nähe des Angegriffenen nur kurz bemessen war, „Null, eine, zweie" — und so weiter, bis die zurückflutende, durch das Bersten des Projektils erzeugte Welle den Bug des Angreifers bewegte und anzeigte, dass das Ziel nicht verfehlt wurde! Das Periskop enthüllte schon, bevor das Boot selbst die Oberfläche erreicht hatte, welche genaue Arbeit hier geliefert war. — „Luken auf!" sobald sie oben sind; und hinaus winden sich mit großer Geschwindigkeit die zur Rettung der verunglückten Besatzung Befohlenen. Der Tod scheint reiche Ernte gehalten zu haben;

nur drei Mann sind in der Nähe der Unfallstelle zu erblicken, deren einer zum Erbarmen wimmert. Der am weitesten Entfernte scheint Rettung durch die Deutschen zu verschmähen, denn mit mächtigen Stößen versucht er, sich der Küste zuzuwenden. — Das Falkenauge Erich Sarnekows hat aber an der Uniform den Offizier erkannt. Der wünscht natürlich nicht, gefangen zu werden und will sich durch Schwimmen zu retten versuchen. Zwei Schläge der U-Bootsschrauben bringen den Flüchtling, den nun die Kräfte in der eisigen Flut doch verlassen, beinahe längseit des deutschen Fahrzeuges, während das Beiboot zuerst den um Hilfe flehenden Verwundeten und den dritten Matrosen einholt. Der Offizier wirft noch einmal die Arme hoch und sinkt dann hinab in die eisige Flut, als ihn knapp noch fünf Meter von der Bordwand trennen. Ein bedauerndes Tt Tt des Kommandanten veranlasst Erich zu einem fragenden Blick an seinen Führer, der ihm Gewährung zu winken scheint. Schon hat der Vizesteuermann die Lederjacke und die Stiefel abgestreift und ist mit einem Sprunge über Bord, dem gerade wieder Emportauchenden sich mit kräftigen Bewegungen nähernd. Die Kälte lässt auch den Retter fast verklammen; wie Messer schneidet die Flut in die Haut, aber eine eiserne Willensstärke überwindet die anfängliche Schwächeanwandlung, so dass der erst Versunkene rasch erreicht, mit Schwimmerkunstgriff gepackt und auf den Rücken geworfen ist. Doch auch dieser ist nunmehr wacker bestrebt, die tückische Flut zu meistern; auch bei ihm hat die Willensstärke obgesiegt, er wird nicht wieder bewusstlos und unterstützt den deutschen Retter, obwohl man merkt, dass er des Schwimmens unkundig ist. Hilfreiche Hände strecken sich aus, beide an das schlüpfrige Deck des U-Bootes zu holen, erst den Verunglückten, dann den Bordkameraden, dem der Kommandant selber die Hand reicht, um ihn rasch heraufzubekommen. Diesen Augenblick aber benutzt der Fremde, in seine nasse Brusttasche zu fassen und mit Blitzesschnelle ein Päckchen, anscheinend ein dickes Notizbuch, über Bord zu werfen. Doch bevor dies sinken kann, hat sich Erich Sarnekow, der seinen Gefangenen, denn so durfte er ihn wohl bezeichnen, nicht aus den Augen verloren, zum zweiten Male über Bord gestürzt und tauchte nach dem, nunmehr in kleinen Schraubenkreiswindungen langsam zur Tiefe absteigenden Gegenstand. Man sah deutlich wie der Schwimmer zweimal diesen Wirbeltanz mitmachen musste. Fast als wolle eine Wassernixe den mutigen Schwimmer in die purpurne Finsternis der Tiefsee allmählich hinablocken. Mit vorgebeugtem Kopfe, langausgestrecktem Halse verfolgen alle den Taucher. Jetzt wendet er sich, wirft sich herum und schwenkt, sich zur Oberfläche emporarbeitend, triumphierend das vom Russen fortgeschlenderte Päckchen.

Schnell wird Erich dann von dienstwilligen Kameraden entkleidet. Man reibt den vor Frost Klappernden trocken und hüllt ihn warm in seinen andern Anzug, während Kapitänleutnant Menzell ihm höchsteigenhändig einen großen Schluck aus seiner Dreisternflasche einpumpt. „Famos, Vize! Wissen Sie, was Sie da den Fluten entrissen haben? Kein Deubel kann zwar diese vertrackte russische Schrift lesen, bald sind es mal griechische Buchstaben, die ich sowieso nicht leiden kann, seitdem mir die Pauker auf der Penne den schönen Homer gründlich verekelten. Ich habe den alten Odysseus erst später liebgewonnen, trotzdem er ein trauriger Seefahrer gewesen! So an zwanzig, ja sage und schreibe 20! Jahre gebraucht hat er, um durch das Mittelmeer heimzufinden! Danke! Aber die Russen haben noch mehr Hieroglyphenzeichen. Und könnte man sie schließlich lesen, so versteht man sie doch noch nicht! Aber hier diese Zeichnung kann jeder entziffern! Ich habe sie schon mit unserer Spezialkarte von Libau verglichen. Sehen Sie hier die Molen und hier auch auf dem Blatte; diese Punkte da, das sind die Minen, die vorm Kriegshafen liegen. Außerdem waren, hier überzeugen Sie sich, fünftausend Rubel in Scheinen in dieser Brieftasche enthalten. Die hätte er nicht wegzuwerfen brauchen, unser russischer Kamerad! Aber er konnte den Plan wohl nicht erst vom Mammon trennen. Scheint noch ein anständiger Kerl zu sein, namentlich wenn er jetzt zugeben sollte, dass die wieder gefischten Rubelchen nicht sein eigenes, sondern Staatseigentum sind. Gratuliere übrigens, Vize, zu diesem Erfolg. Ich werde Sie sofort zum „Eisernen" vorschlagen. In der K. M. haben wir erst ganz vereinzelte Stücke dieser erstrebenswerten Auszeichnung." — Der Wachoffizier machte jetzt eine Meldung, die den Kommandanten sofort abrief. Im nächsten Augenblicke darauf wurde klar zum Tauchen gemacht, welches Manöver schnell und sicher wie auf dem Übungsgewässer Kiels erfolgte. Sirenenhilferufe und Funkennachricht waren in Libau nicht ungehört verhallt; drei weitere Torpedobootszerstörer, die draußen im Schutze des Wellenbrechers gelegen hatten, kamen mit rasender Fahrt und würden nun, da Hilfe nicht mehr zu bringen war, doch wenigstens versuchen, Rache zu üben. Das U-Boot konnte daher nicht länger an der Unglücksstelle nach etwa noch Auftauchenden weiter suchen, sondern musste sich der eigenen Sicherheit wegen durch schnelles Tauchen der Sicht des Feindes entziehen. Weitere Rettungsmaßregeln für ihre Leute mussten den herandampfenden Russen überlassen werden. Um die Verfolger zu täuschen, nahm Kapitänleutnant Menzell unter Wasser erst einen Nordwestkurs und lief einige Stunden auf diesem weiter, dann wandte er sich südlich und wollte Danzig zwecks Ergänzung seines Torpedobestandes anlaufen.

Nachts fuhr man wieder aufgetaucht und bekam Anschluss mit der drahtlosen Kieler Station. Die Nachricht von der glücklichen Erledigung der russischen Torpedobootszerstörer wurde, natürlich chiffriert, nach dort gefunkt. Drei Stunden darauf rief man das U-Boot wieder an und übermittelte den Befehl, noch drei Handelsdampfer, mit Bannware für Russland beladen, zu erledigen, dann aber direkt nach Kiel zurückzukehren. Die Torpedos sollten nicht ergänzt, nur die drei Gefangenen zuerst in Pillau abgesetzt werden, zumal der eine bei der Explosion schwere Brandwunden empfangen hätte. Der andere Matrose war ganz vergnügt, dem Kriegspfade Valet sagen zu dürfen, während der gerettete Offizier sich ziemlich unglücklich fühlte. Er dankte seinem Retter in gutem Deutsch, fügte jedoch hinzu, es wäre ihm lieber gewesen, man hätte ihn ruhig ertrinken lassen, da er das ihm anvertraute Schiff verloren und vor allem, weil die Lageskizzen der Minen in die Hände des Feindes gefallen seien. Er sei jedoch auf solches Taucherkunststück nicht vorbereitet gewesen. Erich Sarnekow, der diesen Auseinandersetzungen beiwohnen durfte, hatte den russischen Offizier, je länger jener sprach, immer schärfer ins Auge gefasst und erlaubte sich während einer Gesprächspause die Frage, ob der Russe nicht vor vier Jahren als Adjutant einer hohen Exzellenz in St. Petersburg eines Tages an Bord des Schulschiffes gewesen sei. Dies wurde bejaht. Der Gefangene, schließlich über sein Geschick getröstet, wusste noch diese und jene Einzelheit zu berichten. Er sei damals als Adjutant kommandiert gewesen, da er, einer baltischen Familie entstammend, des Deutschen vollkommen mächtig und mit seinem deutschen Namen Jensen zu jener Dienstleistung gewiss willkommen gewesen sei. Seine Mutter wäre eine Deutsche, daher sei es ihm furchtbar, gegen deren Landsleute fechten zu müssen. Er sei oft in Hamburg bei den Großeltern gewesen, zwei seiner Vettern und Jugendfreunde dienten in der deutschen Marine. „Aber: c'est la guerre!" schloss der Besiegte.

In Pillau sollte er dem erhaltenen drahtlosen Befehl gemäß abgesetzt werden. Auch die ausgesprochenen Erwartungen Menzells erfüllten sich, was den Kommandanten ausnehmend erfreute. Denn Jensen erklärte wirklich, die in seiner Brieftasche gefundenen fünftausend Rubel gehörten der Schiffskasse und seien nicht etwa sein Privateigentum. Manche seiner Kameraden würden sich sicher daran bereichert haben!

Nun konnte der Vizesteuermann als zweiter Wachoffizier seine nautischen Kenntnisse beweisen. Er war, wie der Kommandant aus den Papieren wusste, vor dem Besuche der Steuermannsschule einen Sommer über Matrose auf einer seinem Thüringer Landesherrn gehörigen Segeljacht gewesen. Sein Vater hatte den jugendlichen Fürsten als Arzt begleiten müssen und die ganze Kieler Woche, sowie die Schlussfahrt von dort nach Travemünde, dem Lübecker Hafen, mitgemacht, eine für den Binnenländer sehr lohnende Ferien- und Erholungsreise. Das Töchterchen des Schiffers der Lustjacht war bei der Ankunft gefährlich erkrankt. Der Vater, ganz verzweifelt darüber, hatte sich in seiner Angst an den alten Geheimrat gewandt. Dessen ärztlicher Kunst war die Rettung gelungen; der dankbare Schiffer Lerche hatte sich ausgebeten, dem Sohne dafür das an See-Mannschaft beizubringen, was man einem willigen und gelehrigen Schüler für den Rest des Segelsommers einflößen könne! Das Ergebnis dieser Erziehung, die sich auf Kenntnis fast aller Ostseehäfen erstreckte, sollte nun dem Vaterlande zugutekommen. Erich diente hier als Lotse, sein Freund Kuhlo stand als Steurer zu seiner Verfügung, und ohne Unfall brachten beide ehemalige Schiffsmaate, jetzt in so verschiedenen Verhältnissen, das Fahrzeug ans Bollwerk. Die drei Gefangenen wurden abgeliefert, der Verwundete unter ihnen dem Lazarett überwiesen.

Sechstes Kapitel. Nordseefahrten.

Nach kurzem Aufenthalt konnte die Heimreise weiter fortgesetzt werden. Statt der drei Schiffe, auf die man fahndete, wurde nur eins entdeckt und genau wie auf der Ausreise die „Stella" behandelt. Dann passierte man wieder Gjedser, diesmal das Feuerschiff an Steuerbord lassend, durchfuhr darauf den Fehmarnbelt und war nach schneller Reise bald beim Friedrichsorter Leuchtturm angelangt. Quer an Backbord grüßten die hohen Masten des Schulschiffes, dessen Zögling so gut abgeschnitten, herüber; doch die Schrauben des U-Bootes brummten ihre Bassmelodie ohne Unterbrechung weiter, bis das „Stoppe" des Kommandanten ihnen Halt gebot. —

Neue Aufgaben harrten des Fahrzeuges; es sollte nun aus den zahmen Gewässern der Ostsee hinaus, um den Eisenbug in den grauen Fluten der wilden Nordsee, die schon so manchen Schiffen verhängnisvoll geworden, zu baden. Nordsee — Mordsee, heißt der alte Seemannsspruch nicht umsonst!

Die Fahrt durch den Kaiser-Wilhelm-Kanal war eintönig, aber nach den Strapazen der letzten Wochen eine Erholung. In der Elbe lag man einige Tage, fuhr bis Helgoland und kehrte wiederholt nach Brunsbüttel zurück, ohne Gelegenheit zu neuem Kampfe gefunden zu haben. Als man heimkehrend die Schleusen passierte, stand der Inspektor der U-Bootsabteilung auf der Kaimauer und grüßte den hinter seinem Schutzkleid stehenden Kapitänleutnant Menzell, wie es allen vorkam, besonders feierlich. Sobald das Boot festlag, kam er an Bord und ließ die ganze Mannschaft an Deck antreten. Er hob hervor, dass Seine Majestät, dessen Auge immer wohlwollend auf seiner Flotte ruhte, ganz besonders über den Erfolg seines neuesten Tauchbootes erfreut gewesen sei. Zum Zeichen seiner Anerkennung lasse er dem Kommandanten das Eiserne Kreuz zweiter und erster Klasse überreichen. Dem ersten Wachoffizier, ferner dem Vizesteuermann Erich Sarnekow, dem Obermatrosen Kuhlo, der zugleich zum Bootsmannsmaaten befördert wäre, und dem Rohrmeister Lorenzen, wie auch dem Maschinisten Müller habe Majestät geruht, das Kreuz zweiter Klasse allergnädigst zu verleihen.

„Junge, Erich, ick wull seggen Herr Vizesteuermann wat meenst du nu? Ritter pp. Ja, ja wat seggt min Mudders, woll to Hus?"

Neidlose Freude überall; war man doch überzeugt, dass die Wahl der Ausgezeichneten eine sehr glückliche gewesen sei. Wenn sich das Boot draußen in See befand, so konnte man nachts leicht drahtlos mit Helgoland verkehren und sich immer von neuem unterrichten, ob feindliche Kreuzer in der Nähe gesehen wären. Nach vielen vergeblichen Streifen empfingen sie eines Tages den Befehl, einen Abstecher nach der englischen Küste hinüber zu machen. Die Gefahr und die Schwierigkeit der Aufgabe reizten natürlich doppelt. Freudig erklang wieder das Hurra, als man Abschied nahm von der Elbe, um den Feind im eigenen Schlupfwinkel zwischen den Kreidefelsen von Dover aufzusuchen. Helgoland lag bald achteraus, das Boot fuhr mit voller Überwassergeschwindigkeit durch die mäßig bewegte Nordsee. Sorgsam wurden die sich selbst auszeichnenden Schraubendrehungen gezählt, um den gemachten Fortschritt jederzeit nachprüfen zu können. Als die Doggerbank erreicht war, wurde es hell. Menzell beschloss deshalb, nun einmal am Tage auszuruhen und, den Tritonen gleich, unten am Meeresgrunde einen „tiefen" Schlaf zu tun. Es schien nicht rätlich, bei Tage mit aufgetauchtem Boot weiter vorzudringen.

Nach Fortsetzung der Reise passierte man, sehr vorsichtig navigierend, den Goodwin-Sand an der Steuerbordseite, ungeachtet der von den Engländern hier wahrscheinlich dicht an dicht gelegten Minen, die dem U-Boot nicht sehr gefährlich werden, wenn man tiefer unter ihnen durchgeht. Dann spähte man ab und an, gleich dem Walfisch, der Luft schnaufen will, nach oben kommend, wie weit man bereits vorausgeschritten. In Dover sollte, wie Kundschafter verraten hatten, der Zugang zum Hafen durch ein Stahlnetz gesperrt sein. Dort wollte Menzell zugleich seine neue Vorrichtung ausprobieren, die bestimmt war, die festen Maschen dieser Hindernisse wie ein Heringsnetz zu durchschneiden und dann unter der Sperre durchzutauchen.

Dies gelang wider Erwarten gleich beim ersten Versuche und unerwartet war man zwischen den sich weit in den See hinausstreckenden Brechwassern, den „Prinz von Wales"- und „Admiralitäts"-Piers, und dicht vor dem eigentlichen Hafeneingang. Da kein geeignetes Ziel für einen Torpedoschuss vorhanden war, begnügte man sich, vorsichtig aufzutauchen, den Verschluss der oberen Einsteigluke leise so weit zu lüften, um eine kleine Boje mit Tau und genügend schweren Eisenbolzen als Verankerung ins Wasser gleiten zu lassen. Auf der oberen Spitze der Boje wehte eine kleine deutsche Kriegsflagge und an ihr befestigt, wohl in Ölleinwand verpackt, eine höfliche Aufforderung an die sehr verehrliche Hafenkommandantur, dafür zu sorgen, dass das deutsche Tauchboot beim nächsten Besuche wenigstens ein der Zerstörung wertes Objekt vorfinden möge! Erich Sarnekow hatte von seinem Großvater her eine künstlerische Ader. Der alte Herr war einst ein Maler von Ruf gewesen; im alten Fürstenschlosse seiner Geburtsstadt hängen in der östlichen Galerie über den neubeschafften Vitrinen, die wunderbare Porzellanschätze bergen, noch einige hervorragende Landschaften von ihm. Erich hatte das erwähnte Schreiben kalligraphisch schön ausgestattet und mit einer Skizze der vor gefundenen und von dem U-Boote zerstörten Hindernisse versehen! „Die Herren Briten werden sich morgen nicht wenig wundern, wenn sie die Boje aufnehmen", meinte Leutnant zur See Schneeberger, der andere Wachoffizier, der die schöne Visitenkarte hatte über Bord gleiten lassen. „Jedenfalls wissen die verehrten Herren Feinde dann sicher, dass wir dagewesen sind, ohne ihnen eine Dockmauer in Trümmer zu legen oder den Leuchtturm auf dem Molenende zu ruinieren. Aber sie werden es ganz gewiss nicht lautbar werden lassen!"

Da hatte er freilich recht, denn keine Zeitung hat je, weder im Inselreiche noch draußen, auch nur die geringste Notiz über den nächtlichen Besuch gebracht.

Unbemerkt tauchte das deutsche Boot wieder unter, kam glücklich hinaus und nahm, nachdem es die Minensperre und einige Vorpostenboote passiert hatte, Kurs auf Ostende, um auch Zeebrügge einen Besuch abzustatten. Doch noch vorher war der Kriegsgott den deutschen Argonauten abermals hold. Ein englischer Torpedobootszerstörer lag, nichts ahnend, mit gestoppter Maschine quer zum Kurse des heimfahrenden U-Bootes und hatte augenscheinlich noch keine drahtlose Nachricht von dem dreisten Nachtbesuche des Feindes erhalten. Seine drei Schornsteine, von denen der mittlere dicker als die andern, hoben sich scharf gegen den grauen Morgenhimmel der Nordsee ab; auch der Mast mit seiner Antennenrah, hinter dem Vorderschornstein stehend, war deutlich auszumachen. So wie er lag, bot er ein vortreffliches Ziel und war, namentlich für so geübte Schützen, auch aus größere Entfernung nicht zu verfehlen. Gleich der erste Torpedo, aus 2000 Meter Abstand geschossen, traf tödlich. Eine hohe Flamme schoss empor, das Schiff war augenscheinlich zwischen den Kesseln getroffen. Deren Explosion verursachte wohl auch eine weitere der Torpedos und anderer Munition, so dass vom Fahrzeug in den wenigen Minuten, die das U-Boot brauchte, bis zur Unfallstelle zu gelangen, nichts mehr übrig war. Auch Menschen waren nicht zu retten, der Strudel des sinkenden Bootes hatte sie mit in die Tiefe gezogen. Ein französischer Handelsdampfer, der Munition transportierte und sich ebenfalls vollkommen sicher zu fühlen schien, musste diese Sorglosigkeit auch teuer bezahlen. Denn bald konnten sich die Seejungfrauen am Meeresboden in seinen Kajüten ein Stelldichein geben, nachdem die Besatzung auf freundliche Aufforderung Kapitänleutnants Menzell „mit etwas Beschleunigung ausgestiegen worden war".

Diese technischen Ausdrücke hatte Hans Preuß für das unfreiwillige Verlassen des Schiffes unlängst geprägt.

Unter stetem Kreuzen in der fast immer unruhigen Nordsee war der berühmte 18. Februar 1915 herangekommen. Der Admiralstab hatte nicht umsonst gedroht; jetzt zeigte die neue deutsche Waffe ihre vorzügliche Organisation und ihre den Feinden bald Grausen verursachende Stärke. Von Tag zu Tag wuchs auf dem Inselreiche die Entrüstung. Hunnen sollten wir sein, Barbaren schimpften sie uns, die alles Völkerrecht mit Füßen träten! Aber man würde diesen Seeräubern bald den Garaus machen und diese Schmach des zwanzigsten Jahrhunderts mit Stumpf und Stiel ausrotten! Doch trotz des Entrüstungsrummels drüben fuhren unsere braven U-Bootsleute fort in ihrem Vernichtungskampfe, den uns der bigotte Engländer aufgezwungen. Er natürlich, als unumschränkter Gebieter aller Weltmeere — seiner Meinung nach — durfte sich alles erlauben. Aber dass ein anderer, der sich gegen die Aushungerung seines ganzen Volkes wehren muss und wehren will, ihn dort anzugreifen wagt, wo er seine Achillesferse zeigt — ja, das ist keine ehrliche Kampfweise! So schreit das fromme Volk in die Welt hinaus, das einst die Buren schmählich behandelte und manch andere Missetaten auf seinem Konto verzeichnet hat!

Unser U-Boot bedurfte einer gründlichen Überholung; die Akkumulatorenlage musste verändert werden, da undichte Flurplatten Abdunst der Säure nach oben dringen ließen. Die Luftreinigungsvorrichtungen wurden auf eigenen Antrag des Drägerwerks in Lübeck, das sie konstruiert, verbessert, so dass die Atemluft länger brauchbar und frisch blieb. Da die nunmehr kriegserfahrene Mannschaft während der Werftliegezeit größtenteils entbehrlich war, beurlaubte man die Abkömmlichen und gab ihnen dadurch die beste Gelegenheit zur Erholung von den schweren Strapazen der letzten Wochen. Die meisten trügen bereits das Ehrenzeichen des Kriegers und wurden daheim weidlich angestaunt und beneidet. Ein Mariner mit dem Eisenkreuz war damals noch eine verhältnismäßig seltene Erscheinung im Binnenlande. Wenn er nun noch zu seiner schmucken blauen Jacke das Mützenband der geheimnisvollen U-Boots-abteilung trug, war jeder Landsmann stolz darauf, einen solchen Helden in seinem eigenen Städtchen oder Dorf zu wissen. Als Erich Sarnekow mit seinem alten noch sehr rüstigen Herrn eines Tages einen Ausflug nach der nahen Wartburg machte, da traf er oben auf dem Hofe des Wirtschaftsgebäudes ein Dutzend freiwilliger Krankenpfleger eines hanseatischen Vereinslazarettzuges, die sich Luthers Arbeitsstätte ansehen wollten, während ihr Zug in Gotha zur Entseuchung stilllag. Alle bildeten wie auf Kommando eine Doppelreihe und grüßten den jungen Vizesteuermann stramm militärisch, der nunmehr außer dem schwarz-weißen Bande auch die Farben einer Auszeichnung seines Landesherrn trug.

Aber solche Erholungszeit geht nur zu rasch zu Ende; telegraphisch war der Urlauber plötzlich zurückgerufen, um mit seinem alten Kommandanten und dem bewährten Stamm der Mannschaft abermals auf ein eben fertig gewordenes, noch größeres und schnelleres U-Boot überzusiedeln. Dessen Wasserverdrängung war bedeutend gesteigert, die Besatzung hatte viel mehr Platz und vor allen Dingen Atemluft für bedeutend längere Zeit als auf allen früheren Neubauten. Auch konnte man den nötigen Schmierölvorrat vergrößern, für vier Wochen Proviant einnehmen und ebenfalls mehr Munition mitführen. Allerdings war die Zahl der Ausstoßrohre gesteigert und damit wieder Gelegenheit zu größerem Verbrauch von Schießbedarf gegeben. Der Fachmann rechnet den „Gefechtswert“ nach all diesen Anhaltspunkten aus und gibt seinen Booten natürlich gerne den größtmöglichen „Aktionsradius“, d. h. er bestrebt sich, das Kriegsfahrzeug so zu konstruieren, dass es sich möglichst weit vom Standhafen entfernen kann, ohne zur Rückkehr gezwungen zu sein, um Heizöl, Lebensmittel oder Munition zu ergänzen. Noch kurz vor Ausbruch des Krieges war diese den U-Booten ermöglichte Strecke sehr beschränkt gewesen; man hatte sich in fremden Marinen nie träumen lassen von einem so gewaltig vergrößerten Aktionsradius, wie ihn die deutschen Schiffe zum Schrecken ihrer Feinde nunmehr unerwartet aufwiesen.

Siebentes Kapitel. Über den großen Exerzierplatz.

In England fabelte man von Schlupfwinkeln der „damned Germans" an der wild zerklüfteten Felsenküste Irlands, dessen Bewohner den englischen Bezwingern noch heute gram sind und erst vor wenigen Jahren eine damals immer mehr um sich greifende Trutzanwerbung von Freiwilligen gegen England ins Leben gerufen hatten. Am die Nordspitze des Inselreiches herum waren unsere unterseeischen Hornissen geeilt; dicht vor dem großen Welthafen der Westküste, Liverpool, hatten sie den Feinden ihre Anwesenheit auf recht schmerzliche Art dargetan. Der stolze Vers der Gegner: „Britannia rule the waves" war plötzlich ausgesungen, denn unten in der Flut, weit unter dem eilenden Kiel des schnellen Ozeandampfers lauerte der fremde Tückebold, um den nahenden Riesenleib mit seinen stählernen, Tod und Verderben speienden Sendboten aufzureißen, den stolzen Bau in wenigen Minuten hinabzusenden in die unergründlichen Tiefen, wohin kein Lichtstrahl mehr dringt und ewiges Geheimnis waltet. Ängstlich musste das Meervolk, dessen Handelsflotte ihm bisher, wie seine Presse in die Welt hinausposaunte, Zufuhr jeglicher Art ohne Unterbrechung herangeschleppt hatte, die Kauffahrer nun im Hafen behalten, um sie vor Zerstörung zu bewahren. Auch seine vielen Panzer und unzähligen Torpedofahrzeuge lagen tief im Innern der weit in das Inselreich einschneidenden Föhrden oder Firths, wie man sie dort nennt. Ihr Krämergeist hatte seit lange die Prozente berechnet, die bei einem kühnen Angriff möglicherweise zu gewinnen seien, und sie mit der Gegenseite, dem sicher hoch anwachsenden Verlustkonto, sorgsam verglichen. Die Spekulation einer Seeschlacht schien zu gewagt, man wollte sie lieber nicht riskieren, um die kostbaren Schiffe keiner Gefahr auszusetzen. „Wir bleiben zwar aus Furcht vor Verlusten im Hafen, aber die Herren des Weltmeeres sind wir trotzdem immer noch!" So war zu jener Zeit die Stimmung in England. Aber Geschäfte machen wir nach wie vor, sagten sich seine Kaufleute und Reeder; wir beziehen von drüben jenseits des großen Teichs unsere Munition. Wir werden sogar unsern größten Riesendampfer fahrplanmäßig abgehen lassen, denn bei seiner außergewöhnlich hohen Geschwindigkeit läuft er keine Gefahr.

Die getaucht fahrenden Unterseeboote verdrängen natürlich viel mehr Wasser, da der ganze Schiffskörper unter der Oberfläche schwimmt, als wenn sie nur einen kleinen Teil ihres Rumpfes in die Flut hineinstecken. Sie erreichen daher auch niemals die Schnelligkeit eines großen Passagierdampfers, kalkulierten die Briten. Und unter Wasser muss der U-Boots-Angreifer fahren, sonst verrät er sich ja zu früh! Folglich kann der Tiefseefisch aus Stahl und Eisen dem Linienboote, das den Ozean mit rasender Fahrt durchquert, niemals gefährlich werden. — Bei dieser beruhigenden Überzeugung hatte die Reederei nur einen wichtigen Faktor außer Ansatz gelassen, wie der weitere Verlauf gleich ergeben wird. Kapitänleutnant Menzell war leider an schwerem Gelenkrheumatismus erkrankt und hatte sein Kommando an einen Nachfolger übergeben müssen, gerade als der Befehl kam, am westlichen Eingange des englischen Kanals zu operieren. Unter einem neuen Führer lief das auf vier Wochen ausgerüstete Boot aus mit der Aufgabe, sich Tag und Nacht in der Gegend zu halten, wo der von den großen Linien stets innegehaltene Europakurs den einundfünfzigsten Breitenparallel schneidet. Dann musste man des Schiffes auf jeden Fall habhaft werden, einerlei, ob es einen irischen oder englischen Hafen aufsuchen sollte. Die Schwierigkeit der Aufgabe lag nun in der Vermeidung vorzeitiger Entdeckung. Denn sowohl ost- wie westwärts fahrende Schiffe konnten leicht verraten, welcher Gefahr der erwartete „Ozeanwindhund" entgegenlaufe. Die nach Amerika Hinüberdampfenden würden den Heimfahrenden höchstwahrscheinlich direkt oder durch Zufunken die Anwesenheit des gefürchteten Feindes kundtun. Die für Europa bestimmten Schiffe dagegen würden in England oder Frankreich von ihrem Zusammentreffen berichten und dadurch absichtlich oder vielleicht nur, um sich wichtig zu machen, unfreiwillig zum Verräter werden. Denn eine solche Mitteilung würde als wichtige Neuigkeit direkt nach London gemeldet oder in den Zeitungen allgemeine Aufmerksamkeit erregen. Um solche Folgen zu vermeiden, durfte das Boot nur kurze Zeit an der Oberfläche weilen, musste immerwährend gute Ausschau halten und dabei bemüht sein, den Schiffsort durch astronomische Messungen genau festzulegen. Erich war ein guter Navigateur und hatte beim Steuermannsexamen für seine vorzüglichen Messungen und auf deren Grundlage vorgenommenen Berechnungen die Reichsprämie davongetragen. Hier war nun die beste Gelegenheit, die Kenntnisse der Steuermannskunst zu verwenden, und ermaß auch unermüdlich Gestirnshöhen vermittels seines der berühmten Plathschen Werkstätte in Hamburg entstammenden Sextanten. Dann trug er die aus den Beobachtungen ermittelten Standlinien in die Seekarte ein, wiederholte die Messungen bei jeder sich bietenden Gelegenheit und konnte durch die frisch hinzukommenden „Höhengleichen" in der Karte die Nichtigkeit des alten Schiffsortes immer von neuem feststellen. Der Seemann kann auf dem vom Strome hinweggetragenen Schiffe auf flachem

Wasser prüfen, ob er „versetzt“ wird. Er nimmt dazu das uralte Instrument des Schiffers zur Hand, das Bleilot, und senkt es auf den Meeresboden. Treibt das Schiff ab, dann strafft sich die Leine; denn das im Grunde liegende Senkblei bildet den festen Punkt. Hat er Land in Sicht, so kann der Schiffer auch durch Vergleichung seines angenommenen mit dem wirklich erreichten Orte sich ebenfalls von der Richtung und Stärke der Strömung überzeugen, wie schon früher erwähnt ist. — Viel schwieriger liegen die Verhältnisse aber, wenn ein U-Boot ganz getaucht fährt; dann fällt die Möglichkeit einer Gegenüberstellung des Soll- und des Ist-Weges, des vermuteten und des in Wahrheit gefundenen Schiffsortes durch Peilen natürlich ganz fort. —

Alle an Bord arbeiteten mit und waren fieberhaft gespannt: wird es glücken, soll unsere Ausdauer belohnt werden? Nervenerregend und dann wieder abstumpfend ist solch tagelanges Warten in Ungewissheit. Wird man uns doch noch zu guter Letzt ausspionieren und dem Gegner verraten? Hat man dem Dampfer vielleicht sowieso einen andern Weg vorgeschrieben, so dass wir am unrichtigen Orte vergebens auf unser Opfer passen?

Endlich meldete ein nachts in Empfang genommener Funkspruch, es sei alles in bester Ordnung. Nauen mit seiner riesigen Reichweite hatte eine Anfrage des unsicher werdenden Ozeanriesen aufgefangen und mühelos entziffern können. Auch die Antwort wurde kurz darauf Strich für Strich und Punkt für Punkt aus den tönenden Funken zusammengesetzt. „Keine Gefahr, fahrt ruhig zu!“ funkte man dem doch besorgten Führer der schwimmenden Stadt hinüber. Während er, nunmehr beruhigt, seinen Passagieren triumphierend vorlas, was ihm auf dem drahtlosen Wege soeben an Bord geflogen, und von den in schwindelnder Höhe gespannten Antennen aufgefangen sei, ahnte er nicht, dass dies seine letzte Verbindung mit dem Mutterlande gewesen sein sollte. Die breitbemützten Yankee Passagiere, die sich vielleicht eingeschifft hatten, um im vereinigten Reiche von Groß-Britannien neue Munitionslieferungen abzuschließen, nahmen die Shagpfeife einen Augenblick aus den Zähnen, wischten ihren niederhängenden Schnurrbart aus und brummten „Never mind, einerlei! Die Germans werden nicht wagen, sich an dem Schiffe zu vergreifen, während wir, freie Bürger Amerikas, darauf fahren. Oh no! You’re be sure! Da können sie ganz sicher sein.“

Und doch umrauschten schon die Sendboten des Todes mit schweren, schwarzen Fittichen das stolze Werk der Schiffsbaukunst!

In spitzem Winkel zu dem erspähten, heranjagenden Steamer hatte sich das deutsche U-Boot bereitgemacht, dem Begegnenden den Todesstoß zu versetzen. Die schon erprobten Steurer und Schützen standen wie in Erz gegossen auf ihrem Posten. Zeder wusste, welchem Ziel der Angriff diesmal galt und dass die Unentschlossenheit und das Zögern einer einzigen Sekunde den eigenen Untergang herbeiführen könne. Sollten die ersten beiden Geschosse ihr Ziel wider Erwarten verfehlen, nun, dann war beabsichtigt, auch noch das Heckrohr zu benutzen. Doch schon der erste Schuss war ein Treffer! „Acht Sekunden Laufzeit, dreieinhalb Meter Tiefeneinstellung!“ und atemlos hatte jeder, nachdem das Stahlungetüm ausgetreten, die Zeit abgezählt, während die Flut perlend in das Bugrohr strömte und den Gewichtsverlust selbsttätig ersetzte.

Sonst würde sich das Vorderende des Tauchbootes, um mehrere Zentner erleichtert, rasch heben und womöglich über dem Meeresspiegel erscheinen. Dann könnte der Feind den bisher unsichtbaren Angreifer leicht aufs Korn nehmen, ihn durch wohlgezieltes Artilleriefeuer zerstören, auch wohl durch Rammen in den Grund bohren, wie's leider mehrmals versucht und auch wohl geglückt ist.

Der zu Tode verwundete Leib des Riesenschiffes bäumte sich empor und stoppte seine bisherige Fahrt. Der Torpedo hatte wohl gerade den Boden unter den gewaltigen Maschinen-Ungetümen aufgerissen. Niemand ist imstande, diese Frage je zu beantworten, denn die einzigen, die Kunde bringen könnten, liegen viele Hundert und aber Hundert Meter tief auf dem Grunde des Atlantik, eingebettet in den Globigerinenschlamm, der Jahr für Jahr eine, wenn auch langsam sich verdickende Schicht über den einst so stolzen Meerkönig, nun einem hilflosem Wrack, bilden wird.

Große Dampfer sind durch wasserdichte Querschotten, vernietete Eisenwände, in eine Anzahl vollkommen voneinander abgeschlossener Abteilungen getrennt. Selbst wenn zwei davon volllaufen, soll das Schiff noch schwimmend bleiben und darf nicht sinken. Hätte der erste Torpedo den Dampfer nicht tödlich getroffen, dann musste man, um ganz sicher zu gehen, trotz Kostbarkeit der Munition noch einen zweiten hinterherschicken, das edle Wild ganz weidwund zu machen. — Dies gelang hier schon mit dem ersten Schuss, wobei eine innere Explosion nachhalf; die geladene Munition war in die Luft gegangen.

Der Entrüstungsschrei der englischen und amerikanischen Presse war laut genug, um in der ganzen Welt gehört zu werden. Dass Deutschland, unbeirrt durch die heuchlerischen Vorhaltungen unserer Gegner, seinen durch die Verhältnisse vor-gezeichneten Weg weiterschritt, ist bekannt.

Es braucht deshalb hier nicht näher darauf eingegangen zu werden, ebenso wenig sei jetzt untersucht, wie Kommandant und Mannschaft sich nach so erfolgreichem Angriffe mit der Sachlage abfanden! Dem Feinde hatten sie Furcht und Schrecken eingeflößt, naturgemäß auch leider so vielen Unbeteiligten den Tod im Wellengrabe bringen müssen. Seinerzeit ist dies alles so ausgiebig in Tagesblättern, mit Schrift und Wort, durch Freund und Feind erörtert worden, dass wir uns nicht dabei aufhalten wollen.

Das große Tauchboot, dessen Nummer und Führer verschwiegen bleiben müssen, sollte nach Wilhelmshaven zurückkehren, wäre dabei aber um ein Haarbreit selber feindlichen Verfolgungen zum Opfer gefallen. Wahrscheinlich war, trotz der Schnelligkeit des Angriffs auf den Riesendampfer, doch noch ein drahtloser Hilferuf an die Küste des Heimatlandes gelangt und hatte Verfolger des kühnen Angreifers mobil gemacht. Nicht weniger als sieben Torpedobootszerstörer nahmen die Jagd auf, nachdem sie das Tauchboot entdeckt hatten. Dieses war schon glücklich durch die Minenfelder des Kanals entkommen und glaubte, die Reise nunmehr ungestört vollenden zu können. Da begannen die Briten eine Treibjagd und planten, das im Halbkreis eingeschlossene deutsche U-Boot gegen die Küste zu drängen. Der plötzlich zum Jagdwild Gewordene durfte jetzt nicht mehr auftauchen, um sich vom rechten Kurse zu überzeugen. Dabei war es aber höchstwahrscheinlich, dass die Strömungen sein Besteck bereits erheblich gefälscht hatten; aber wer konnte das unter solchen Umständen nachprüfen? Man war dem Kompasskurse nach allerdings schon frei von den ersten Sandbänken und durfte bereits wagen, auf Haaks Sand zuzuhalten. Um die Verfolger zu täuschen, wollte der Kommandant tiefer fahren als gewöhnlich und dann seine Schnelligkeit allmählich verlangsamen, um hinter den jagenden Booten zurückzubleiben. Dies sollte gerade ausgeführt werden, da erschütterte plötzlich ein gewaltiger Stoß das ganze Fahrzeug, das sich mit dem Bug förmlich hochaufbäumte, dann eine Seitendrehung nach Backbord machte und darauf bedenklich zu schwanken begann. Die Leute fielen wie die Kegel, unter die die Kugel geraten ist und aufräumt. Ob jemand bei diesem Anprall erblasst war, ließ sich im Dämmerlicht der wenigen Lampen nicht unterscheiden; nur das ist sicher: fettig und schmierig wurden alle dabei noch mehr, als sie auch ohne solche Kollision zu sein pflegten. Diese Einölung erhält übrigens den Lederanzug, hat also keine schlimmen Folgen und ist Gewohnheitssache. Nach einigen an Größe des Ausschlags abnehmenden Rollbewegungen beruhigte sich das Fahrzeug wieder, man hörte noch ein Knirschen und Kratzen, als wenn Eisen auf Eisen entlangscheuert. Das Kommando „Stoppe beide Maschinen!“ sollte ein Abschlagen der aus dem Bootskörper herausragenden Schraubenflügel verhindern, war aber nicht mehr nötig, da der wachhabende, zuverlässige Obermaschinistenmaat verständigerweise den Ölzufluss sofort abgedrosselt, die Motoren bereits zum Stillstand gebracht hatte.

„Bodentank 4 leckt!“ meldete man da plötzlich von unten herauf. Augenscheinlich war das Boot vorhin über ein versunkenes Wrack hinweggeschrappt und hatte sich bei dieser etwas zu unsanften Berührung ein Loch in die Außenseite gerissen. Da die Boote Doppelwandungen besitzen, ist ein solches Leck keine tödliche Wunde und verursacht nicht etwa sofort den Untergang. Das Fahrzeug behält noch Schwimmfähigkeit zur Genüge, aber eine andere Gefahr entsteht. Im Doppelboden ist meist Wasserballast, in mehreren Tanks auch der Brennstoffvorrat untergebracht. Das Öl sickert nun durch die Risse, steigt zur Oberfläche empor und bildet, je nach dem Fortgange des undichten Schiffes eine Fettstraße auf der Meeresoberfläche. Der Verfolger oben braucht nur in dem bunt schillernden Streifen entlang zu steuern und kann seinem Wild ohne große Mühe ständig auf der Fährte bleiben. —

Blitzschnell war dem Kommandanten diese Überlegung durch das fieberhaft arbeitende Hirn geschossen, und rasch entschlossen blieb er bei dem früheren Plan, sich den feindlichen Jägern zu entziehen. Bevor die oben merken konnten, dass ihr schon als verloren angesehenes Opfer ein Loch in der Außenbeplattung davongetragen, stoppte das U-Boot seine Fahrt und sank in die Tiefe, ganz auf den hier weichen Grund. Man hörte jetzt deutlich das Bump-Bupp, Bump-Bupp der Schrauben aller Torpedobootszerstörer hintereinander, die über die Liegestelle hinwegdampften und sich dann langsam entfernten. Sie hatten die aufquellende Ölstraße also in der zunehmenden Dunkelheit noch nicht gesehen und jagten ahnungslos weiter, während der Verfolgte einen Haken schlug. Vorsichtige Ermittlungen stellten trotz des Verlustes durch ausfließendes Öl noch ausreichenden Brennvorrat fest. Zum Glück war die kleinste, schon halb geleerte Zelle getroffen, der Ausfall demnach nicht zu groß. Leerte sich der Tank schließlich ganz und gar, so kamen später keine verräterischen Fettflecke mehr nach oben. Die Befürchtungen, dass sich das Boot aus der bisher noch niemals erprobten außergewöhnlichen Tiefe nicht wieder heben, die Innenhaut dem Außendrucke am Ende nicht standhalten würde, erwiesen sich als unbegründet. Man konnte nach einer Wartepause die Weiterreise fortsetzen, fuhr aber mit äußerster Vorsicht und langsamer Fahrt und kam zur Freude der Wilhelmshavener, zwei Tage über die übliche Zeit, glücklich wieder binnen.

Beim Docken zeigten sich im Boden lange Kratze und von den Eisenteilen des berührten Wracks blank gescheuerte Stellen; in der Außenhaut ein anderthalb Meter langer Riss, der in der Mitte der beinahe längsschiff verlaufenden Richtung der Schramme einen halben Zentimeter breit klaffte. Eine ganze Bodenplatte musste erneuert, eine andere durch Holzkohlenfeuer und „Daumkraftwinden" ausgebeult werden; sonst waren keine Schäden zu entdecken. Demungeachtet verkündeten die englischen Zeitungen, dass es ihren Torpedobooten gelungen sei, ein deutsches U-Boot zur Strecke zu bringen und in die Tiefe zu schicken.

Achtes Kapitel. Kurs auf Gibraltar.

Lange dauerte die Ruhezeit nicht, man betraute das vorzüglich bewährte Fahrzeug und seine geschulte Mannschaft mit einer neuen ehrenvollen Aufgabe. Es hieß jetzt, unsere Feinde an einer neuen Stelle zu beunruhigen, wo die Gegner sich bisher durchaus geschützt vor diesen so sehr gehassten unterseeischen Angreifern wussten.

Der weitreichende Aktionsradius der deutschen Neubauten erlaubte immer größere Ausflüge. Gewissenhaft durchgeprüfte Berechnungen hatten nicht nur die Möglichkeit, sondern die ausgemachte Gewissheit ergeben, von der Nordsee das Mittelmeer zu erreichen, ohne unterwegs Vorräte zu ergänzen. Da sich dies aber nirgends ausführen lässt, so wäre ein Missglücken der Reise, ein Aufgeben des Fahrzeuges, seine Auslieferung an den Feind gewesen!

Doch Kapitänleutnant Menzell, der wiederhergestellt war und das Kommando von neuem übernommen hatte, zweifelte keinen Augenblick an der Ausführbarkeit des Vorhabens und war seiner sicheren Ankunft drunten im blauenden Mittelmeer gewiss. Vorsichtigerweise zog er nochmals bei der Seewarte in Hamburg Erkundigungen ein und nahm dankbar das Anerbieten des Institutsdirektors, Admirals Behm, an, die Navigateure durch einige Vorlesungen mit den besonderen nautischen Schwierigkeiten des langen Reiseweges eingehend bekannt zu machen. So traten denn eines Tages der Wachoffizier und Erich Sarnekow als Diensttuender die Fahrt nach der großen Elbstadt an und stiegen vom Untergrundbahnhofe am Fährhause die Treppen zur Elbhöhe hinan, von der die der Seefahrt gewidmete Anstalt stolz auf den Strom herniederschaut. Der gelehrte Ozeanograph, Professor Gerhard Schott, sowie die Herren, die mit der Zusammenstellung der Segelhandbücher betraut sind, wetteiferten, den U-Boots-Offizieren alle Geheimnisse der speziellen Wetterkunde jener Gewässer zu enthüllen.

Mit dem ganzen Rüstzeug der Wissenschaft, gutem Mut und einer ungeheuren Begeisterung für ihren Auftrag gingen sie bald in See auf die lange und gefahrvolle Fahrt. Spione schienen das Auslaufen trotz aller Geheimhaltung dennoch nach drüben gemeldet zu haben, denn bei Annäherung an die feindliche Küste fand man eine rege Tätigkeit von Torpedoboots-Zerstörern. Auch Wasserflugzeuge suchten die Geheimnisse der Tiefe von oben aus luftiger Höhe zu erspähen und gaben sich dabei die erdenklichste Mühe, Ergebnisse zu erzielen. Das eigene Marine-Oberkommando hatte aber trefflich vorgesorgt, denn es blieb während der Nachtstunden, sobald die Antenne des Tauchbootes gespannt war, mit unsern kühnen Seefahrern in steter drahtloser Verbindung und konnte das allmählich nach Westen vordringende Boot immer mit neuen Fahrtweisungen versehen. Da man den Schleier über die Natur der Reise und deren Endziel nicht vorzeitig lüften wollte, kam's wieder einmal darauf an, die zahlreichen Kundschafter zu täuschen. Man lief nach Ostende hinein und gleich darauf nach Zeebrügge, wo das Boot unter ein das Ufer überragendes Schutzdach geholt und dadurch gegen Späheraugen in den Lüften unsichtbar gemacht wurde. Ein Phantomboot war bereits vorbereitet, um die Flieger und Spione zu täuschen. Wenn dies Fahrzeug geflutet, d. h. mit dem Rücken eben unter Wasser verschwindend, ausgelegt wurde, konnte dadurch wohl manchen Nichtfachleuten die Anwesenheit eines wirklichen U-Bootes vorgetäuscht werden. Dies Vexierschiff legte man in der nächsten Nacht heimlich mitten im kleinen Hafenbecken aus, weit genug für unberufene Augen vom Bollwerk entfernt. Zu gleicher Zeit aber verließ das wirkliche Fahrzeug ebenso geheimnisvoll den bergenden Port. An Minenfeldern sicher vorübergleitend, fuhr Menzell nördlich der französischen Küste entlang, streng auf die von Hamburg mitgegebenen Strombeobachtungen passend. Im westlichen Teile des Kanals erreichen die Tidenerscheinungen nämlich eine große Stärke und verursachen, wenn man sie in der Besteckrechnung vernachlässigt, bald verhängnisvolle Irrtümer. Bei den Casquets und vor Ouessant setzten Ebbe und Flut mit ungeheurer Heftigkeit ein. Um dann nicht unnütz Brennstoff durch Bekämpfen der gegenlaufenden Tide zu verschwenden, suchte man seichtere Stellen hinter einer in See vorspringenden Nase auf, wo ruhiges Wasser zu finden war, um dort das Kentern (Umkehren) des Stromes auf dem Grunde der See abzuwarten.

Schwer wurde es dem Kommandanten, vorher an Cherbourg ohne Sang und Klang vorbeizulaufen, als das deutsche Boot dicht vor dem langen Wellenbrecher seinen Weg nach Westen weitersuchte, aber der Befehl von oben muss natürlich ohne Murren befolgt werden. Der kühne Führer ließ jedoch die Gelegenheit wenigstens nicht vorübergehen, ohne sich von der Passierbarkeit des Passe de l'Ouest zu überzeugen und dicht beim Fort Chavagnac entlang zu halten. Das Wagnis war nicht allzu groß, vorausgesetzt, dass der Feind unaufmerksam; denn nur eine Seemeile nördlich von der westlichen Mole fanden sich der Karte nach bereits über zwanzig Meter Wasser. Die Wachsamkeit war, wie angenommen, nicht groß, denn niemand bemerkte die Gefahr, in der das Kriegsschiff schwebte. Die Minen mussten auch ziemlich weitmaschig liegen, da sie das Unterseeboot nicht in seiner Erkundungsfahrt hinderten.— Sonst hätte man damals leicht die Liste der französischen Kriegsfahrzeuge um eine große Nummer kleiner machen können; denn ahnungslos lag ein Kreuzer in bequemer Reichweite fürs Torpedieren. Um aus dem Kanal in den freien Atlantischen Ozean zu kommen, standen dem Führer zwei Wege offen, entweder die Fahrt außen um die Insel Ouessant in offenem Fahrwasser, aber im Bereich der englischen Kriegsschiffe, die selbstverständlich gerade den Zugang zu dieser Hochstraße des Weltmeeres unter besonders strenger Aufsicht hielten. Ein anderer Weg führt südlich der Felseninsel, die im Nordosten eine sehr hohe, nach Südwesten allmählich abfallende Küste zeigt, auf der man keine Spur von Pflanzenwuchs sieht. Der Leuchtturm von Stiff auf den Schroffen der Nordostseite des Eilandes ist bei Tage zwar leicht kenntlich, da er durch seinen Doppelbau eine vorzügliche Kennungsmarke bildet. Noch besser dient dazu der hohe, schwarz und weiß gestreifte Leuchtturm von Créac'h auf dem Westende. Dicht bei ihm steht in friedlichen Zeiten der hohe Semaphor, der mit drei Horizontalarmen ausgestattete Signalmast, den die Franzosen an ihren Küsten seit Jahrzehnten andern Systemen der optischen Telegraphie vorziehen. Gut zu erkennen sind dort ferner der Kirchturm von Lampaul mit seiner auffälligen Spitze und einige Häuser in den Tälern. Aber was nützen diese schönen Landmarken bei Nacht, wenn noch dazu die Leuchtfeuer gelöscht sind, um dem Feinde, von dem man sich hier allerdings nichts träumen ließ, keine nützlichen Wegweiser zu liefern! Der Kommandant hatte die auf der Seewarte erhaltenen Strömungsbelehrungen nochmals vorgenommen und mit seinen Offizieren aufmerksam durchgesehen, ebenso die Segelanweisungen zur Hand gelegt und die besonderen Schwierigkeiten einer Durchfahrt der Passage du Fromveur von neuem geprüft. Es war um Neumond herum, also zu einer Zeit, in der Sonne und Mond in einer Richtung stehen und ihre Anziehungskräfte auf die Gewässer der Erde in ein und derselben Linie wirken lassen. Dann erhebt sich die Meeresoberfläche, namentlich in diesem Teile des Kanals bei Flut-Tide außerordentlich hoch, es tritt die Springflut ein. Und während dieser Zeit sind die Strömungen sehr heftig, zumal wenn die Gewässer durch vorgelagerte Inseln und Risse eingeengt werden. Dies ist in der Fromveurstraße ganz besonders der Fall, da die der Insel Molene vorgelagerten Riffe nur eine schmale Durchfahrt freilassen. Nach der für friedliche Zeiten und beleuchtete Meeresstraßen geschriebenen Segelanweisung soll man zwecks sicherer Durchschiffung der Straße von Nordosten her dicht um das Ostende von Ouessant herumhalten, die gefährlichsten Klippen Men Corn, Le Vouc'h und Men ar Froud dadurch meiden, dass man drei bis vier Kabellängen davon bleibt und dann einen Kurs steuert, der frei von den Pierres Vertes führt, die nochmals weiter im Südwesten dem übrigen Felsengestein vorgelagert sind. Auf diesen strandete am 16. Juni 1896 der englische Dampfer „Drummond Castle" bei Nebel, der ja immer der schlimmste Feind der Seeleute und hier ein besonders häufiger Gast ist. Damals ertranken von der 246 Mann starken Besatzung fast alle bis auf zwei oder drei Gerettete. Es war also außer den Klippen vielleicht auch noch dieses oder jenes Wrack neuerer Zeit zu fürchten, mit dessen abgebrochenen Mastenstumpfen das U-Boot unliebsame Bekanntschaft machen konnte. Aber alles ging vortrefflich, man durchlebte freilich ängstliche Minuten voller Spannung, ob das Wagnis gelinge. Aber dem Mutigen ist das Glück immer hold. Trotz aller Schwierigkeiten der Navigation in diesem beengten Gewässer mit seiner rasenden Strömung gelang die Passage und bald war man, unangefochten von den britischen und fränkischen Spähern, aus dem „Großen Exerzierplatz" außerhalb des Kanals.

Die Bucht von Biskaya, die „Spansche See" unserer blauen Jungen, ist wegen ihres unruhigen Wetters in Verruf. Sie erwies sich trotzdem diesmal gnädig, so dass man rasch vorwärtskam. — Unangenehm fühlbar machte sich nunmehr aber die Störung der Verbindung mit der Heimat. Konnte man freilich noch ab und zu von Nauen Nachrichten empfangen, so war es wegen zu geringer Reichweite der eigenen Station nicht mehr angängig, auch von Bord Botschaft nach dort zu senden. Aber auf Umwegen war ein Verkehr doch ermöglicht, indem man neutrale Dampfer anrief, natürlich ohne sich selbst erkennen zu lassen. Diesen wurden scheinbar unverfängliche Depeschen an Deckadressen in neutralen Ländern zugefunkt, die dort durch sichere Mittelspersonen natürlich pünktlich gezahlt und weitergegeben wurden. So erfuhr Menzell durch seine elektrischen Sendboten, dass der mit reichen Vorräten beladene französische Dampfer „Garonne", Kapitän Jean Villard, vor zehn Tagen die amerikanische Küste verlassen hatte und nach Bordeaux bestimmt sei. Man solle ihn abfangen und vernichten, einmal, um den Feind empfindlich zu schädigen, ihn durch Verhinderung frischer Zufuhr am eigenen Magen zu strafen und ferner eine moralische Wirkung auszuüben. Diese Aufgabe war leicht, denn in der Nordsee hatte man sie vielmals gelöst; sie brachte auch wieder eine willkommene Abwechslung auf der langen, eintönigen Fahrt.

Da das Fahrzeug heute ungefähr fällig sein musste, brauchte die Geduld nicht auf eine gar zu lange Probe gestellt zu werden. Programmäßig wickelte sich auch alles ab; genau wie in früheren Fällen, nur dass statt des Schweden-Dolmetschers Kuhlo diesmal der junge Vizesteuermann reden musste. Deutsche Seeleute, wenigstens die Tiefwasserschiffer, sind zum überwiegenden Teil des Englischen mächtig. Reden sie auch nicht die klassische Sprache Shakespeares, so können sie sich doch alle sehr gut verständlich machen. Aber mit dem Französischen hapert es desto mehr. Seit dem Kriege von 1870 sah man die Deutschen ungern auf jenen Fahrzeugen, die die Trikolore an der Gaffel führen. Auch behagte den Unsrigen weder Behandlung noch Kost, am wenigsten der Mangel der bei uns gewöhnten Reinlichkeit. Auf der Gegenseite zeigten die Franzosen ebenso wenig Neigung, unter der gehassten Flagge schwarzweißrot Dienste zu nehmen. Selten verirrten sich Seeleute auf die Gegenseite, daher findet man auch wenig deutsche Matrosen, die den Jan Parlevu verstehen können. Für Offiziere der großen Passagierschiffe ist es heute aber beinahe notwendig, oder doch sehr angenehm, außer der englischen auch noch die französische Sprache zu beherrschen. Die Schulvokabeln genügen dazu allerdings nicht, auch das Ohr muss durch fortgesetzte Übung erst an den fremden Klang gewöhnt werden. Erich Sarnekow war von seinem Vater zur Belohnung für das gute Steuermannsexamen vier Monate nach Frankreich gesandt, die er in der Umgebung von Amiens im Hause des alten Professors Charpentier zugebracht hatte. Dieser verstand selber nur wenig Deutsch; auch im ganzen Dorfe wäre schwerlich jemand aufzutreiben gewesen, der es gekonnt hätte. Deshalb blieb dem jungen Deutschen damals kein anderer Ausweg, sich verständlich zu machen, als so rasch wie möglich die mitgebrachte Schulgrundlage durchs lebendige Wort zu erweitern und eifrig zuzulernen. —

Der Dampfer „Garonne" fuhr sorglos daher, warum sollte man sich auch ängstigen? Der englische Bundesgenosse hatte den Allemand ja in der Nordsee eingeschlossen, seine Flotte in Wilhelmshaven vollkommen blockiert, wenn überhaupt noch Reste davon auf der Wasseroberfläche schwammen. —Vergnügt kalkulierte Kapitän Villard, dass von dem bereits in Sicht befindlichen Corduan-Leuchtturm bis zum Point de Grave kein langer Weg mehr sei. Die Gironde hinaufzudampfen ist freilich noch langweilig und zeitraubend, aber die längste Strecke liegt doch hinter ihm. Auf eine hübsche Gratifikation wird's dem Reeder diesmal auch nicht ankommen; hat er doch, der maître des hâteau á vapeur, eine schnelle und lohnende Reise gemacht. Die Fracht ist hoch, der Patron darf zufrieden sein mit dem Gewinn, den ihm sein Schiffsführer diesmal eingebracht haben wird. So träumte er von rosiger Zukunft trotz der Schwierigkeiten, in die die Boches, diese ländergierigen Deutschen, sa pauvre patrie, das arme Frankreich, böswillig hineingebracht haben.

Da fällt sein Blick auf einen merkwürdigen Fleck im Wasser zwei Strich von Steuerbord voraus. Noch eh' er ihn schärfer ins Auge fassen oder das Fernglas in die Hand nehmen kann, da wird die erst dunkle Stelle milchig. Es hebt sich das Wasser, als wolle eine große Blase emporquellen und — mille tonnerres! Das muss ein Unterseeboot sein! Die „Mariotte" oder wahrscheinlich die „Néréiole" oder sonst eins dieser geheimnisvollen Fahrzeuge, auf denen Pierre, sein jüngerer Bruder, dient und von deren abenteuerlichen Fahrten auf dem Meeresgrunde der schmucke Marinier ihm gelegentlich so gern erzählt hat. Schon nahe an dreißig Jahre hätte man in Frankreich an dieser Waffe gearbeitet und wäre allen Nationen darin weit voraus, namentlich dem Erzfeinde jenseits des Rheins! Dessen Flagge — doch täuschen ihn seine Augen? träumt er und sieht nur etwa sein Hirngespinst den Feind vor sich? Das sind doch nicht die senkrechten blauweißroten Streifen Frankreichs, die dort drüben entfaltet werden? Es ist auch nicht die ruhmgekrönte Flagge Old Englands, die nunmehr aus jenem der Tiefe entstiegenen Scheusal, der Erscheinung aus den Abgründen der See, lustig flattert? Dann müsste ja das Balkenkreuz im weißen, rechteckigen Felde von roter Farbe sein. Hier aber ist es doch offenbar und nur zu sichtbar schwarz! Und, nicht zu verkennen, es heben sich vom Grunde der Fläche deutlich das Symbol des Eisenkreuzes ab und der Reichsadler der Allemands, der den gallischen Hahn schon so übel zerzauste! Fast blöde starren die Augen des Schiffers, wie hypnotisiert, auf diese vor der Giroude so unerwartete Erscheinung. Mit fabelhafter Schnelligkeit durchjagen die Gedanken sein armes Hirn, das noch immer nicht fassen kann, wie jenes Boot da vor ihm an Frankreichs Westküste kommt? Ein Ding der An Möglichkeit bisher! Ist es Zauberei, ist es Verrat? Ja, durch Verrat hat auch, — sein Vater berichtete dem lauschenden Knaben so oft und so gern darüber, — Bazaine einst Metz, die starke, unüberwindliche Festung, in die Hände der Räuber Elsass-Lothringens gespielt! — Aber ein ihn narrendes Bild seiner Einbildungskraft ist es keineswegs da vorne im Fahrwasser! Da bewegen sich ja Leute auf dem mittleren Auswuchs des sonst glatten Decks und von dieser „Kommandobrücke" herüber ruft man ihm — so weit haben sich beide Fahrzeuge schon genähert, jetzt zu, die Maschine zu stoppen. Vorsichtigerweise war auf der „Garonne" schon halbe Fahrt und gleich darauf „ganz langsam" nach unten befohlen worden, als sich das Verdächtige zuerst im Fahrwasser zeigte. Die Fahrt war fast schon heraus, noch bevor Jean Villard auch nur geahnt, hier einem deutschen Fahrzeug zu begegnen!

Dass sie ihm im reinsten Französisch die Aufforderung zukommen lassen, wundert ihn schon gar nicht mehr. Sprachen doch, wie Papa ihm von 70 immer wiederholt hatte, damals all diese Feinde auf Frankreichs

Boden seine Muttersprache grad als wären sie mit Seinewasser getauft; im schönen Paris und nicht im Berlin der Prussiens groß geworden!

„Wir geben Ihnen 15 Minuten Zeit, in Ihre Boote zu gehen. Ihr Schiff wird sofort von uns versenkt werden", so hatte Erich Sarnekow ihm zurufen müssen. Und ob er auch alle Heiligen und besonders Notre Dame, „unsre liebe Frau vom Meer", anflehte, ihm beizustehen, und darauf fluchte und alles Böse hiederwünschte auf die argen Boches — nichts änderte dies an seinem Geschick! Ein Boot löste sich von dem feindlichen Fahrzeuge und war mit wenigen Ruderschlägen längseit bei ihm. Der junge Vizesteuermann in seiner wenig ansehnlichen Lederjacke stieg, wie er es nun schon so oft getan, an Deck des Kauffahrers und war nicht wenig überrascht, einmal wieder bestätigt zu finden, dass diese Welt doch nur ein großes Dorf ist, in dem die Menschen sich immer von neuem treffen, oft wenn sie's am wenigsten vermuten! Als Erich sich der Sprachstudien wegen in Folier bei Amiens aufhielt, war eines Tages der Herr Curé zum alten Professor Charpentier zu Besuch gekommen. Der Geistliche war in seinem Heimatsdorfe Cayeau an der Mündung der Somme zwischen Fischern und Seeleuten aufgewachsen. Sein jüngster Bruder Pierre diente in der Kriegsflotte, der älteste aber hatte sich der Kauffahrtei zugewandt und schon in jungen Jahren die Führung der „Garonne" erhalten, eben des Dampfers, dessen Decksplanken Erich jetzt unter seinen Füßen fühlte! Pierre und Jean hatten einst den Bruder besucht und an jenem Tage auch die Bekanntschaft des deutschen Berufskollegen von der Wasserkante gemacht, der so begierig war, die Sprache Voltaires und Racines zu erlernen. Selbst der würdige alte Charpentier hatte Gefallen gefunden an Erzählungen der drei Weitgereisten, die den nebligen Schauplatz von Pierre Lotis Islandfischern ebenso gut kannten, wie sie die Teegärten von Yokohama oder die Opiumhöhlen von New York und San Franzisko zu beschreiben vermochten. Scherzhaft hatte sogar der alte Professor dem jungen Deutschen seine alten Reiterpistolen, Reliquien vom letzten Kriege, zur Vervollständigung der künftigen Offiziersausrüstung versprochen und Pierre Villard sich ganz unbefangen über den schweren U-Bootsdienst geäußert. Dabei hatte er, freilich unbedacht, auch recht interessante Einzelheiten offen beschrieben. Man sieht also, wie berechtigt die auf allen Bahnhöfen immer wiederkehrende Mahnung an die Soldaten zur Vorsicht bei Gesprächen doch ist! Der älteste der drei Billards aber, damals noch Steuermann der „Garonne", erzählte, um nicht gegen den jungen Bruder abzustechen, wie sich die Reedereiverhältnisse und die Fahrt nach der Gironde in neuerer Zeit wieder gehoben, welche Kurse man wähle, um die Mündung am bequemsten anzusteuern und wo man Lotsen anzunehmen pflege. Man nähere sich, vom Westen kommend, auf dem Parallel des 63 Meter hohen Prachtbaues, der das Leuchtfeuer von Cordouan trägt, der Girondemündung und halte sich stets auf 45" 35' Breite. Aus den geloteten Tiefen könne man nach einer sogenannten „Über-den-Daumen-Regel" fast genau den Abstand finden, indem man die Hälfte der durch das Senkblei ermittelten Wassertiefe um 5 vermindere, dann erhalte man die Entfernung in Seemeilen. Habe man nach dieser Anweisung, die uralt sei, z. B. 72 Meter gelotet, so finde man 72/2 - 5 = 31 Seemeilen Distanz. Außerdem sei auch der Grund eine gute Hilfe zur Bestimmung des Schiffsortes bei unsichtigem Wetter, da westnordwestlich der Girondemündung eine große Schlickbank liege, deren Boden im südlichen Teile von schwarzer, im nördlichen aber von grüner Farbe sei. Weiter im Süden dagegen zeige das Lot nur grauen Sand, der mit der Entfernung von der Schlickbank immer feiner werde und dadurch einen sicheren Schluss auf die Annäherung an die bei Nebel unsichtbare Küste zulasse. Bei günstiger Witterung könne man zwar das stolze Wahrzeichen seines Heimatshafens zwanzig Meilen weit nach See hinaus sehen, bei unsichtiger Luft jedoch dem Turme bis auf neun Meilen nahekommen, ehe man ihn auszumachen in der Lage sei. Deshalb dürfe man niemals in flacheres Wasser als zwanzig Meter laufen, wenn man sich nicht ganz sicher über den Schiffsort wäre! Man suche dann durch das Lot die Südausläufer der Schlick-bank und laufe von hier weiter nach Osten. So hatte der französische Seemann jener Zeit dem jungen deutschen Berufsgenossen ausführlich berichtet. Da man bei der zufällig etwas diesigen d. h. unsichtigen Luft vermuten durfte, dass die „Garonne" auch auf dieser Rückreise genau nach den noch heute gültigen Anweisungen hineinsteuern würde, war es nicht schwer, dem Heimkehrenden den Weg zu verlegen und das Schiff abzufangen. Der Vizesteuermann, der durch den großen Helfer Zufall diese Kenntnis erlangt hatte, war so glücklich, seinen Kommandanten zum Abweichen von dessen eigenen Plänen zu veranlassen, was Menzell neidlos und gerecht wie immer anerkannte. So war es gelungen, der „Garonne" habhaft zu werden. Kapitän Villards Überraschung war nicht gering, als er Charpentiers Gast von dazumal erkannte. Wollte ihm freilich zuerst der Gedanke „Verrat" aufkommen, zu dem der leichtblütige Gallier immer geneigt ist, so war er doch vernünftig genug, ihn hier gleich als zu kindlich zu verwerfen. — „Es tut mir leid, gerade persönlich der Überbringer solcher Hiobsbotschaft sein zu müssen, doch — c'est la guerre!" so trat ihm der junge Deutsche gleich gegenüber.

Die „Garonne" teilte in wenigen Minuten das Schicksal so vieler Schwesterschiffe, die heute tief unter dem Meeresspiegel ruhen. Erich konnte auch noch seine zufällige Kenntnis der Maschineneinrichtung, die ihm Jean Villard als etwas ganz Neues damals beschrieben, zur Beschleunigung des Prozesses verwerten. Die Boote mit den Schiffbrüchigen wurden, da östlicher, also „ablandiger" Wind aufkam, nordwärts unter den Schutz des Landes in ruhiges Wasser geschleppt und erst in Sicht der Spitze von la Coubre losgeworfen. — Von feindlicher Verfolgung unbelästigt setzte Menzell die Reife fort, nachdem er einige Stunden dicht unter Land noch weiter nach Norden gedampft war. Er wollte dabei gesehen werden, was er auch erreichte, denn die gelandeten Leute der „Garonne" wurden natürlich gleich nach allen Richtungen verhört, kreuz und quer. Reederei und Marine, Zeitung und Armee, alle sandten in größter Entrüstung ihre Ausfrager. Der Telegraph spielte und verkündete der ganzen Welt von dem „kühnen Handstreich", wenn der Schreiber zufällig deutschfreundlich, meistens aber von „der neuen Schandtat der Hunnen und Barbaren, die alle Menschlichkeit und Gesetze des Völkerrechtes einfach mit Füßen träten". — Da hieß es dann ferner: das Boot müsse in Irland oder irgendwo anders seinen Schlupfwinkel haben; es sei hinterlistigerweise von da bis zur Gironde vorgedrungen, gewiss begierig, die Tat der „Augusta" vor 44 Jahren zu wiederholen und habe nun eine wertvolle Ladung vernichtet. Dann seien diese Seeräuber, die doch als ehrliche Flottenkämpfer nicht angesehen werden könnten, wieder gen Norden heimwärts zu ihren „Surkrut-Töpfen" zurückgekehrt. Vom Point de la Coubre habe man sie noch deutlich lange Zeit verfolgen können, trotz der geringen Höhe der Decksaufbauten über der damals nur leicht bewegten See.

Diese Botschaft, die unsere Feinde ganz wider Willen zu einem Lobspruch auf die Leistungen Menzells und seines Bootes gestalteten, machte die Runde durch die Zeitungen der ganzen Welt, nachdem sie in dem Tagesberichte des Admiralstabes unserer Marine aufgenommen und den einzelnen Kommandostellen zugegangen war.

Schmunzelnd hatte auch Geheimrat Sarnekow diese neue Tat gelesen, an der ja sein Erich so innig beteiligt war, wie er es als selbstverständlich annehmen konnte. Er trat freudig seinen Morgengang an zum Lazarett, das er bei Kriegsbeginn willig als Chefarzt unter seine Obhut genommen hatte. Am Schlosse vorbei über die Brücke ging er elastischen Schrittes den Berg hinan, ohne die starke Steigung des Pfades wie sonst zu empfinden. Als er seinen Rundgang beendet, meldete ihm die Ordonnanz, man habe soeben einen der beim Bahnbau beschäftigten französischen

Gefangenen eingeliefert, der alle Finger der linken Hand unter einer Kippkarre gequetscht hätte.

Sonst würde der Geheimrat diese Behandlung natürlich einem seiner Unterärzte überlassen haben. Da man den vor Schmerzen Wimmernden ihm aber gerade entgegenführte, nahm er selber die Untersuchung vor und verband den Verunglückten. Der Arzt fragte teilnehmend nach den Verhältnissen und erfuhr, Gontard sei Böttcher, arbeite daheim als Fassdichter in einer Sardinenfischerei und stamme aus einem Fischerdorfe Cayeau an der Mündung der Gironde.

„Da kann ich Ihnen ja eine für Sie allerdings nicht erfreuliche Nachricht bringen,“ sagte der leutselige Senior der Mediziner des Krankenhauses, der als Hofmann seinen Fürsten öfter nach Frankreich begleitet und dadurch sein Französisch aus dem Laufenden erhalten hatte. — „Gestern hat eins unserer neuen Unterseeboote, auf dem mein Sohn eingeschifft ist, gerade vor der Mündung der Gironde einen großen französischen Handelsdampfer, ich glaube er heißt „Garonne“, versenkt, die gesamte Mannschaft aber wohlbehalten bis dicht an die Küste geschleppt, wo sie später gelandet ist.“ —

Ungläubig lächelnd hatte der rotbehoste Krieger gestanden; die Botschaft hör’ ich wohl, allein mir fehlt der Glaube, drückte seine abweisende Miene aus.

»Impossible, Monsieur, impossible! Wie könnte wohl ein deutscher Sousmarin, ein Unterseer, so weit von Hamburg oder Kiel wegkommen? Wo soll er denn Öl, wo Luft und wo zu essen erhalten? Pardon, Monsieur le docteur, mais c’est impossible, incroyable, Monsieur!«

Und damit ging er in seine Baracke am Bahndamm zurück, um den Kameraden zu erzählen, wie gütig ein alter, vornehmer Arzt zu ihm gewesen. Er habe ihn verbunden mit so leichter Hand, und genau so nett sei zu ihm auch die Soeur, die Pflegerin, gewesen. Aber trotzdem er dafür gewiss dankbar sein müsse: lügen täten sie nun doch mal alle, alle diese Allemands. Gerade er, der die Gironde kenne von Kindesbeinen an, gerade er solle nun glauben, dass ein deutsches Unterseebot bis dahin kommen könne! Wo wolle es seine geleerten Ölbehälter wieder füllen? Wie überhaupt wolle das bâteau allemand es fertigbringen, der Wachsamkeit der englischen und der französischen Curassiers, der Panzer und der Torpilleurs, der wie Bremsen herumschwärmenden Torpedoboote, zu entgehen? Impossible! habe er gleich gesagt. Wie breit sei dort der Meeresarm in der Gironde und wie tief die See. Er wolle heute doch zum Spaße einmal im Einschnitt der Eisenbahn an ihrer Arbeitsstelle einen Knopf wegwerfen, dann sollten alle seine 75 Kameraden und ihre Wächter, die drei Landsturmleute, versuchen, den auf der Baustrecke von einem Kilometer Länge und 15 Meter Breite irgendwo liegenden kleinen Gegenstand wiederzufinden! »C'est la Gironde!« und mit der bei allen Franzosen so lebhaften, entsprechenden Armbewegung wies er auf die von dem Gefangenen ausgehobene Vertiefung, »et voilá le sousmarin,« damit schleuderte er den kleinen Hemdenknopf mit der gesunden Rechten in die gelben Lehmschollen.

„Wer wird gerade, wenn er oben vom Bahnhof kommt und hier die Geleise entlang geht, wohl auf den Knopf treten? Also ebenso wenig wird auch der deutsche Submersible, das Tauchboot, in der großen Wasserwüste genau auf die ‚Garonne' stoßen! Und ich kenne Jean Villard, meinen Landsmann, von klein auf. Der ist ein Seemann, wie er im Buche steht, den fängt man nicht, —

Trotzdem die sonst über der Engländer Machenschaften ganz aufgeklärten Rothosen auf dem Thüringer Bahnhofe eine solch weite Reise eines U-Bootes für ein Ding der Unmöglichkeit erklärten, lag die „Garonne" nun schon lange im „tiefen Keller", wie der Seemann wohl scherzhaft sagt. Menzell aber war schon wieder unterwegs, weitergedampft, passierte unentdeckt die Vorgebirge von Villano und Finisterre, blickte in die Mündung des Duero und setzte dann Kurs auf die Berlenga-Insel. Bald stand er quer ab von Portugals steiler Küste, ohne dass ein Lager warmgelaufen oder sonst eine Störung an der Maschine vorgekommen wäre. Auch der Gesundheitszustand der Mannschaft war vorzüglich, trotzdem man anfangs gefürchtet hatte, die lange Reise könne sich unangenehm fühlbar machen. Da die Durchfahrt zwischen dem Festlande und Kap Carvveiro rein, d. h. frei von Gefahren ist, kann man sie ohne weiteres wagen, wenn sichtiges Wetter herrscht. Dies war der Fall und bald lag die Enge hinter den Seefahrern, die nun den Kurs auf Kap da Roca setzten. Der zackige Kamm der Serra de Cintra gibt der Küste den ausgesprochenen Charakter, so dass hier Täuschungen über den Schiffsort so gut wie ausgeschlossen sind. Der schroff in das Meer stürzende Abhang ist bis aus eine halbe Seemeile nach draußen von Klippen umgeben, die man im größeren Abstande zu umschiffen hat. Auch bei Nacht kann man sich auskennen, sogar wenn unsichtige Luft herrscht, noch durch das Gehör. Ein kleines Inselchen, Pedra das Geivotas, der Möwenfels, ist von dichten Scharen dieser „Flieger" bewohnt, die in nimmer gesättigter Gier sich um jede Beute streiten und so ihre Anwesenheit weithin verraten, dem Schiffer aber dadurch nützliche Wegweiser werden. Auch die Gänse haben ja einst durch ihr nächtliches Geschnatter das Kapitol gerettet. Da, wahrscheinlich des katholischen

Feiertags wegen, weniger Fischer als man sonst hier draußen findet, ihrem mühseligen Gewerbe in der Nähe oblagen, konnte der Kommandant längere Strecken aufgetaucht fahren, ohne sich der Wahrscheinlichkeit einer unerwünschten Entdeckung auszusetzen. Er beschloss sogar, näher unter Land zu gehen und etwas in die Tajomündung einzusteuern. Man sah mit Tagesanbruch deutlich das in den Königspalast umgewandelte alte Kloster auf der Bergspitze Pena, erblickte die Stadt Cintra und das weniger malerisch gebaute Collares. Weiter südlich bei Cascaes sollte eine Funkenstation sein; vielleicht glückte hier eine Verbindung mit Freunden, denen eine unverdächtig scheinende Depesche wichtige Neuigkeiten zutragen sollte. Da aber der Wind in den letzten Tagen, wenn auch nicht stark, aus westlicher Richtung geweht hatte, so war auf Strömung zu rechnen, die dem Lande zusetzte. Vorsicht war jedenfalls geboten. Da es auch bald zu hell wurde, musste Abstand davon genommen werden. Der viereckige schöne Turm von Belem mit seiner eben über Wasser eingebauten Batterie trat jetzt deutlich aus dem Morgennebel hervor. Es war demnach, um nicht selber gesehen zu werden, rätlich, sich nunmehr davonzumachen.

Den so lange Eingesperrten war's einmal wieder eine willkommene Abwechslung und ein netter Anblick gewesen, die erleuchtete und dann erwachende Stadt aus sicherem Abstande bewundern zu können. Unbemerkt kam man weiter und stand bald am südlichen Vorsprung Europas zwischen dem Tajo und der Gibraltarstraße, dem Kap Vizent, nunmehr direkten Kurs auf die Meerenge zwischen unserm Kontinent und Afrika nehmend. Diese Meerenge, das fretum Herculeum der Römer oder Gibel el Tarek der Araber, ist bekannt wegen ihrer heftigen Strömungen, die fast ausnahmslos vom Atlantischen Ozean hinein in das Mittelmeer setzen. Dieses große Becken empfängt weder viel Wasserersatz durch Regen, noch führen bedeutende Ströme in Betracht kommenden Zufluss hinein. Auf der Gegenseite aber ist ein täglicher Verlust von Millionen und Millionen Liter durch Verdunstung zu verzeichnen, so dass der Abden Zugang überwiegt. Zum Ausgleich des Standunterschiedes der beiden Meere fließt nun ein beständiger Strom vom Atlantischen Ozean östlich durch die Säulen des Herkules. Sehr selten, nur an Tagen mit anhaltenden stürmischen Winden von der Levante her, kann die Bewegung des Oberflächenwassers dann in die entgegengesetzte Richtung umschlagen; dieser Zustand tritt aber nur ein, wenn mehrere Faktoren zusammenwirken.

Nun haben Gelehrte schon vor mehr als hundert Jahren überlegt, dass doch schließlich nur noch Salz im Mittelmeer vorhanden sein müßte, wenn das aus dem weiten Weltmeere zufließende, natürlich auch salzige Wasser in dem abgeschlossenen Becken nach und nach verdunstet. Die Erfahrung aber lehrt, dass noch Wasser genug dort vorhanden ist, das zwar höheren Salzgehalt hat als der benachbarte größere Ozean, jedoch noch weit davon entfernt ist, gänzlich Salzlake, geschweige denn aus flüssigem Zustande zu festem Salz zu werden.

Diese Überlegung veranlasste schon früher eingehende Untersuchungen der Stromverhältnisse in der Tiefe, denen eine Zufallserfahrung willkommene Bestätigung gab. In der Seeschlacht bei Trafalgar war von Nelsons Leuten der genaue Ort des Unterganges einer zusammengeschossenen feindlichen Fregatte durch mehrere Peilungen auf verschiedenen Schiffen in der Nähe von Tarifa festgelegt worden.

Als man dann später nach dem Wrack suchte, um die wertvollen Kanonen und Ausrüstungsgegenstände herauszufischen, war's nicht wieder aufzufinden. Man konnte auch dann nichts ermitteln, als man die ganze Gegend östlich von der Untergangsstelle ablotete, wohin, wie man annehmen musste, die Strömung den Rumpf weitertransportiert haben konnte, bevor er sich allmählich in den Grund eingebettet hatte. Doch trotz aller Anstrengungen war und blieb das gesuchte Wrack verschwunden, bis schließlich Fischer nach vielen Jahren zufällig darauf stießen, aber wider Erwarten westlich vom Unfallorte. Dadurch war zuerst bewiesen, was man später durch Dutzende von Beobachtungen weiter erhärtete: in der Tiefe müsse das spezifisch schwerere, mehr salzhaltige Wasser des Mittelmeers aus diesem wieder heraus, dem Oberflächenstrom entgegen, also nach Westen hin setzen. Genau so sind die Verhältnisse im Bosporus und in den Dardanellen. Das Schwarze Meer liegt kühler als das südlichere, sonnige Mittelmeer, hat stärkere Bewölkung über sich und daher ergiebigere Regenfälle. Außerdem führen ihm die Donau und andere Flüsse reichliche Wassermengen zu, so dass sein Überschuss durch die Meeresstraßen, um deren Öffnung der Kampf jetzt so lange wogte, ständig nach Süden hin abzufließen strebt. Genau wie in der Straße von Gibraltar führt auch hier eine Unterströmung am Grunde der Meerengen die schwereren Salzwassermengen wieder nördlich. Englische Ozeanographen machten vor vielen Jahren schon Beobachtungen über die Geschwindigkeit und Mächtigkeit dieser Stromschichten und hielten ein bemanntes Boot mitten in der Straße, ohne zu ankern, durch folgenden Versuch fest. Sie banden eine große sogenannte Deckwaschbalge, einen Tubben, an ein langes Tau so an, dass das Gefäß mit Hilfe von angebundenen Kanonenkugeln seine große Öffnung gerade gegen den Stromlauf aufkantete.

Ließ man das beschwerte Gefäß bis zu einer gewissen Tiefe hinab, dann hielt der Druck der Unterströmung dem oberen Angriff das Gleichgewicht; das Boot lag trotz des rasch fließenden Wassers an gleicher Stelle fest. Nun bedurfte es nur einer kleinen Geduldsprobe, um herauszufinden, in welcher Tiefe der Unterdruck den oberen überwog. Man brauchte das Haltetau nur vorsichtig nachzulassen und — oh, Zauberei! — das Ruderboot kam in Bewegung und schob sich, je mehr man die Leine verlängerte, zuletzt mit sichtlicher Geschwindigkeit gegen die Oberflächenströmung nordwärts. Mit verwunderten Augen hatten die Kaikführer, die türkischen Bootsleute, diese ihnen unerklärliche Erscheinung zuerst angestaunt, dann aber rückten sie mit geschwungenen Rudern, als die Hexenmeister schließlich landeten, auf die hier unschuldigen englischen Marinematrosen los. Und da ist der seltene Fall zu verzeichnen, dass diese Blaujacken auch einmal als Märtyrer für die Wissenschaft gelitten haben, was freilich nicht recht war, aber den guten Söhnen Albions immer zu gönnen ist!

Durchquert man am westlichen Eingange des Mittelmeers die Straße von Gibraltar, etwa vom englischen Felsennest nach Tanger oder Ceuta steuernd, dann kann man die gewaltigen Stromwirbel auch auf einem größeren Seeschiffe noch deutlich bemerken und muss sogar mit ihnen rechnen, um nicht mal gelegentlich das Schiff „aus dem Ruder laufen", d. h. steuerlos werden zu sehen. Man erlebt in solchem Falle, dass das Ruder versagt, der Kopf des Fahrzeuges sich plötzlich ganz unvermutet nach Backbord oder Steuerbord wendet! Große Wirbel von beträchtlichem Durchmesser eilen am Buge des Dampfers vorüber, die Wasser rauschen herauf und rauschen hernieder — es wallet und siedet und brauset und zischt, so dass der Wachoffizier sorgsam den Kompass und den Rudersmann im Auge behalten muss, will er nicht plötzlich unliebsame Überraschungen erleben!

In dies navigatorisch schwierige Gebiet sollte Kapitänleutnant Menzell nun hineinfahren, hatte also genug zu tun, den Steurern und Wachoffizieren nochmals besondere Aufmerksamkeit einzuschärfen. Stellt die Durchschiffung der Säulen des Herkules den Seefahrern schon in Friedenszeiten eine wohl zu beachtende Aufgabe, so vermehrten sich jetzt in der Kriegszeit die Schwierigkeiten noch bedeutend. Denn auf beiden Seiten der Straße wachten Schiffe mit geübten Mannschaften, dass kein Unberufener in das Gebiet des Mittelmeeres eindringe, dessen Unverdächtigkeit nicht vorher von ihnen geprüft sei. Bei Tanger lagen Franzosen, in der Mitte der Straße fuhren britische Kreuzer und Torpedoboote, und vielleicht musste man sogar noch mit Kriegsschiffen der Italiener rechnen, die freilich Deutschland den Krieg nicht offiziell erklärt hatten, von denen man sich aber nach ihrem treulosen Verhalten gegen unsere österreichischen Brüder nichts Gutes versprechen durfte. Jedenfalls war auch ihnen gegenüber große Vorsicht geboten. Schwierigkeiten hätten sie dem Deutschen gewiss gemacht, ihn mindestens aber ihren nunmehrigen Verbündeten, den Engländern und Franzosen, gemeldet.

Kapitänleutnant Menzell hatte sich eingerichtet, die gefährliche Enge bei Nacht zu passieren, nachdem man vor gänzlichem Verschwinden des Tageslichts das weithin wahrnehmbare Kap Spartel angelaufen. Dort thront einsam auf hohem Felsen der Leuchtturm an der Ecke des großen Kontinents, wo die afrikanische Küste aus der Ost-West-Richtung stark nach Süden umbiegt. Das Vorgebirge (arabisch: Ras-el-Skukkar) besteht aus einer steilen, schwarzen Felsmasse von Kegelform und sieht aus größerem Abstände, von Norden her gesehen, wie eine einzelne Insel aus. Es ist freilich von Riffen und Felsen umlagert, deren Außenkante zwei Kabellängen seewärts vom Fuße des Kaps liegt. Aber man wird sie in vorsichtigem Abstände an Steuerbord lassen. Als diese vorzügliche Landmarke recht quer ab war, noch eben jetzt in der rasch zunehmenden Dunkelheit zu erkennen, da drehte der Kommandant wieder ganz wenig nordwärts, der Mitte der Straße zu. Er ließ ganz tauchen, hielt sich dabei jedoch vorsichtig in der Oberflächenströmung, um von dieser mit nach Osten getragen zu werden. Die eigene Fahrt und die Wasserverschiebung wirkten zusammen und gaben dem Boote eine gewaltige Geschwindigkeit, die die mutigen Seefahrer bald aus der Gefahrenzone entführen musste. Nachdem man auf Grund der gezählten Schraubenumdrehungen unter Hinzurechnung der mutmaßlichen Stromgeschwindigkeit sicher war, Tarifa in Nordost zu haben, wurde wieder südlicher gehalten, um der bei Punta Carnero weit vorspringenden Spitze von Spanien genügenden Abstand zu geben.

Neuntes Kapitel. Bei den Rif-Leuten.

Man hielt also nach der afrikanischen Säule des Herkules, Ceuta, hinüber, die heute in spanischen Händen ist. Am sich jetzt einmal wieder über den Schiffsort zu vergewissern, musste unbedingt aufgetaucht werden, was hier an der dem Felsenkegel von Gibraltar, dem Calpe der Alten, gegenüberliegenden Seite weniger gefährlich war als drüben an der europäischen, wo man eine große Ansammlung britischer „Men-of-war" (Kriegsschiffe) vermuten musste. Wie der U-Bootsführer angenommen hatte, war die Luft hier rein; niemand dachte in dieser Gegend an ein deutsches Tauchboot.

Der kommandierende General in Gibraltar hätte sicherlich jeden, der ihm solche Mär hinterbracht, für verrückt erklärt. Warum sollte man deshalb von drüben her ängstlich nach Afrikas Nordküste hinüberstarren? Die Scheinwerfer auf der 1280 Meter langen Südmole und den andern Steindämmen, die sich unter dem Felsenkegel Gibraltars hinziehen und ein Becken von ungeheurer Abmessung eindämmen, spielten zwar unaufhörlich, aber kein Küstenwächter dachte daran, die Wasserfläche selbst nach so kleinen Erhebungen wie dem Kommandoturm eines Unterseebootes abzusuchen. Sie richteten ihre Aufmerksamkeit vielmehr alle nur auf etwa höher emporragende Masten vorüberfahrender Dampfer, die natürlich leichter zu finden sind. Erblicken sie aber diese Wahrzeichen eines Kauffahrers, dann jagte schon in der nächsten Minute ein dazu bereitliegender und schnell durch Anmorsen benachrichtigter Torpedobootszerstörer hinter dem Verdächtigen her. Und für verdächtig hielt man dort eben jeden Kiel, der Ladung trug. Denn er schleppte vielleicht Nahrung für das gehasste Siebzig-Millionenvolk vorüber, das die Heuchler kaltblütig dem Hungertode auszusetzen beschlossen hatten.

Man sah vom deutschen Tauchboote aus die verschiedenen sich bald kreuzenden, bald parallel zueinander das nächtliche Dunkel durchdringenden Lichtkegel der starken Scheinwerfer. Bis fast nach Afrikas hoher Küste hinüber leuchteten die mächtigen, hell aus der Finsternis herausgeschnittenen Streifen, deren einer dann mal zur Abwechslung herumdrehte, sich nach oben wandte, als wolle er den nächtlichen Himmel nach Fliegern absuchen, um darauf weiter hinüber zu huschen nach Europa-Point (sprich Peunt) und von da langsam den Berg hinaufzukriechen. Dann traten die weißen Häuschen, die oben an den Felsen angeklebt sind, grell hervor aus dem spärlichen Grün. Der große Regenwassersammler oberhalb des Dorfes in Catalan Bay war deutlich zu erkennen. Das braune Gestein hob sich scharf von der matten Schattierung ab; man hätte in größerer Nähe des Berges auch die Drahtseilbahnen, die zu Munitionstransporten nach oben dienen, genau unterscheiden und wohl den „langen Tom" nahe dem Gipfel, wie auch andere in der halben Berghöhe in tiefen Höhlen untergebrachte schwere Geschütze gut wahrnehmen können. Fluchend ob der dummen Spielerei wendet sich dann der klapperdürre khakibraune Posten ab mit den vom Lichtbündel geblendeten Augen und beginnt seinen Geschwindmarsch zwölf Schritt hin und zwölf zurück in entgegengesetzter Richtung von neuem, um sich nicht zu sehr von der verschwenderischen Lichtflut überschütten zu lassen, die ihm bei Tage ja ausreichend von den Sonnenstrahlen zuteil wird. Und unangenehm aufgestört in ihrer Nachtruhe flüchten auch die am Abhange noch hausenden wenigen Affen mehr nach oben in dichtere Partien des bergenden Gestrüpps. Wohl keinem der Menschen, die hier oben wohnen, kommt der Gedanke, dass zu selbiger Stunde dort drüben unter dem Djebel Musa, dem 856 Meter hohen Affenberge an Afrikas Nordküste, ein kleines Fahrzeug mit mutigen Männern vorbeizieht, den Muselmannen zu Hilfe, die Vierverbandsleute an Leib und Leben, an Hab und Gut zu strafen! Den Türken wollen und müssen wir Deutschen ja beistehen mit Rat und Tat. Jene tun natürlich ebenso ihr Möglichstes, den herbeieilenden Freunden die Wege zu ebnen. Dazu gehört vor allen Dingen ein gut eingerichteter Nachrichtendienst und die Ermöglichung von Nachschub des nötigen Brennmaterials, von Munition und Proviant.

Von jener Nordküste des andern Weltteils drohen die trotzigen Höhen des Rif herüber zum steilen Felsenkegel Gibraltars. Die ripa oder Küste Mauretaniens, wie die Römer diese Provinz ihres Weltreiches nannten, wird von einem kriegerischen und ungebändigten Volke bewohnt. Es erlaubte bisher keinem Fremden den Zugang in sein Gebiet, das hervorragende Mineralschätze verschiedener Art birgt. Doch ängstlich hütet man die Kunde dieses Reichtums vor der Begehrlichkeit der „Rumi" (Römer), wie der Sohn des dicht vor den Toren unseres Erdteils liegenden und doch so unbekannten Landes die Europäer nennt. Er bezeichnet sie auch wohl als Nasrani (Nazarener) und weist damit zugleich auf die Verschiedenheit des Islams mit der Religion hin, die zu einem dreifachen Gott, nicht zu Allah betet. Die Rif-Kabylen haben schon manchem Völkerkundigen ein bisher noch ungelöstes Rätsel aufgegeben. Man hat sie bald diesem, bald jenem Stamme zugerechnet, den Streit aber bisher noch nicht zu entscheiden vermocht. Die blauen Augen und blonden Haare dieser Söhne der Berge haben auch Veranlassung gegeben, sie als Nachkommen der bei der Völkerwanderung über die Meerenge gezogenen Vandalen und Goten anzusprechen, die sich durch ihre starre

Abschließung noch nach so viel Jahrhunderten rasserein zu erhalten vermochten. Mag dies sein, wie es will; diese Frage mögen die Forscher einst endgültig beantworten. Gewiss aber ist, dass man allen Fremden bis heute abhold war, die aus Not und Armut über das Wasser zu ihnen kamen. Mangel im eignen Lande muss sie doch treiben; denn hätten sie's gut zu Hause, so würden sie nicht das Land ihrer Väter verlassen und, fern der Stätte ihrer Geburt, einem mühseligen Gewerbe oder einem Handel nachgehen, dessen Gewinn doch immerhin zweifelhaft ist. Der Berber sieht's ja, wenn ihn einmal der Weg nach Tanger oder Tandscha führt. Dort in der Medinat el Klâb, in der „Stadt der Hunde", nämlich der christenverseuchten Niederlassung, da sitzen diese Ungläubigen in großer Menge und schreiben und feilschen, genau wie die verachteten Jahudi (Juden) in der Mellach, dem maurischen Ghetto, oder auf dem Soco chico, dem kleinen Markte. Statt der Flinte führen sie die Feder; statt mit Kugeln ihren Wünschen Nachdruck zu geben, malen sie lieber Zahlen und immer Zahlen und rechnen, wieviel sie an schnödem Gewinn einheimsen, während der Prophet doch den Gläubigen verboten hat, Zins zu fordern von dem Nachbar! Einige dieser Fremden aber waren besser als die große Mehrzahl, die herübergekommen aus dem Lande, dessen Berge man bei klarem Wetter wahrnimmt. Die Sbanyuli (Spanier), die sich in Ceuta festgesetzt, die verachtet der Rifmann gründlich, und die Fransaki (Franzosen) hasst er ebenfalls, denn sie haben schon Algier genommen und den trefflichen Ab-del-Kader durch ihre Übermacht einst erdrückt. Sein Enkel wird die Gläubigen dafür heute zum Heiligen Krieg aufrufen! Denn die Fremdlinge begannen nach und nach von Osten her immer weiter hineinzudrängen ins Maghreb, das Land des Sonnenunterganges. Und mit der „großen Flinte", der Medfa (Kanone) auf ihrem feuerspeienden Markab (Schiffe), legten sie sich einst vor Casablanca und töteten so manchen braven Moslemin; diese Ungläubigen, die Allah braten möge, wo es am heißesten ist in der Hölle. Nur einer wäre gewesen, der ihrem schwachen Sultan hätte zu Hilfe eilen können, der schon einmal den langen hölzernen Pier in Tandscha betrat, „El Kaizier", der Fürst mit der gewölbten Schischia (Fez oder Mütze) von so komischer Form. Sie war, statt aus rotem Tuch, aus glänzendem Leder gemacht; die sonst blaue Quaste hing von ihr nicht herab, sondern war aus Gold geschmiedet. Steil und spitz ragte sie empor zum Himmel. Genau wie sein Bart auf der Oberlippe, dessen Enden so kühn emporwiesen. An den Lagerfeuern erzählten noch heute die Mitgereisten, die gerade zu jener Zeit in der Medinat el Klâb waren, von dem denkwürdigen Tage, der den engen Straßen Tangers so viel Pracht und Pomp brachte. Jetzt schon sei es Jahre her, dass dieser Kaizier aus dem Lande der Nusara (Mehrzahl von Nasrani) dort gewesen, um den Herrscher Marokkos seiner Freundschaft zu versichern. Vielleicht schmücke nunmehr auch ihn schon ein langer Prophetenbart, der bis zur Brust herabwallend, schon äußerlich die Weisheit des Trägers verrät. Vielleicht aber könne man in seinem Lande, in jener großen Medina an dem Wuad (Fluss) Spree diese Zierde des Mannes entbehren? Vieles pflege man dort ja anders einzurichten wie im Maghreb. Auch ein zweiter Kaizier, ein gar alter und würdiger Sultan, sei noch drüben bei den Rumi, wie es auch für den Moslim außer im Fez noch einen Beherrscher der Gläubigen gäbe in Stambul. Der ganz alte Kaizier, der wohne ebenfalls vor Mekka an einem wasserreichen Strome, dem Wuad Donau, und könne viele Askari ins Feld führen, von denen jeder einen Mausir und zwar ausnahmslos eine Chamasia, d. h. Fünfschüssige, also Mehrlader, besäße. Er habe auch die großen Gewehre, die er auf mächtigen Felukken (Einzahl Flukka), Schiffen des Krieges, umherfahre. Diese Geschütze könne er auch auf Rollen bewegen, auf „Wagen", solchen Apparaten, die die „Rumi" schon in Gibraltar brauchten, statt die Waren dem Rücken des Esels oder dem Kamel anzuvertrauen, die doch Allah, der groß sei, in seiner Weisheit dazu erschaffen.

Nun aber, so berichteten die städtischen Bazarinhaber, bei denen man Tee und Zucker, Lichte und vor allen Dingen auch die unentbehrlichen Patronen erstehen kann, den einfachen Naturkindern, habe der Sultan der Inglesi, die drüben in Gibraltar bis tief hinein in den harten Felsen sich eingebohrt, zusammen mit dem Scheich der Franzmänner, die beiden andern Kaizier angegriffen und wolle ihre Duars (Dörfer) verwüsten, die Männer hinwegschleppen und als Sklaven verkaufen, die Weiber aber in ihre Harems führen. Ein grausamer Streit sei im Gange, in den sich auch die Italiani eingemischt, die bisher mit dem Kaizier-Bruß (Preußen) und dem ganz alten Fürsten Blutbrüderschaft gehalten. Wie ein Räuber in der großen Wüste Sahara plötzlich der Karawane in den Rücken falle, so   hätten auch diese ungläubigen Kaffir (das türkische Giaur) getan, von denen freilich Treue und Glauben nicht könnten erwartet werden! Aber wer sie kenne, die hin und wieder mit ihren Schiffen bis Tandschah kämen oder nach Mellilah, der halte sie wohl solcher Schandtaten für fähig!

Im Rif aber wäre jahrelang ein Tibib, ein Arzt, oder sonst ein Fkih, ein Gelehrter, gewesen, der sicher hätte ein guter Moslim werden können, wenn es Allah, der gelobt sei, nicht gefallen hätte, ihn als Nasrani zu erschaffen.

Dieser langbärtige Mann oder wie ihn der Maure in seiner bilderreichen Sprache zu nennen beliebte: der „Vater des Bartes" sei unlängst zurückgekehrt aus seinem fernen Tal des Wuad Donau und habe seinen Freunden versprochen, allen Dörfern, die seinem alten Kaizier beistehen wollten, einen prächtigen Mehrlader mit 100 Patronen dazu zu bringen. Sie sollten ihm helfen und müssten den Inglesi Schaden tun und dem Franzmann, der Marokko bedrücke, und dem treulosen Italiener, der seine Blutsbrüder so schmählich verraten. Dort — oben auf dem Gipfel des Felsens drüben in Gibraltar, da habe der fremde Rais (Kapitän) einen großen Baum errichtet und an dessen obere Spitze einen Draht geknüpft aus Kupfer, so blank und so rein, wie er nur in den Schluchten des Rif gefunden würde. Und was alles an Gedanken die Ungläubigen in den Bart murmelten und in den Wind sprächen, das flöge gegen den Draht und noch viel weiter und würde fernweg getragen vom wehenden Zanubi, dem Südwinde, oder vom Barrani, oder Tserts, der aus Nordosten von der spanischen Sierra her blase; und es summe und zittere in diesem gespannten Kupferdrahte so lange, bis die Kunde dem dort unten am Fuße der Stange wartenden Gelehrten ins Ohr geflüstert werde.

Man müsse nun im Rif hoch oben auf dem Berge, wohin noch keines Rumi Fuß bisher gedrungen ohne Einwilligung der Söhne des Rif, auch einen solchen Baum einsetzen und solchen Draht ziehen, um diesseits der Meeresstraße zu vernehmen, was jener drüben plane mit seinen großen eisernen Schiffen, die geschäftig hin und her führen tagein, tagaus und nicht mehr leiden wollten, dass auch Feluken der anderen Sultane hier auf dem Meere dem Handel nachgingen, und die dem großen Kalifen der Gläubigen in Konstantinopel wollten den Thron rauben.

So hatte jener gelehrte Österreicher mit dem wallenden Barte, der die Sprache der Gläubigen redete, wie einer der Ihrigen und der zu Mohammed bete und die Waschungen, die der Prophet vorgeschrieben, regelmäßig verrichtete, den einfachen Naturkindern vorgestellt. Darauf war eines Tages, trotz der Wachsamkeit der Engländer, ein verdächtiges Küstenfahrzeug gelandet, hatte sich dicht am Strande verankert und war beladen gewesen mit geheimnisvollen Kisten und Kasten. Zuerst hatte man mit Hilfe der kräftigen Berber zwei große längliche und einige ganz schwere, kleinere Holzbehälter glücklich aufs trockne gebracht. Und der „Vater des Bartes", der Freund der Ruafa, der Rif-Leute, hatte sie geöffnet und ihr zwanzig neue und prachtvoll blinkende Hinterlader entnommen. Jedes Rif-Berbers seligster Traum, sobald er mannbar geworden, ist der Besitz einer Chamasia, einer Fünfschüssigen, da er sicheres Schießen mit dem Mausir der Schnellfeuergeschwindigkeit der Winchesterbüchsen vorzieht, die sogar zehn Patronen in der Ladekammer fassen. Dann ist er der „Herr des Donners". Fünfmal kann er, ohne wieder laden zu müssen, abdrücken und so erbarmungslos den Gegner niederknallen. Auch Patronen, wie der langjährige Freund der Stämme versprochen, waren mitgekommen in Hülle und Fülle. Wie würde man nunmehr ein lab el barud, das beliebte Pulverspiel, mit diesen prächtigen Flinten feiern können! Man war ja imstande, so oft hintereinander dem Gegenpartner in dieser Knall-Quadrille um die Ohren zu puffen! Dazu aber sind die Patronen doch zu wertvoll und zu schwer zu beschaffen; man muss sich daher bescheiden lernen und zu Spiel und Reigen wie früher die lange, alte Steinschlossflinte, die machla, und loses Schwarzpulver nehmen!

Auch lange Eisenstangen und viel Draht schaffte man damals aus dem geräumigen Bauche der Flukka ans steile Ufer, dazu wieder viele Kisten und geheimnisvoll geformte Gegenstände. Solche Landungen sind hier nichts Angewöhntes. Allerdings sind meistens die Jahudi, die jüdischen Händler, beteiligt, wenn spanische oder portugiesische Fischerboote statt die frutti di mare hier einzufangen, geheimnisvolle Waren ausladen. Sonderbare „Fische" würde man entdecken. Trotzdem die Einfuhr von Waffen in Marokko verboten ist, blüht der Handel ungemein und bringt den Schmugglern reichen Gewinn. Heute war im Umsehen alles durch das Wasser auf den Schultern der bis an die Hüften in der kühlen Flut Watenden ans Land geschafft. Als das Tageslicht die Uferstrecke erhellte, schaukelte der kleine Küstenfahrer erheblich weiter vom Lande entfernt auf den leichten, durch die Morgenbrise erregten Wogen. Am Strande selbst war nichts zurückgeblieben, als wenige Spuren auf dem harten Gestein. Die Trägerkarawane war schon hoch oben in den Bergen und verfolgte ihren steilen, mühsamen Pfad zu dem schon früher ausgesuchten Orte. Hier begann dann in den nächsten zwei Wochen emsige Tätigkeit. Zum Erstaunen der braven Bergbewohner, die gegen geringes Entgelt Hand mit anlegten, schoben sich dünne Eisenrohre immer höher gen Himmel und darauf spannten sich glitzernde Kupferdrähte von der Spitze des überlangen Pfahls nach den Seiten unten. Ein Bretter-Häuschen, schöner als jede Wohnung im Duar (Dorf), barg ein geheimnisvoll arbeitendes Pumpwerk, aus dem trotz immerwährenden Arbeitens kein Wasserstrahl schoss, sondern nur eine kleine Flamme blitzte. Dann pochte ein winziges Hämmerchen und der „Vater des Bartes" rief seinen jungen Gefährten, der diesen Hörposten für alle Seufzer und Wünsche der Inglesi aus den Lüften auffangen sollte. Und lange saß dieser Fkih, der junge Sohn eines Rumi, und wollte hören und band eine runde Schließklappe um die Ohren und doch konnte er vernehmen, was aus den Wolken wisperte. Der alte Gelehrte aber schrieb, was ihm sein junger Gefährte zusagte, nieder; nur gerade Striche und Punkte, niemals so schöne Schnörkel und Kringel, wie sie der Schreiber auf dem Soco grande, dem großen Markte auf dem Marschenhügel in Tandscha, gleich rechts vom Bab al Marsah gegen wenige Bilun (Pfennige) Entgelt mit seiner Rohrfeder aufzeichnete. Nacht für Nacht ging dann ein Bote hinunter von den Bergen an die damalige Landungsstelle und fand dort immer einen Schiffer, dessen Flukka hinüberwollte nach Spanien, oder die weitersegelte gen Osten, unbekannten Empfängern frohe Botschaft zu bringen. Gläubige Jünger Mohammeds warteten darauf und übergaben sie anderen Boten. Vielleicht auch war es möglich, die eigenen Wünsche dem Drahte einzusprechen und den Wind zum Boten zu machen, das Erkundete den Freunden der beiden Sultane, die die Inglesi verderben wollen, zu sagen. Dass der Draht dort hoch oben an der Spitze das ihm Anvertraute nicht einfach verschluckte, wurde den täglich sich mehrenden Beschauern dieses Wunders der Nusara, der Christen, die doch nicht allesamt Hunde sind, klar. Denn der junge Fkih warf seine Ohrklappe eines Tages von sich und sprang, den Alten zu rufen. Und sie hielten eine lange Beratung, auf Grund deren wieder das ganze Dorf am Abend hinunterzog an den Strand. Nach einer Weile blitzte dann auf dem Wasser ein Licht auf, und dieselbe Flukka, die vordem den Eisenmast mit den Worte fangenden Drähten gebracht, nahte wieder dem Strande soweit möglich und hatte diesmal nur kleinere Kisten und Ballen verfrachtet, die man, sorgsam gegen Spritzwasser schützend, ans trockene Ufer schaffte. Auch braune Tücher in der Schattierung der Dschellabahs, der erdfarbenen Berberkittel, waren unter dem Frachtgut, mit Ösen und Stricken versehen. Nun schnürte man diese Leinwandbahnen zusammen und deckte sie sorgsam über die aufgestapelten Güter. Nur zwanzig Blechkannen und eine Kiste mit den fünf noch nachträglich versprochenen Mehrladern wurden bergan ins Dorf gebracht. Die braune Verhüllung hob sich von dem dunkeln steinigen Untergrunde so wenig ab, dass selbst die scharfen Adleraugen der Bergbewohner sie in wenigen Hundert Meter Abstand nicht mehr entdecken konnten. Man durfte also gewiss sein, vom Wasser her würde niemand etwas wahrnehmen, auch wenn nicht eine Felsennase den Stapel in der Richtung querab, nach See zu, den Blicken Vorübersegelnder sowieso entzogen hätte.

Diese Vorbereitungen zum Empfange des deutschen U-Bootes waren wenige Wochen vor der Zeit begonnen, zu der unsere Braven aus Kiel in die Straße von Gibraltar einliefen. Von Cadix ab, so war dem Kommandanten empfohlen, sollte das U-Boot, wenn Gelegenheit vorhanden,

seine drahtlose Station zum Hören häufig verwenden, aber selber keine
Zeichen geben, um seine Anwesenheit nicht vorzeitig kundzutun. Nachdem man jedoch die Engen passiert, würde es angebracht sein, sobald
ein vorher verabredeter Anruf vernommen werde, nur mit dem Zeichen,
was in der Morseschrift bekanntlich den Buchstaben V bedeutet, zu antworten. Darauf sollte man genau zwei Minuten und 36 Sekunden Pause
machen und nochmals V geben. Man habe dann am Lande die Sicherheit,
dass U 156 antworte, und in diesen Falle sei man dort bereit, sofern die
Umgebung sicher, gewünschte Vorräte an Bord zu geben und weitere
Nachrichten zu überbringen. Mehrere Küstensegler, deren Takelung gewisse Abweichungen von der sonst landesüblichen aufweisen würde,
sollten in der Nähe sich aufhalten. Lägen sie dicht unter Land zu Anker,
so könne das ankommende U-Boot sich ruhig nähern; man sei in solchem Falle vor Entdeckung todsicher. Sollte aber, wider Erwarten. Gefahr im Verzuge sein, so würden die Segler in Fahrt sich befinden und
länger vom Lande ab kreuzen, als darauf zu halten. Übrigens sei letztere
Annahme sehr unwahrscheinlich, denn der Feind habe bisher durchaus
keinen Verdacht gehabt, wie durch zuverlässige Spione gemeldet wäre.

Wir haben unsere „Mittellandseefahrer", wie man in nautischen Kreisen sich noch heute gern ausdrückt, verlassen zugunsten einer langen
Abschweifung. Diese war zum Verständnis des Folgenden notwendig.

Das U-Boot hatte auf der Höhe von Gibraltar quer über die Straße
Kurs genommen auf Ceuta zu und dort sein Periskop vorsichtig aus der
Flut emporgesteckt, um „Landkennung" zu gewinnen. So dicht unter der
hohen Küste vermutete man, wie oben auseinandergesetzt wurde, keinen
Feind. Die Fahrten der Vorpostenboote erstreckten sich deshalb lange
nicht so weit hinüber, da man glaubte, das Fahrwasser von der Mitte der
Straße aus genügend überwachen zu können. Die einfallende Dämmerung deckte zudem mit ihrem verhüllenden Schleier, was unter Land vorging, so dass das Wagnis nicht allzu groß war, nun auch den Mast für
drahtlosen Verkehr emporzuschieben. Jede hundertsechsundfünfzigste
Sekunde nach der vollen Stunde sollte der verheißene Anruf kommen,
nun galt es, scharf danach zu horchen. Selten hat wohl jemand besser
aufgepasst, als der Zufallstelegraphist unseres U-Bootes in dieser Stunde.
Denn Erich Sarnekow musste für den erkrankten Berufsfunker eintreten,
der sich durch unvorsichtiges Berühren eines Induktorteils nicht unerheblich verletzt hatte. Seit mehreren Jahren können besonders lernbegierige junge Offiziere der Handelsflotte an den deutschen Seefahrtschulen
einen Lehrgang in drahtloser Telegraphie durchmachen. Sie sollen auf
kleineren Dampfern, die der Kostenersparnis wegen keinen ständigen

Beamten zur Bedienung der Telefunkenanlage an Bord haben, eintreten, wenn Not an Mann ist und diesen Posten im Nebenamte mit versehen. Wer nicht in beständiger Übung bleibt, hat natürlich große Schwierigkeiten, mitzukommen, wenn es anfängt im Apparate zu knistern und zu knacken, und die Zeichen mit großer Geschwindigkeit aufeinanderfolgen. Zumal dann hat der Empfänger große Mühe, wenn er Mitteilungen in verabredeter Geheimsprache empfängt; dann kann er ausgefallene oder missverstandene Buchstaben nicht zufügen; die Worte, deren Sinn und Zusammensetzung er ohne Zifferschlüssel gar nicht versteht, nicht ohne weiteres ergänzen. Denn ihm werden nur einzelne Buchstabengruppen zusignalisiert, die erst von Offizieren zu enträtseln sind. Dass der Vizesteuermann sich an die neue, ihm plötzlich zugefallene Aufgabe nur mit etwas hörbarem Herzklopfen heranwagte, wird ihm niemand verargen. Aber seine Veranlagung, die ihn nie aus der Ruhe brachte, wenn auch noch so viel auf ihn einstürmte, half hier ebenfalls, die Anfangsschwierigkeiten zu überwinden. Es zeigte sich bald, dass auch der geheimnisvolle Zeichengeber an Land keine übergroße Gewandtheit besaß und nicht allzu schnell gab. Man erfuhr, dass alles sicher, das U-Boot sich der Küste nähern und Brennmaterial, sowie Proviant und Munition für seine Schnellfeuergeschütze übernehmen könne. Das Wasser unter Land wäre fast spiegelglatt.

In kurzer Zeit lag das deutsche Kriegsfahrzeug am gewünschten Orte. Vom Lande her ruderten Berberfäuste mit ungeschlachten Booten heran und brachten die unlängst am Gestade aufgestapelten Güter längseit. Auch die Küstenfahrer gaben ihre Ladung ab. Als beinahe alles in lautlosem Schweigen in Empfang genommen und im Innern des geheimnisvollen Schiffes verschwunden war, kam mit eiligen Ruderschlägen noch eine kleinere Jolle vom Lande herbei. Den langbärtigen Mann hinten im Boote, in seiner braunen Dschellabah hätte jeder für einen Eingeborenen angesehen. Erst als er anlegte und die deutschen Seeleute in gut wienerischer Mundart begrüßte, wurde man den Irrtum gewahr. Noch mehr aber staunte Erich Sarnekow, hier unter diesen Umständen wieder mal einen Bekannten zu sehen. Der Dampfer, mit dem der junge Seemann vor anderthalb Jahren seine Offizierslaufbahn begann, hatte jener Zeit mit vielen Passagieren eine Orientfahrt gemacht. Diese führte zum Schluss von Konstantinopel nach Tanger, bevor das stolze Schiff den Kurs wieder nach New York nahm, um dorthin den größten Teil der weltbummelnden Vergnügungsreisenden heimzuführen. Der „Vater des Bartes" hatte sich, damals allerdings in moderner europäischer Kleidung, am Goldenen Horn eingeschifft und stieg in Tanger, wo er bleiben wollte, wieder aus, nicht ohne den Reichsdeutschen seine Dienste als Führer und Dolmetscher anzubieten. Man war unter seinem sicheren Geleite in der mit dicken Mauern abgeschlossenen Kasbah, der Zitadelle von Tanger, gewesen, hatte oben die Riesengeschütze besehen, deren Mäuler sich drohend über die Mauerkronen der Batterie zum Hafen recken und war nicht wenig erstaunt gewesen, die rostzerfressenen Seelen dieser Rohre aus der Nähe zu betrachten. Ein deutscher Artillerist hätte ob solcher Lotterwirtschaft sicher Krämpfe bekommen; unserer Reisegesellschaft aber bereitete dieses Bild der Verkommenheit damals nichts weniger als Schrecken. Man war bei jener Gelegenheit erst auf dem Soco grande, auch dicht dabei vor dem prachtvollen Garten der Deutschen Gesandtschaft gewesen und hatte, wie's dann meistens geschieht, ebenfalls einen Ausflug nach dem Leuchtturm von Kap Spartel mit seinem alten irischen Lampenwärter unternehmen können.

Der Gelehrte hatte dem jungen Seemann, der an jenem Tage gerade dienstfrei und Teilnehmer jener Partie gewesen, viel vom Leben und Treiben in Marokko erzählt und ihm diesen Ausflug zu einem sehr lehrreichen gestaltet. Das heutige Zusammentreffen war höchst merkwürdig, aber durch den Zusammenhang leicht zu erklären. Gleich wie der ehemalige Gefangene des Mahdi, Karl Neufeld, unlängst in Arabien für die deutsche Sache tätig war, so erinnert man sich in Wien auch dieses Gelehrten, der Jahre seines Forschens unter den Rifleuten zugebracht, und sandte ihn mit Aufträgen, deren Natur wir aus dem Vorhergehenden ahnen können, an die Nordküste Afrikas.

Der Kommandant, dem als langbefahrenem Seemann solche unvermutete Begegnungen nichts Neues waren, hatte dieser Wiedererkennungsszene mit unverhohlenem Vergnügen beigewohnt und von neuem bestätigt gefunden, dass sein junger Offizierstellvertreter überall Ohren und Augen aufgesperrt und Vorteile gezogen hatte aus allem, was er zufällig erfahren und gelernt. Der österreichische Gelehrte berichtete dem Führer des U-Bootes von den jüngsten Kriegsereignissen und war von freudigem Stolze beseelt, dass auch seine Landsleute nunmehr begonnen hätten, ihre U-Boote in den Kampf gegen den bisherigen Vorherrscher im Mittelmeer zu senden. Schon habe man gute Erfolge erzielt; es sei gewiss, man werde in diesem Wasser die österreichischen Fahrzeuge bald ebenso fürchten, wie die deutschen Waffenbrüder in der Nordsee. Dass aber ein verhältnismäßig winziges Schiff dieser Art die lange und gefährliche Reise von der deutschen Küste bis hierher ausführen könne, habe vordem gewiss niemand für möglich gehalten!

Er übergab dann noch eine versiegelte Anweisung, die, wie sich später herausstellte, die Erkennungsmarken der U-Boote seiner Landsleute enthielt. Da man einem plötzlich auftauchenden Fahrzeuge seine Nationalität nicht ohne weiteres ansehen kann, ist die Gefahr vorhanden, befreundete zu beschießen oder von feindlichen, die sich erst im letzten Augenblicke als solche entpuppen, überrascht zu werden. Folglich sind geheime, schnell auszumachende und untrügliche Erkennungszeichen höchst notwendig, sogar unentbehrlich. Da die Admiralität in Berlin, wie auch in Wien beabsichtigte, in Zukunft Schiffe beider Nationen nach gemeinsamem Plane arbeiten und vereint angreifen zu lassen, deshalb musste also sorgfältig jede Unklarheit im Signaldienste vermieden, jedes leiseste Missverständnis von vornherein ausgeschlossen werden. Sonst pflegen die U-Boote beim leisesten Verdachte der eigenen Sicherheit wegen zu tauchen.

Zehntes Kapitel. Weiter nach Osten.

Sobald der Führer seine Papiere in Empfang genommen, das kleine Boot sich von längseit entfernt hatte, schlugen die Schrauben an, um erst wieder in tieferes Wasser zu kommen, dann schlossen sich alle Zugänge nach unten, und langsam sackte der Rumpf tiefer und tiefer. Weit rissen die Nordafrikaner ihre Augen auf und starrten das neue Wunder an. Erst trug der Wind die Kunde der Annäherung dieses Tiefseefisches ihnen hinaus in ihre Berge, sie glitt vom hohen Mäste hinab an den glitzernden Kupferdrähten und wurde aufgefangen durch den jungen Rumi unten in der geheimnisvollen Bretterhütte. Genau auf Tag und Stunde tauchte das Boot dann auf aus der Tiefe der Flut. Richtige, lebende Menschen entstiegen seinem Bauche; Menschen, die Nahrung brauchten, wie sie selber, Menschen, die den Feinden Allahs würden entgegentreten können mit Blitz und Donner ihrer großen Flinten, die Mehrlader waren, genau wie die Handwaffen, die der Freund des Kalifen, el Kaizier, ihnen gesandt. — Solchen Kämpfern würden die Inglesi und der Franzmann nicht widerstehen können. Habe er freilich auch viele und große feuerspeiende Schiffe, so könne Allah doch niemals mit ihnen sein, da sie dem Kalifen übelwollten in Stambul und dem Sultan in Marrakesch! Man werde den Gläubigen in Algier und in Tunis Nachricht senden, und auch an der Küste des großen Meeres im Westen werde man die Brüder des Islam wissen lassen, dass nun auch hier der Kampf beginne gegen die fremden Unterdrücker. Der „Vater des Bartes" aber, der zum Gebet die Knie beuge gen Mekka wie ein rechtgläubiger Moslemin, der werde, kehre er zurück zum Wuad Donau, berichten, wie die Rifleute in ihren Herzen diejenigen verabscheuten, die freventlich seine Ruhe gestört und seine Söhne hingemordet! Früher, vor vielen Jahren, sei freilich einst ein Markab Bruß (pruß = Preuß für Deutsch) beim Ras tres Forkas gekommen, und die Bahn, die Seeleute, hätten geschossen. Aber damals wären noch viele Segler gekommen in der Meerenge, da sei es ein gutes Recht der Ruafa gewesen, sie anzuhalten und ihre Güter zu nehmen. Nunmehr habe Allah aber den Rumi erleuchtet, dass er dem Schiffe die treibende Schraube anhänge. Diese Fahrzeuge hielten sich nicht auf, der Rifbewohner habe daher keine Gelegenheit mehr, seinen Strandzoll einzuziehen und nun sei aus dem Bruß der Aleman geworden, deren Kaizier ihnen Freund sei, seit er el Maghreb, das Land des Sonnenunterganges, besucht.

Das U-Boot verfolgte unterdessen seinen Kurs nach Osten weiter und weiter, hielt sich bald mehr an der Küste Afrikas oder suchte seinen Weg näher den Gestaden Europas bis in der Nacht eine geheimnisvolle drahtlose Botschaft aufgefangen wurde. Diese veranlasste den Kommandanten, nunmehr nordöstlichen Kurs zu nehmen und mit aller Vorsicht die gewöhnliche Handelshochstraße dieses großen und doch so abgeschlossenen Meeresbeckens zu schneiden.

„Jungens passt auf!" so äußerte sich der sonst so ernste und schweigsame Kapitänleutnant Menzell zu seinen Leuten, „heute noch werden wir Gelegenheit haben, den Tod so vieler Kameraden von Tsingtau zu rächen! Mir wird soeben ein japanischer Regierungs-Transportdampfer gemeldet, der Kriegsbedarf nach dem Golf von Biskaya für die Herren Franzosen bringt. Treffen wir diese gelben Asiaten hier und kommen sie mit ihrer ‚Haradi Maru', wie der Kasten heißen soll, vor unser Bugrohr, dann gnade Gott den ewig grinsenden Japs, diesen gelben Asiaten! Es ist ein Hilfsschiff der japanischen Marine und als solches bewaffnet. Wir greifen es, wo wir es in Sicht bekommen, sofort an, denn ein Kriegsschiff oder ein Hilfskreuzer werden nicht erst vorher gewarnt; sie könnten uns dann ja famos unter Feuer nehmen. Danke!"

Es ist erstaunlich, was dies Volk des Ostens auch in nautischer Beziehung in wenigen Jahrzehnten geleistet hat. Niemand hätte vor einem halben Jahrhundert eine Prophezeiung gewagt, dass einst, nach verhältnismäßig kurzer Zeit, Schiffe aus dem Lande des Chrysanthemums weit nach Westen bis ins Mittelmeer und über die Säulen des Herkules hinaus, nach Norden in den Atlantischen Ozean dringen würden. So schmerzlich gerade uns Deutschen, den unglücklichen Verteidigern Tsingtaus, diese Tatsache ist, so können wir trotz alledem der Strebsamkeit und — wenn auch uns unbequemen — Rührigkeit dieses Volkes der aufgehenden Sonne ein gutes Zeugnis nicht versagen. Mit modernen Schiffen neuester Einrichtungen haben sie sich versehen. Diese safrangelben Neulinge in unsern Gewässern, sie fahren heute damit auf den Hochstraßen der Weltmeere, die der Europäer sonst als seine ureigenste Domäne anzusehen gewohnt war! Bei billigen Arbeitslöhnen und einer — nachahmenswerten — Bedürfnislosigkeit können sie bei niedrigeren Frachten, als ihre westlichen Mitbewerber verlangen müssen, noch immer auf Verdienst hoffen. Nun fabrizieren sie bereits in eigenen Werkstätten auch Geschütze und Munition dazu, um den weißen Mann zu töten. Einst wird die Nation, die ihn gerufen hat, einzugreifen in den Krieg der Völker aus der Alten Welt, sich zu verantworten haben für solchen Verrat der Rasse. Möge den Briten für diese Tat dann auch die Strafe am eigenen Leibe treffen!

Wie drahtlos angegeben war, sollte „Haradi Maru" von Malta direkt Gibraltar ansteuern und erst auf der Rückreise von Bordeaux oder wohin man ihn senden würde, Marseille aufsuchen. Menzell hielt es daher für richtig, in dem Track (Weg) der Schiffe zu bleiben, die in Friedenszeiten die Verbindung Hamburg—Yokohama aufrechterhalten. Da die gelehrigen Japaner den Weißen viel Dinge und Verrichtungen zuerst ganz mechanisch nachzuäffen pflegten, bis sie durch eigene Arbeit auch eigene Wege zu gehen vermochten, so war zehn gegen eins zu wetten, dass der Transportdampfer sich auch in diesem Falle sklavisch an den gewöhnlichen Kurs klammern werde. Lagen doch Wetterbücher und Reisenotizen, aus denen Anhaltspunkte zu gewinnen waren, zu Hunderten in den Archiven der ehemals von einem Deutschen gegründeten Wetterwarte von Japan. Niemand konnte voraussehen, dass dies Reis essende, genügsame Volk sich nach kurzen Lehrjahren berufen fühlen würde, mit den Lehrmeistern in Wettbewerb zu treten und auch noch zu versuchen, die ehemaligen Erzieher aus wohlerworbenen und scheinbar für ewig befestigten Beziehungen hinauszudrängeln. Diese Leute mit den kalten, unaufhörlich lächelnden Gesichtern wurden lange unterschätzt, selbst dann noch, als Kaiser Wilhelm mit klugem Scharfblick bereits gewarnt hatte mit seinem Bildspruche: „Völker Europas wahrt eure heiligsten Güter!"

Nun machten sie nicht nur Geschäfte mit uns, die Leute mit den verschmitzten kohlschwarzen Äuglein und den glatten dunklen Haaren. Sie überwanden ihre russischen Nachbarn im Osten und kämpften sogar die Deutschen auf ihrem verlorenen Posten, auf der Wacht am Gestade des fernen Pazifischen Ozeans, mit Erfolg nieder! Gott sei's geklagt, weil unsern Helden dort die Munition ausging und jegliche Verbindung mit dem Mutterlande abgeschnitten war. Das entfachte ihr Selbstvertrauen noch weiter, und höher stieg ihr Ehrgeiz, im Europäischen Konzert dereinst eine gewichtige Stimme zu erringen.

Bald schon sprachen ihre Kanonen in den Stellungen der russischen Bundesgenossen eine laute Sprache, als den Moskowitern das Pulver anfing auszugehen. Aber mehr noch wollten sie sich die Leute aus dem Westen verpflichten. Fern in den Alten Weltteil sandten sie bereits von Japanern in japanischen Fabriken allgefertigte Granaten und andern Kriegsbedarf. Und japanische Seeleute kommandierten diese schon draußen auf ihren eigenen Werften hergestellten Dampfer, deren eilender Kiel den Indischen Ozean und die salzigen Fluten des Mittelmeeres mit Erfolg bezwungen hatte.

Menzells Rechnung erwies sich wiederum als sicher. Nur dreiviertel Tag hatte sein Tauchboot gewartet, da nahte schon sein Opfer dem ihm bereiteten Wellengrab. Bisher war von Gibraltar bis Malta hin noch nirgends Verdacht geschöpft, dass ein deutsches U-Boot den gewaltigen

Weg von den Watten des Nordmeeres bis in die „Mittellandsche See" zurücklegen könne. Deshalb war auch die Gefahr einer Entdeckung gering, denn an dem Periskop allein kann niemand die Nationalität eines U-Bootes erkennen. Würde schließlich einmal der dünne Kopf des Sehrohres, selbst gegen den Willen der Bordinsassen, erblickt, dann wäre damit noch lange nicht die Flagge erkannt worden. Viel wahrscheinlicher würde sogar, im Falle eines solchen Sichtens, dann die Annahme sein, es mit einem englischen oder französischen Fahrzeuge zu tun zu haben.

Deshalb steckte der Führer den Periskopkopf jetzt etwas höher über die Wasseroberfläche hinaus und ließ sein Stielauge den Horizont auch länger absuchen, bis ihm ein erst schwacher Rauchfaden ostwärts die Annäherung eines Dampfers aus der erwarteten Richtung anzeigte. Es war wirklich die erwartete „Haradi Maru", tief im Wasser steckend, wie das die Natur der schweren Ladung mit sich brachte. Im Gegensatz zu den bisher sehr oft überraschten Fahrzeugen anderer europäischer Flaggen wurde hier auf dem Japaner aber scharfer Ausguck gehalten, wovon sich Kapitänleutnant Menzell sofort überzeugen konnte. Denn der asiatische Ausgucksmann im Krähenneste, das in halber Höhe des Fockmastes sitzt, war mit einem Doppelglas bewaffnet und brauchte dies optische Hilfsmittel auch wirklich und eifrig. Man gewahrte auf dem Bilde der Mattscheibe unten im Kommandantenraum ganz deutlich, wie der Dampfer-Ausgucksmann die Aufmerksamkeit der Brückenoffiziere auf etwas von ihm Wahrgenommenes und Verdächtiges lenken wollte und letztere mit ihren Gläsern dann ebenfalls die glitzernde Meeresoberfläche absuchten. Entdecken konnten sie freilich nichts mehr, denn Erich Sarnekow, der gerade die Wache hatte, war blitzschnell entschlossen gewesen, sich der Beobachtung der Herren Japs zu entziehen und hatte mit einem Griff den kleinen Elektromotor zur Verkürzung seines Sehapparates spielen und zu gleicher Zeit auch das vollständige Untertauchen beginnen lassen. Kuhlo, der das Tiefensteuer wie immer bediente, wenn sein ehemaliger Kamerad das Kommando unten führte, hatte auf den ersten Wink seines nunmehrigen Vorgesetzten, die Ruderfläche geneigt. Auch die Maschine war schon zu mehr Umdrehungen veranlasst, so dass sich das U-Boot in allerkürzester Zeit der Sicht des Pazifikmannes entzogen hatte. Drüben auf der Dampferbrücke beruhigten sich denn auch die Gemüter der kleinen Männer mit den trippelnden Schritten wieder, als sie nichts entdecken konnten trotz aller unablässig suchenden Gläser. Man nahm schließlich an, die Phantasie des Ausgucksmannes habe ihm dort oben in einsamer Höhe so weit über dem Meeresspiegel einen Streich gespielt. Jedoch wurde zur Vorsicht der Kurs um vier Strich nach

Steuerbord geändert, der alte erst nach einiger Zeit wieder aufgenommen, als man glaubte, dem etwa verborgenen Feinde durch diese Abweichung vom ursprünglichen Wege genügenden Abstand gegeben zu haben. Gerade dies Manöver hatte der erfahrene Unterwasser-Praktiker erwartet, weil der erste Anstoß beim Erkennen der Gefahr möglichst viel
Raum zwischen sich und den Gegner zu legen, nur zu menschlich und
ein natürlicher Trieb der Selbsterhaltung ist. Das Vierstrich-Abdrehen
des Japaners vom Kurse geschah noch, bevor der Periskopkopf des deutschen U-Bootes ganz untergeschnitten hatte. Die Richtungsänderung
war sehr deutlich wahrzunehmen, da Masten und Schornsteine jetzt viel
weiter auseinanderzurücken schienen, nachdem der Fremde durch das
Abhalten nach Nordwesten fast quer zur Kielrichtung des Deutschen
gekommen war.

Wenn es im Allgemeinen schon sehr schwer ist, einen im Verhältnis
zur unendlichen Weite des Ozeans winzigen Gegenstand wie den oberen
Teil eines Sehrohres in 2000—3000 Meter Abstand zu sichten, so wird
die Aufgabe nicht leichter, ihn ständig im Auge zu behalten, wenn das
Schiff, auf dem der Beobachter steht, sich dreht. Entzieht sich der verdächtige Gegenstand dann für einige Zeit durch gänzliches Wegtauchen
der Sichtbarkeit, dann hat man von neuem die ganze Mühe des Suchens.

Kapitänleutnant Menzell schien eigentlich nie zu schlafen, seit man
Wilhelmshaven verlassen hatte; denn ohne Wecken und ohne besonderen Bescheid zu erhalten, erschien er stets von selber, so oft irgendetwas
Außergewöhnliches los war. Er blieb nur wenige Minuten unter Wasser,
hatte aber mit Umlegen des Tiefensteuers auch sein Ruderblatt drehen
und das U-Boot recht Norden laufen lassen. Dann tauchte man vorsichtig wieder auf, um sich zu überzeugen, ob „Haradi Maru" noch immer
weiter nach Nordwesten auswich. Menzell wandte sein altes und so oft
mit Erfolg erprobtes Verfahren wieder an, das Boot in ganz kleinen Zwischenräumen für wenige Sekunden hochkommen zu lassen, ähnlich wie
die Delphine ihre glänzenden schwarzen Rücken eben aus der kühlen
Flut empor recken, um hinter dem nächsten Wellenkamm von neuem zu
verschwinden. Bei diesem Ententauchen ist es fast unmöglich, entdeckt
zu werden, wenn der Gegner nicht ganz zufällig sein Auge über den Fleck
schweifen lässt, an dem das winzige Schiffszubehörteilchen herausschaut. Und doch genügt für den Taucher solcher Bruchteil eines Augenblickes, mit geübtem Auge das von der Mattscheibe abzulesen, was
man nötig hat, um den Anzugreifenden ständig zu überwachen und nicht
aus den Fingern zu lassen. Jetzt standen der Vizesteuermann neben dem

Rudergänger, die „Krabbe" am Steuer und der ruhige Kuhlo mit der Bedienung des Tauchruders betraut, wie es die „Gefechtsrolle" so mit sich brachte.

Ohne Überstürzung erfolgen die Kommandos, jeder wartet gespannt darauf, den Japs eins auf den gelben Pelz zu brennen; und alle wissen, dass es nunmehr auf Millimeter und Sekunden-Zehntel ankommt.

Vorne im Torpedoraum die gleiche Spannung. Zärtlich wie der Reiter sein Schlachtross streichelt, fährt der Rohrmeister über den blinkenden Stahlleib des furchtbaren Geschosses, dem man hier in seinem engen Gefängnis nicht ansieht, welch grause, zerstörende Kräfte ihm innewohnen! Sorgsam werden alle Einstellungen nochmals geprüft, ob Luftkessel, Ruder, Zeiger an Steuer- und andern Vorrichtungen in Ordnung sind. Niemand braucht sich eigentlich in dem von elektrischen Glühbirnen nur spärlich erleuchteten Raume umzusehen nach der Signalscheibe. Es ist freilich nur Einbildung und klingt wie Übertreibung, wenn man's sagt, aber man hört jetzt den — freilich lautlos über die runde Scheibe gleitenden — Zeiger wandern. Die Finger des Rohrmeisters krampfen sich fester und fester um den Hebel, die Adern an seinen Schläfen treten hervor und fast schmerzhaft spannen sich die Sehnen des Oberarms.

Tausend Teufel zucken durch die Nerven: Wirf ihn herum jetzt, den harten Stahlhebel, der erst mit gleißnerischer Kühle das Blut beruhigte, sich nun aber in der Rechten mit den fieberhaft pochenden Pulsen wie glühend anfühlt.

Zu! Der Zeiger springt ja doch gleich an, die elektrische Botschaft von oben dringt zu langsam hier nach unten in dies enge Verlies. Noch nicht?

Warum zögert er dort in der Zentrale, er, der nur allein jetzt Augen hat und mit dem Periskop die Oberwelt sieht und ins Licht schaut?

Es zuckt ihm nochmals verräterisch und stärker in den Muskeln des behaarten Armes, von dem bis zum Ellbogen die Hemdärmel zurückgeschlagen sind. Schon hebt sich seine Linke, aber sie legt sich, gleichsam beschwichtigend und zur Geduld mahnend, auf die starke Rechte. Gnade dem, dessen Knochen mal in ihren Bereich kommen sollten!

Man könnte beinahe nach Fingereindrücken in dem harten, glatten Stahl suchen, so presst der Rohrmeister den Hebel immer mehr und presst damit zugleich den auflehnenden Drang gegen das nervenzerrüttende Warten sieghaft nieder.

Das eben ist die deutsche Manneszucht, die alle leitet und dem Oberen unbedingten Gehorsam schafft, weil der Untergebene Vertrauen zu ihm hat.

Gespannt stiert auch Hans Preuß auf den leise summenden Kreiselkompass. Keinen Zehntel-Grad weicht der Kiel aus der befohlenen Kursrichtung. Wie auf Schienen, im geraden Wege gleitet das Tauchboot, von seiner kundigen Hand gesteuert, auf sein Opfer zu, das, wie die Periskopen verrieten, den ursprünglichen Kurs wieder aufnehmen will und dazu, um in die alte Linie zu kommen, südwestlich hält. Noch ist der Winkel, unter dem beide Fahrzeuge jetzt zueinander stehen, zu spitz. Die Entfernung soll diesmal bis auf 600 Meter verkürzt werden, um ganz sicher mit dem ersten Schuss zu treffen. Denn es heißt hier, Munition sparen. Ersatz ist erst in Konstantinopel zu erlangen! Wer weiß, was noch vor den Bug kommt, bevor sie die Dardanellen glücklich haben und bei der Brücke am Goldenen Horn anlegen können.

„Noch einmal auftauchen, dann wird es so weit sein", hört Erich die trotz aller Nervenspannung ruhige Stimme seines Führers.

„Gott sei Dank! Dann haben wir ihn so gut wie sicher", denkt der Angerufene.

Hans Preuß, der die aus dem Sprachrohr kommenden Laute auch deutlich mitvernehmen kann, wagt nur einen leisen Erleichterungsseufzer und nickt unmerklich seinem Kursanzeiger zu, gleichsam als wolle er dem Kompass ein Lob zollen, dass er sie bisher so gut geführt. Auch Kuhlo weiß, dass er nun mehr keinen Zehntel-Grad zu viel oder zu wenig umlegen darf. Seine schwieligen Hände krampfen sich um die braunen Holzspaken, die sich fast elastisch anfühlen. Denn der Rudersmann hat sie dermaßen mit den geschlossenen Fäusten gepresst, dass aus den Fingern statt des Schweißes rotes Blut auszutreten scheint.

Endlich aber Erlösung aus der Starre! Der Torpedo hat das Rohr verlassen; dem fast unmerklichen Aufwärtsstreben des Vorderendes ist der gewiegte Steurer am Tauchruder zuvorgekommen. Auch hat das ins vorn noch offene Bugrohr einströmende Wasser rasch das Gleichgewicht wiederhergestellt, das durch Abgabe des großen Projektils entstehen muss. Die rückflutende Welle, die die Explosion des Torpedogeschosses unter dem Japaner verursacht hat, empfinden sie alle und begrüßen das Zeichen ihrer Geschicklichkeit freudig, denn niemand denkt in diesem stolzen Augenblicke an die zerrissenen Leiber und verbrühten Körper der Getroffenen. Sieg! Und besser, der Tod holt den Gegner als uns selbst. Das ist der Krieg!

Eine zweite unvermutete und viel heftigere Erschütterung lässt den Bug des Unterseebootes nochmals erzittern. Menzell hatte zugleich mit der Abgabe des Schusses sein altes Manöver gemacht und den Periskopsehapparat über die Wasseroberfläche hinausgebracht. Im Augenblicke dieses Auftauchens erfolgte nun die zweite Explosion, die auf dem U-Boote infolge der Lage an der Meeresoberfläche naturgemäß viel heftiger empfunden werden musste.

„So, da gehen die Granaten in die Luft und in die Tiefe, die die Japs für uns gedreht und gefüllt hatten! Mit ihnen die gelben Lieferanten! Na, glückliche Reise!" brummte grimmig lächelnd der Kommandant vor sich hin.

„Luken auf!" Da kein Schiff ringsum in Sicht war, gebot die Menschlichkeit, an den Ort zu laufen, wo noch soeben der Stolz Japans, die „Haradi Maru", geschwommen hatte. Wenige Minuten brachten das U-Boot an die Unglücksstelle, von der her als Mittelpunkt immer größer werdende Wellenringe heranfluteten. Ölflecke und Rußstreifen, Inselchen von Kohlenstaub und treibende Gegenstände vom Deck des Japaners kamen, wie an unsichtbaren Fäden gezogen, näher, aber kein menschlicher Körper weit und breit. Die Gewalt der entflammten Gase beim Auffliegen der Munitionsladung hatte mit Sicherheit alles Leben gründlich zerstört. Wer nicht verbrannt oder zerrissen wurde, war durch den furchtbaren Luftdruck auf der Stelle getötet. Da nichts zu retten, keinem zu helfen war, lief das deutsche Fahrzeug auf dem ursprünglichen, quer über die breite Wasserstraße führenden Kurse weiter, nachdem der zur Absendung einer Botschaft rasch aufgerichtete Antennenmast schleunigst wieder gelegt war. Pünktlich hatte der „Vater des Bartes" die Hundertsechsundfünfzig Sekundenbotschaft aufgefangen und freudig mit herzlichem Glückwunsche erwidert, auch versprochen, gewissenhaft sofort weiter zu melden. Aller Wahrscheinlichkeit nach würde der Untergang des Japaners trotz Abwesenheit von Augenzeugen nicht lange verborgen bleiben, denn die treibenden Wracktrümmer mussten auf jeden Fall die Verkündiger eines Unglücksfalles werden. Freilich war mit Feststellung der Tatsache des Unterganges seine Ursache noch lange nicht ermittelt! Aber aufmerksam würde man jedenfalls werden und misstrauisch. Daher hieß es, von nun an doppelte Vorsicht üben gegen Entdeckung!

Kapitänleutnant Menzell beschloss daher, vom direkten Vordringen nach Osten erst Abstand zu nehmen und weiter nördlich nach der spanischen Pithyusen- und Balearen-Gruppe hinüberzuhalten.

Er steuerte deshalb auf die viertgrößte des zweitgenannten Archipels zu, auf Formentera. Deren Gestalt ist freilich unregelmäßig, die ganze Länge der Südküste aber steil und rein von Untiefen. In der Nacht wurde wieder drahtlose Verbindung gesucht, dann aber von dort Kurs auf Kap Spartivento an der Südostecke Sardiniens genommen.

Der Kommandant hatte überlegt, dass sich feindliche Kriegsschiffe, falls man von der Vernichtung der „Haradi Maru" sollte Wind bekommen haben, mehr an der afrikanischen Seite der Durchfahrt zwischen Tunis und Sizilien aufhalten würden, um allen Fahrzeuge» etwaige heimliche Durchschlüpfungsversuche gründlich zu vereiteln.

Von Spartivento nahm man Kurs auf Siziliens Westecke und fuhr dann mit großer Vorsicht wieder nach der afrikanischen Seite, in der Mitte der Straße zwischen der italienischen Insel Lampedusa und dem stark befestigten englischen Malta bleibend. Da der gewöhnliche Weg der großen Dampferlinien nördlich von dieser Insel liegt, sofern sie nicht selbst zwecks Kohlenübernahme angelaufen wird, durfte man wieder hoffen, auf der geplanten Route ein weniger belebtes Fahrwasser zu haben.

Alle Annahmen erwiesen sich auch als richtig. Unangefochten gelangte das Schiff an sein vorläufiges Ziel und suchte sich Kap Misrata, dem westlichen Eckpfeiler der großen Syrte, zu nähern. Das Trierium Promontorium ist der östlichste der drei steilen Küstenabhänge, zu denen sich der erst niedrige Strand hier allmählich erhoben hat. Von Olivenhainen und einzelnen Palmengruppen ist die Stadt umgeben, die vom Kap ungefähr dreiviertel Meilen landeinwärts liegt und durch ihre orientalischen Teppichwebereien bekannt ist.

Mit der gewohnten Vorsicht hatte man sich der Küste genähert und war dann nach Peilung der Ruinen des alten Turmes auf der äußersten Spitze des Vorgebirges noch etwa zwei Seemeilen weiter bis zur nächsten Huk (Ecke) gefahren, wobei Marsa Abu Scheifa, die weiße Kuppe eines Heiligengrabes oder Marabuts, eine vorzügliche Orientierung ermöglicht. Hier findet man sonst einen guten Landungsplatz, um den es den Deutschen diesmal allerdings nicht zu tun war. Man blieb frei von der die Einfahrt erschwerenden Klippe weiter draußen liegen und suchte lieber den auf der Seekarte angegebenen Schlickgrund auf, um hier den Tag über auf dem weichen Boden des Meeres sicher vor Entdeckung zu bleiben. Der Leiter der Maschine hatte außerdem eine kleine Ruhepause für diese erbeten, um ein Lager nachzuziehen. Bevor man sich in der Tiefe einbettete, funkte der Apparat über diesen von vornherein im Reiseplan vorgesehenen Aufenthalt zu den Freunden am Rif hinüber und erhielt von dort willkommene Nachrichten.

Elftes Kapitel. Den Bundesgenossen entgegen.

Die alte Syrtis major (Große Syrte) ist die größte Einbuchtung in die sonst fast ungebrochene Linie Nordafrikas und weist im allgemeinen niedrige Sandküsten auf. Hier und da findet man vorgelagerte Felsenriffe, die sich weit vom Lande ab nach See hinaus erstrecken. Häfen sind wenige vorhanden; an dem nach der Libyschen Wüste zu liegenden Gestade ist das Land sumpfig, von Salzwasserlagunen durchzogen und fast unbewohnt. Beduinen durchziehen die Gegend und schlagen zuzeiten ihre Lagerplätze dicht an der Küste in der Nähe guter Quellen auf. Sie sind aber fremdenfeindlich und greifen sicher jeden, der sich dem Lande arglos nähern würde, plötzlich an. Deshalb ist es ratsam, nur in größerer Anzahl und gut bewaffnet zu landen. Da vor dem Sumpfland nur Sand oder kahler Fels ohne jede Spur von Pflanzenwuchs anzutreffen, auf Versorgung mit Lebensmitteln also nicht zu rechnen ist. fällt auch jeder Grund, sich solcher Gefahr einer Begrüßung durch Pulver und Blei auszusetzen, fort.

Wenn nicht irgendwelche unvorhergesehene Umstände zwingen sollten, Verbindung mit dem Lande aufzunehmen, wird man die Küste meiden. Im Sommer allerdings ist die große Bucht durch Hunderte von Booten griechischer und türkischer Schwammfischer belebt. Durch diesen Verkehr während der schönen Jahreszeit hat sich zwischen Beduinen und den Schiffsbesatzungen doch ein, wenn auch nicht gerade lebhafter, aber dem Bedarf angepasster Warenaustausch und dadurch bei den braunen Wüstensöhnen eine oberflächliche Bekanntschaft mit den Europäern angebahnt.

Auch Kapitänleutnant Menzell hatte nicht die Absicht, sich ohne Notwendigkeit mit der Küste in Verbindung zu setzen, sondern wollte den nach Süden einbiegenden Ufern der Syrte nur folgen, um sich weiter vor Spähern zu sichern. Er hielt sich auch fern vom Ufer und setzte Kurs auf Bengasi, den einzigen Hafen, der hier für ihn in Betracht kommen konnte. Diese Stadt am östlichen Endpunkte des Bogens, der aus der Nordküste des massigen Kontinents herausgeschnitten ist, liegt in der Nähe großer Steinbrüche, die einst das Baumaterial für die Vorgängerin der heutigen Niederlassung, das Berenike der Alten, geliefert haben. Nicht weit von diesen Höhlungen finden sich heute ausgedehnte Gärten, die die Araber in den früheren Gruben angelegt haben. Nach alten Überlieferungen sollen in der Nähe dieser Stadt die berühmten Gärten der Hesperiden und der Fluß Lethe der Griechen gelegen haben. Doch diese mythologischen Erinnerungen interessierten den deutschen Kommandanten im Augenblicke weniger, da der westliche Wind immer mehr aufgefrischt hatte. Dann kommt hier nämlich sehr rasch eine ungemütliche See auf; der Strom setzt aus der Großen Syrte heraus und kann die Berechnungen der Nautiker erheblich fälschen, wenn man die Verschiebungen der Wasseroberfläche einfach vernachlässigen würde. Der Kommandant rief daher den Vizesteuermann an den Peilapparat, und Erich Sarnekow hatte scharf aufzupassen, die in den Segelanweisungen als Ansteuerungsmarken bezeichneten Gegenstände an Land in der Absehvorrichtung aufzufinden und dem verantwortlichen Führer zu melden. Zuerst erschien das hohe Land östlich des Ortes, auf dessen hervorragendstem Gipfel in der Hügelkette ein Turm steht.

Erst später ließ sich nach weiterer Annäherung die Lage der eigentlichen Stadt erkennen an den Palmenhainen der Umgebung, einer Windmühle und zwei Marabuts (Heiligengräbern), die nördlich der Häusergruppen liegen. Aus der Masse der würfelförmigen Gebäude mit den flachen Dächern heben sich als vorzügliche Landmarken das umfangreiche Kastell Gasar und das Minarett der großen Moschee besonders heraus. Aber trotz dieser sicheren Leitlinie schien es bei dem immer mehr zunehmenden Seegange doch ein zu großes Wagnis, in den versandeten Hafen einzulaufen. Es stand bereits heftige Brandung in der Einfahrt, die durch das Diamanta-Petro-Riff und andere einzelne Klippen außerordentlich eingeengt ist. Bei solcher Wetterlage wird den ansteuernden Seeleuten aber davon abgeraten, den Hafeneingang zu erzwingen, zumal bei der Natur des hier in Betracht kommenden Fahrzeuges die Herbeirufung eines Lotsen ausgeschlossen war. Es wird den Navigateuren dann geraten, lieber einen geschützteren Ankerplatz im Golfe von Bomba aufzusuchen, der 210 Seemeilen östlich von Bengasi hinter den Abhängen des Djebel el Achbar im Windschutz? liegt. In, nördlichen Teile dieses Zufluchtsplatzes, dem alten Menelaushafen, findet man auf etwa zwölf Meter Wassertiefe guten Sandgrund und Sicherheit gegen Sturm und Wellen. Hier rastete das Fahrzeug, bis der Wind abgeflaut war und lief dann noch eine Strecke an der Küste östlich weiter bis Marsa Tobruk, einer rings von Bergen eingeschlossenen Bucht, die gegen Winde aus fast allen Richtungen guten Schutz gewährt. Im Hintergrunde der Bucht gewahrt man inmitten der Ruinen des alten Pyrgos ein verfallendes Sarazenenkastell, das heute einer kleinen osmanischen Garnison als Kaserne dient. Es ist von mehreren Gebäuden umgeben, in denen die Türken Magazine unterhalten. Aus deren Vorräten können sich die Araber dieses Länderstriches gegen Umtausch ihrer Waren mit Öl und Getreide versorgen.

Als Handelsgegenstand kommt allerdings nur das von den Beduinenstämmen gezüchtete Vieh in Frage.

Doch Handel zu treiben gelüstete die Deutschen nicht; der Hauptgrund, hier anzulaufen, war die Gegenwart der türkischen Garnison. Da weder Fischerboote noch Küstenfahrer, geschweige denn größere Schiffe im Hafen lagen, konnte man ohne Heimlichtuerei einlaufen und mit dem Befehlshaber der Truppen in Verkehr treten. Allerdings hatte Kapitänleutnant Menzell schon seine Bedenken geäußert, wie man die Verständigung fertigbringen könne. Für Schwedisch, Englisch und Französisch befanden sich ja, wie schon erprobt war, Dolmetscher zur Genüge an Bord. Des Türkischen aber war niemand mächtig. Da wäre guter Rat teuer gewesen, denn die Annahme, der Pascha am Lande spreche Deutsch, war wohl zu unwahrscheinlich. Jedoch sollte dieser Stein des Anstoßes aus dem Wege geräumt sein, bevor jemand der U-Bootsleute darüber gestolpert war. Gleich beim Einlaufen des Fahrzeuges waren die männlichen Einwohner des kleinen Ortes an das Gestade gekommen. Mit großer Befriedigung hörten die Deutschen sie bei Entfaltung der Kriegsflagge „Aleman" murmeln. Ein Zeichen, dass man auch hier in diesem entlegenen Winkel der Welt bereits völlig klar über die Nationalität des Ankömmlings war! Rasche Boten, deren Falkenaugen weiter blicken als das mit dem Kieker bewaffnete des Europäers, hatten im Kastel bereits die überraschende Kunde eines außergewöhnlichen Besuches verbreitet und den behäbigen Kommandeur der Fortbesatzung auf seine kurzen und durch langgewohntes Unterschlagen schön bogenförmig gekrümmten Spazierhölzer gebracht. Er nahte jetzt dem Gestade, um den Bundesgenossen zu empfangen. Hinter ihm sein Gefolge; an seiner Seite aber schritt ein schlanker, fast bartloser Marineoffizier in deutscher oder dieser wenigstens sehr ähnlichen Uniform. Er trug jedoch statt der goldgeschmückten blauen Mütze den roten Tarbusch der Türken. Neugierig sahen die U-Bootsoffiziere dem nahenden Kameraden entgegen, der schon von weitem fröhlich winkte. Und welche Überraschung: In reinstem Deutsch, mit Wismaraner Anklang der Doppelvokale rief er den Angekommenen ein Kompliment hinüber für die bewundernswerte Leistung. „Kapitänleutnant der Reserve Theodor Bunkenhold", stellte er sich, als er den ersten Fuß auf Deck setzte, vor und ergriff kräftig die ihm entgegengestreckte Rechte Menzells.

„Das nenne ich ein feines Stück Arbeit! Alle Achtung! Von Wilhelmshaven bis zur Großen Syrte, ohne abgefasst, nein noch mehr, ohne überhaupt entdeckt oder auch nur beargwöhnt zu sein! Dabei haben Sie vor der Garonne einen weggeputzt und neulich den Jap, von dessen Verlust man noch nichts ahnt!"

„Ihre Station in den Berberbergen arbeitet vorzüglich. Unsere österreichischen Kameraden sind stolz auf ihren langbärtigen Landsmann, der sich so lange unter den Rifpiraten, beinahe selbst zum Berber geworden, herumgetrieben hat. Seien Sie doppelt willkommen hier. Ich soll Sie hier suchen; man erwartete Sie dieser Tage, aber Sie kamen schneller, als man annahm. Hier der Pascha hätte mich sonst weiter nach Westen die Küste entlang geleitet. Ich glaube, Boma oder Bomba heißt das nächste Niggerdorf dort? Oh weh! Der Kunde mit seinem Rossschweifbart hier neben mir spricht nämlich Englisch; hoffentlich versteht er nicht Deutsch. Ich muss erst vorstellen, was ich in meiner Freude, unsere Flagge hier zu sehen, natürlich verpasst habe. Nix für ungut, Herr Pascha!"

Zwölftes Kapitel. Unter dem Halbmond.

Damit stellte der Kapitänleutnant dem fremden Befehlshaber die aufs Bollwerk tretenden Offiziere einzeln vor, war aber nicht wenig überrascht, in Erich Sarnekow einen bekannten zu entdecken, was ihm zuerst entgangen war. Der junge Vize hatte schon als Steurer und dann als „Vierter" mit Bunkenhold, der sein zweiter und später erster Offizier gewesen, auf demselben Dampfer gefahren und an Bord auch nur eine frühere Bekanntschaft erneuert. Als Bunkenhold nämlich die Steuermannsklasse in der alten Hansestadt besuchte, wohnte er bei einer Witwe Schmidt. Deren Kinder waren mit Erich und seinen Geschwistern befreundet geworden, als die Thüringer einst bei einem Onkel im nahen Seebade ihre Ferien zubrachten. Vielleicht hatte diese Bekanntschaft den Knaben gerade Veranlassung gegeben, ebenfalls den Beruf des Seefahrers zu ergreifen, der vom gewöhnlichen Lebenswege seiner Thüringer Landsleute so weit abführt. Der Steuermannsschüler hatte den jungen Tertianern damals so viel von seinen Fahrten und Abenteuern in Wahrheit und Dichtung zu erzählen gewusst und die Phantasie der Jünglinge so entflammt, dass Schmidt und Sarnekow sich schon jener Zeit Neptuns Dienste verschrieben.

Die Wiedersehensfreude war nun auf beiden Seiten ersichtlich und gab Veranlassung, den Offiziersstellvertreter mit zum Kreis der Offiziere heranzuziehen, als man zum kleinen Orte hinanstieg, um sich die Beine einmal wieder auszutreten und dem Gouverneur einen Gegenbesuch abzustatten.

Bunkenhold, bei seiner Dampferlinie früher überall als „Thedje" bekannt, berichtete nun, er sei erst einige Zeit nach der Mobilmachung in Kiel eingetroffen, nachdem er sich als Heizer mit einem Norweger von New York nach der Alten Welt hinübergearbeitet, trotzdem sie in Flammen stand und nach amerikanischen Pressemitteilungen bald zu Schlacken verzehrt sein musste. Die Stellen auf den großen Kampfschiffen seien bei seiner Ankunft schon besetzt gewesen. Da er gerade vorher auf dem neuesten und größten Schiffe der Kompagnie gefahren und den Kreiselkompass dort kennen gelernt hatte, sei er gleich auf ein U-Boot kommandiert worden, ohne erst auf dem Schulfahrzeug gewesen zu sein. Sonst hätte er ja auf jeden Fall Erich treffen müssen. In praktischer Arbeit und gleich im ersten Gefechte sei er für spätere Verwendung vorbereitet worden. Er habe auch viel in kurzer Zeit gelernt, da er tüchtige Lehrmeister gefunden. Nach den ersten drei erfolgreichen Angriffen sei er dann mit einem halben Dutzend anderer wieder abkommandiert, habe, während für andere auf dem Schulboote der U-Flotte ein Kursus abgehalten wurde, an einer Werft beim Zusammensetzen der Ruder- und Tauchvorrichtungen auf einem Neubau Verwendung gefunden. Dann seien er und mehrere Kameraden eines Tages auf die Station befohlen und gefragt worden, ob sie bereit wären, in osmanische Dienste zu treten. Jeder, der einwillige, erhalte den nötigen Urlaub, reise über Land hinunter, müsse aber zum Zeichen, dass er nunmehr den Sultan als obersten Kriegsherrn anerkenne, statt der mit goldenem Eichenlaub und der Krone geschmückten Marinemütze den Tarbusch, die rote Troddelmütze, tragen. Mehrere Maschinisten, Matrosen, Heizer und auch Offiziere seien schon in Konstantinopel und hielten gute Kameradschaft mit den Muselmannen. Man erwarte, wenn dieser erste Versuch gut ausfalle, noch einige Unterseeboote, deren schon jetzt drei nach dem Mittelmeer unterwegs seien.

Außerdem hätten auch unsere tapferen österreichischen Bundesgenossen verschiedene dieser modernen Fahrzeuge bereit und würden in kurzer Zeit mehr von sich hören lassen. Wie schneidig der junge Führer des österreichischen Bootes gehandelt und welche Lorbeeren er bereits gepflückt, sei ja bekannt. Allerdings hätten auch die Italiener, mit denen Österreich jetzt im offenen Kriegszustande lebe, ebensolche Schiffe und besäßen ganz ausgezeichnete Motoren zu ihrem Antrieb. Aber man würde gewiss imstande sein, wenn Germaniens und Austriens Aar ihre Schwingen entfalteten, heftige Schnabelhiebe austeilten und die bewährten Eisenfänge gebrauchten, alle Feinde von den Häfen der Bundesgenossen zurückzuhalten.

Nun sei er den Kameraden entgegengesandt und werde mit ihnen heimfahren, d. h. dahin, wo sein neues Kriegsheim jetzt liege, zum Bosporus. Er komme jedoch nur als Passagier und Beobachter, wenn man wolle, auch als Lehrling — Verbeugung gegen Menzell — an Bord und bäte, ihn nur als Schüler eines solchen Meisters zu betrachten! Allerdings solle er den Ankömmlingen die Verteilung der feindlichen Seestreitkräfte auseinandersetzen und Anweisungen über den nun einzuschlagenden Kurs überbringen.

Es solle, so fuhr Bunkenhold fort, das Westende Kretas vermieden werden, da man dort Kreuzer und Torpedoboote in Hülle und Fülle vermuten müsse, während niemand darauf kommen werde, das Ost-Kap der langgestreckten Insel schärfer beobachten zu lassen.

Menzell sollte trotzdem dort nicht zu dicht unter Land gehen, sondern von vornherein seinen Kurs auf die südlichsten Ausläufer der Sporaden setzen. Habe er dann die Insel Karpathos mit ihren hohen steilen Küsten hinreichend weit an Backbord gelassen, so könne er danach recht auf Rhodos zusteuern. Von dort solle der Weg innerhalb der zahlreichen Inseln genommen werden, wo man freilich nautische Schwierigkeiten, aber keine Belästigungen seitens der Feinde finden würde. Wer aber bisher so glücklich gefahren, den würde diese navigatorische Aufgabe gewiss nicht mehr schrecken. Jedenfalls würde man schneller zum Ziele gelangen, als der alte Wasservagabund Odysseus, der ja volle zehn Jahre gebraucht habe, um vom zerstörten Troja nach Hause zu finden.

Bevor der von dem ihnen entgegengesandten Offizier entwickelte Plan ausgeführt wurde, sollte das U-Boot erst nochmals neue Lorbeeren pflücken. Kapitänleutnant Bunkenhold hatte zwar schon angedeutet, dass man mehrere Transportdampfer mit frischen Truppen erwarte, die zur Verstärkung der englischen Streitmacht gegen die Türken bestimmt wären. Genaueres konnte man jedoch zurzeit seiner Abreise von Stambul noch nicht in Erfahrung bringen, trotzdem der Nachrichtendienst hier vorzüglich arbeitete. Denn die Eingeborenen in Ägypten, das von den Engländern ohne weiteres als ihnen gehörig betrachtet und behandelt wurde, hassten das fremde Inselvolk nicht weniger als es die übrigen Anhänger des Islams taten. Alle Muselmannen sahen es daher seit Monaten als ihre heiligste Pflicht an, dem Briten zu schaden und, vereint mit allen Rechtgläubigen, gegen die Feinde Allahs und des Propheten sich zu erheben. Bis tief nach Persien und Indien hinein, überall wo die Suren des Korans Geltung haben und geachtet werden, da waren Sendboten unterwegs, die die Gläubigen aufriefen, dem Sultan in Stambul zu helfen. Ihm beizustehen gegen die hochmütigen Unterdrücker der Söhne des Orients und der heißen Sonne, sei eine Allah wohlgefällige Tat! Vielleicht sei bald die Stunde gekommen, Rache dafür zu nehmen, dass er auf seinen großen Dampfern die indischen Truppen hinwegschleppe gen Norden in ein kaltes Land ohne Sonne und ohne Palmen, um dort zu fechten für des Britenreiches Größe und Vorteil. Zu fechten? Nein, nur zu sterben. Denn was nütze aller Mut und alle Todesverachtung, wenn die braunen Söhne der Kolonien am Indus und Ganges anstürmen mussten gegen ferne Hindernisse, hinter denen der Tod gierig auf frische Beute passe. Ohne den Gegner je von Auge zu Auge erblicken zu können, mähe sie der Tod mit seinem Sichelwagen dahin, lange bevor sie in der Lage wären, den scharfen Stahl in die Brust des Feindes zu tauchen. unter der Erde lauere das Verderben, und von oben herab, aus den Höhen der Luft sause es hernieder im Eisenhagel und zerschmettere Indiens Söhne, die unter dichten Baumkronen zufrieden und glücklich gelebt von Reis und Kokosmilch und nie sich gekümmert hätten um die Streitigkeiten und die Widersacher der Sahibs, die sich schon so lange angemaßt hatten, die Herren zu sein der ehemals freien Stämme; der Völker, deren Sagen und Sänge ihnen berichteten von der Wiege der Menschheit, die stark war und hier lebte Jahrtausende, bevor der Brite sich eindrängte.

Wie man nach Bunkenholds Berichten vermuten durfte, bewahrheitete sich bald die Kunde von den Transportschiffen, die, vier an der Zahl, in kurzen Zeitabständen einzeln von Port Said abgegangen wären. Dies verkündete der drahtlose Bericht, der nunmehr von Konstantinopel direkt hinübergefunkt werden konnte und demgemäß eine schnellere und sicherere Nachrichtenübermittlung ermöglichte.

Das gab Veranlassung, sich von dem freundlichen Pascha sofort zu verabschieden und den Transportschiffen entgegenzudampfen. Die das deutsche Schiff erwartende Aufgabe war keine leichte, denn man durfte mit Gewissheit vermuten, dass jeder der vier Dampfer von Torpedobooten begleitet sein würde. Diese Vorsichtsmaßregel musste schon der österreichischen U-Boote wegen vorgesehen werden; und so erfahrene Seepraktiker, wie die Engländer es nun einmal sind, würden dies keinesfalls aus den Augen lassen.

Aber gerade diese Erschwerung konnte unsere Nordseemänner nur reizen. Je schwieriger der Kampf, desto schöner der Sieg! Mit hellen, freudig aufleuchtenden Augen hörte die Mannschaft auf die kurzen, kernigen Worte des geliebten Führers, der sich bewusst war, für solche Leute keiner besonderen Anfeuerungsmittel zu bedürfen! Wie hatten sie alle spöttisch gelacht, als sie von den verschiedenen Auslobungen der Engländer hörten. Der eine Kaufmann versprach dort jenseits des Ärmelmeeres so und so viel Pfund Sterling der Bemannung, die als erste ein deutsches U-Boot zur Strecke bringen würde. Jener Schlotbaron, der ungestört daheim weiter Schilling auf Schilling einheimsen konnte, stiftete für andere, ähnliche Zwecke einen entsprechenden Barbetrag. Stets aber sollten durch schnöden Mammon Heldentaten veranlasst werden! Da hatten die Deutschen doch anders gehandelt, wie die britischen Seeleute, die sich gleich zu Dutzenden als — angeblich — berechtigte Empfänger der öffentlich versprochenen Prämien meldeten. Alle diese Mitbewerber begehrten bereits den Preis für die Vernichtung des ersten feindlichen U-Bootes! Verlangten eine Belohnung von ihren wohlgestellten Landsleuten, als nachweisbar noch keins dieser Fahrzeuge unserer deutschen Flotte vermisst wurde. Alle U-Boote waren zu jener Zeit, als drüben schon Forderungen nach Belohnung laut wurden, unbeschädigt in ihre Heimathäfen zurückgekehrt!

Als auch einer unserer Landsleute voll Freude und Anerkennung einer wirklich ausgeführten tapferen Tat eine Summe aussetzte für die U-

Bootsmannschaft, die den ersten englischen Kreuzer vernichtet hatte, da traten alle diese Braven ohne Ausnahme vor mit der Erklärung: „Herzlichen Dank, doch wir bedürfen der klingenden Belohnung nicht! Gebt das Geld den Witwen und Waisen unserer gefallenen Kameraden, die des Ernährers beraubt wurden!"

Ein Bravo diesen Edlen in der blauen Bluse!

Als sich das Tauchboot der gewöhnlichen Fahrstraße der vom Suezkanal Kommenden näherte, da waren wiederum aller Augen von Menzells Leuten gespannt nach Osten hin gerichtet, um die ersten Spuren der Annäherung auch ja zuerst wahrzunehmen. Kuhlo allerdings war etwas misstrauisch und behauptete, gerade hier, unfern der afrikanischen Küste habe er früher auf einer Reise nach Yokohama eine arge Täuschung durch Luftspiegelung erlebt.

Eine „Mata Forgana" habe dem Brückenoffizier ganz deutlich Land mit Schiffen auf einer Reede vorgezaubert. Wenn nicht der Kapitän im rechten Augenblick an Deck gekommen wäre, dann hätte man vielleicht „den Anker weggeschmissen", wo doch gar kein Grund für ihn vorhanden gewesen wäre! Dann aber würde die ganze Kette aus den „Klüsen vorne hinausgerauscht sein" und würde das Ankerspill und die ganze Maschine zum Ankerhieven „über Kopf gerissen haben." Es sei schon vorgekommen, dass dann auch noch der ganze Bug solcher Dampfer abgebrochen, das Fahrzeug dem Untergange rettungslos anheimgefallen wäre!

Dieses mit großer Überzeugung gesponnene Garn entmutigte die blauen Jungens aber nicht etwa, sondern löste nur ein homerisches Gelächter aus, das ja hier in den Gewässern der Odyssee mit doppelter Berechtigung ertönen durfte. Vielleicht hätte der Berichterstatter mit seiner kräftigen Bruststimme, seinem vollen Orkan (!) und seinen „Handschuhnummer-zehn-Fäusten" seiner Ansicht Geltung, seinen Mitteilungen Glaubwürdigkeit erzwungen, wenn nicht gerade im kritischen Augenblicke ein Kommando aller Aufmerksamkeit auf neue Pflichten gelenkt hätte. Aber die Kuhlosche „Mata Forgana" mit ihren versetzten Anfangsbuchstaben lockte selbst dem Führer mal wieder ein Lächeln auf die ernsten männlichen Züge!

Zuerst war in der Kimm nur eine ganz schwache Trübung zu ersehen; nach Verlauf einer Viertelstunde konnte man das Wölkchen schon bestimmt in drei Einzelfäden zerlegen. Wahrscheinlich also der erste Transportdampfer und zwei Begleiter. Man musste aber doch noch eine weitere Spanne Zeit abwarten, bis sich endlich Mastenspitzen über dem Horizonte zeigten. Nach und nach kamen außer diesen höheren Spieren auch die kürzeren Signalmasten der Torpedofahrzeuge in Sicht, die als solche bald deutlich zu erkennen waren. Später ließ sich auch die Reihenfolge, in der die drei fuhren, bequem feststellen. Es war einfache Kiellinie. Ein Torpedoboot war an der Spitze, in der Mitte der Transporter und als Schluss der Reihe wieder ein Schwarzer von den Seehusaren, wie man die leichte Kavallerie des Meeres, die Torpedofahrzeuge, auch scherzweise zu nennen pflegt. Diese Fahrordnung war dem Angriffe, der trotzdem ein großes Wagestück blieb, günstiger, als wenn sie in seitlicher Kiellinie nebeneinander gedampft hätten. Dann wäre ein Herangehen von Backbord oder Steuerbord wegen des Seitenwächters ganz untunlich gewesen. Auch von vorn hätte man dem Angriffsobjekte sich nicht zu nähern vermocht, denn das erste Auftauchen wäre zu gleicher Zeit ein Entdecktwerden durch den Feind gewesen! In solchem Falle aber war es immerhin fraglich, ob man früher zum Schuss kommen würde, bevor der Torpedo des Gegners die eigene Seite aufriss oder sein Rammsporn die stählernen Platten zerschnitt.

Kapitänleutnant Menzell sah, dass er günstig stand, weil das grelle, glitzernde Sonnenlicht die Augen der Briten blendete, wenn sie auch noch so gewissenhaft Umschau hielten. Sie hatten gerade dorthin ihr Augenmerk zu richten, wo die Sonnenscheibe im Wellenspiegel sich hundert-, nein tausendfach widerspiegelte und Millionen von leuchtenden Strahlen zurückwarf. Wer kann unter solchen Umständen auf tausend und mehr Meter Entfernung einen Gegenstand herausfinden, der nicht mehr Raum einnimmt an Dicke als der Stumpf eines abgebrochenen Telegraphenpfahls?

In ganz spitzem Winkel näherten sich, auf fast entgegengesetzten Kursen, nun die beiden feindlichen Gruppen. Menzell hatte beschlossen, der Hauptmacht der Gegner auf jeden Fall diesen neuen Zugang abzuschneiden. Er hatte auch das sichere Vorgefühl, diesmal nicht zu früh entdeckt zu werden, denn die Engländer vermuteten die österreichischen Unterseeboote erst innerhalb der griechischen Inselwelt und würden daher noch nicht mit der gespannten Aufmerksamkeit Ausguck halten, wie später, nachdem sie in die eigentliche Gefahrenzone eingetreten sein würden.

Wenn man das leitende Torpedoboot passiert hatte, dessen Annäherung und Vorbeifahren durch das Gehör festzustellen war, so wollte er rasch auftauchen. Natürlich nur so weit, um den Sehrohrkopf herauszustecken und Richtung zu nehmen. In derselben Sekunde musste der Torpedo das Bugrohr verlassen. Zur Sicherheit sollte noch das Backbordrohr einen zweiten hinterher senden und dann hieß es, tauchen mit rasender Schnelle, denn sofort würden beide Torpedoboote sich an den nunmehr nicht länger verborgenen Feind machen, um Rache, blutige Rache zu nehmen. Ihre Torpedowaffe ist nicht zu unterschätzen. Ihre langgedienten Kanoniere schießen ebenfalls sicher mit den Deckgeschützen. Die Hauptaufmerksamkeit der Briten war aber mehr nach Steuerbord gerichtet, denn man vermutete — wenn überhaupt — etwaige Angriffe recht von vorne oder von der Nordseite her. Als dem dicht unter der Wasseroberfläche harrenden Tauchboot die rhythmischen Erschütterungen der Torpedobootsschrauben immer näherkamen und deutlicher zu hören waren, bereitete man sich da unten in gewohnter Weise vor. Jeder stand, jedes von ihm verlangten Handgriffes und des genauen Zeitpunktes dieser Vornahme vollbewusst, auf dem ihm vertrauten und trotz der bevorstehenden Blutarbeit lieb gewordenen Posten. Die erst herrschende Brise war eingelullt, die See schlicht, und die Luft klar. Der morgens drohende Nebel hatte sich verzogen, so dass bei dem hellen Wetter auch genügend Licht in die Tiefe drang, um einige Meter unter dem Wasserspiegel noch die scharfe Empfindung vom vollen Zutritt aller Strahlen oder der Behinderung eines Teils des Tageslichtes zu haben. Darauf hatte der Führer gerechnet. Das Gehör allein ist nämlich auf See ein trügerischer Ratgeber. Vernimmt man z. B. im Nebel irgendein akustisches Signal, wie den langgezogenen Ton einer Dampfpfeife oder Sirene, dann hat man noch lange nicht die Richtung der Schallquelle festgestellt. Auch in diesem Falle ließ sich zwar an dem Bumbumbum der Melodie, die die Schraubenflügel des englischen Torpedobootes sangen, ganz deutlich das Näherkommen beurteilen. Der Ton wurde lauter und lauter, man hätte aber niemals bestimmt sagen können, ob er mehr von Steuerbord oder mehr von Backbord oder von rechts voraus käme.

Noch härter klopft das Stampfen in so kurzen Zwischenräumen gegen den Eisenbug des Tauchbootes, dessen Inneres ein vorzüglicher Resonanzboden ist. Da, als das Pochen schon so nahe klingt, als wolle der Fremde direkt in des Deutschen Eisenhaut hineinfahren und sie zertrümmern, da huscht ein Schatten über die in Deck eingekitteten Prismengläser. Das Torpedofahrzeug steht direkt senkrecht über dem Tiefenungeheuer, das Verderben sinnt und gleich dem gefräßigen Hai aus der untern Region der See emporschnellen wird, um sein Opfer mit den Stahlzähnen zu zermalmen.

Die Verfinsterung ist vorüber, gleich als wenn bei abwechselnd bedecktem Himmel eine Wolke über ein soeben hellbeschienenes Getreidefeld hinweggezogen ist und die Gegend darauf wieder in voller Lichtflut daliegt.

Nun heraus mit dem Sehrohr über den Meeresspiegel, nur so viel, um die Richtung nochmals genau zu prüfen. Alles andere ist bereit, „erzbereit", wie man einst in Frankreich sagte, vor 44 Jahren. Haarscharf war schon vorher alles eingestellt; da enteilt der Todesgruß für so viele eben noch gesunde Männer dem Stahlrohr im Buge des Angreifers. Scharf hebt sich der weiße Schaumstreifen ab und wie gebannt, entsetzensstarr stiert der Wachoffizier des Transportdampfers mit seiner kostbaren lebenden Ladung auf die blasenwirbelnde Todesbahn. Nur noch Sekunden bleiben ihm zum Handeln, und Bruchteile dieses Zeitminimums zum Überlegen, wie dem nassen Grabe, dem fast sicheren Verderben noch zu entrinnen ist! Da der Feind an Backbord, d. h. also vom Transporter gesehen, an dessen linker Seite stand, lag es am nächsten, das Ruder hart nach Steuerbord zu legen, um rechts auszubrechen und sich von der Gefahr möglichst schnell zu entfernen. Man weiß bereits, wie sicher der deutsche Kommandant mit dieser „Reflex"--Bewegung zu rechnen verstand! Mit Blitzesschnelle sprang drüben der der Handelsflotte entstammende Offizier der Royal Naval Reserve selber mit ans Rad, und, bevor er noch die gelähmte Zunge wieder in der Gewalt hatte, warf er mit aller Wucht Speiche für Speiche des Rades herum, unterstützt vom Rudergänger. Dieser sah freilich selber noch nichts, fühlte aber instinktiv, dass etwas Ungewöhnliches im Wege sein müsse. Das schreckensbleiche Antlitz seines Vorgesetzten, dessen weitaufgerissene Augen bestätigten ihm, was er ahnte, noch bevor der Offizier sein erlösendes „Port, hard Port! For heavens sake!" herauskeuchte. Der Engländer nennt zwar die linke, die Backbordseite, Port, dreht aber bei diesem Kommando nach uraltem Brauche das Rad rechts d. h. nach Steuerbord. Dabei setzt er, dem Lotsen zu Gefallen, eine Ruderpinne voraus, die zwar jener auf seinen kleinen Segelfahrzeugen zum Regieren des Schiffes braucht, die aber auf großen Ozeandampfern schon seit vielen Jahrzehnten durch das besser wirkende mechanische Hilfsmittel des Steuerrades abgelöst ist.

Die an Deck sich aufhaltenden Tommies, die die Inder begleitenden englischen Soldaten, haben bei der Überfahrt fast nichts zu tun und wissen vor Langeweile den lieben langen Tag nicht totzuschlagen. Daher ist ihnen jede noch so kleine Abweichung vom öden Einerlei höchst wichtig und willkommen. Manche haben schon viele Transportüberfahrten hinter sich und kennen als Insulaner auch ein bisschen vom Seemannshandwerk. Soeben war der Rauchschwaden des vorderen Torpedobootes ein ganz wenig rechts vom eigenen Buge gewesen, mit einem Male aber zog er quer von der Backbordseite über das helle Deck des Dampfers. Ein

Blick voraus über den Bug; und in eiligem Tanze schien sich das Leitschiff von rechts vorn nach links herumzuwirbeln. Dem Neuling in Neptuns nassem Reiche kommt solcher Reigen zuerst immer sehr spaßig vor, der Vorgeschrittene in nautischer Erziehung weiß aber: diese plötzliche, scheinbare Veränderung entsteht, sobald wir selbst eine andere Richtung einschlagen, hier also: weil sie nach rechts gedreht haben. Ein Blick auf die Brücke belehrt den alten, seit manchem Dienstjahr in Tropen-Garnisonen ausgedörrten Sergeanten, dass das Rad nicht ohne Not so rasend schnell herumfliegt und Speiche nach Speiche nicht grundlos dem Rudersmann durch die schwieligen Hände wandert. Da ertönt schon dumpf der Klang der Sirene, den Leiter und Hüter der Nachhut aufmerksam zu machen. Es heult der starke Ton aus dem Kupferrohr vor dem mächtigen Schornsteinrund, so dass die Kompasshaube bebt, die Nachtgläser in ihren Kästchen erzittern, und der Klöppel der vor dem Rudersmann angebrachten kleinen Glocke zum Glasenschlagen leise an den metallenen Rand schwingt, so dass ein schwaches Läuten ertönt. Ein weißer Dampfstrom steigt oben aus dem Munde des Heulapparates und gibt nach vorn und hinten beiden Begleitern schon ein sichtbares Zeichen, dass etwas nicht in Ordnung ist, bevor noch der langsamer sich fortpflanzende Ton zu ihnen hinübergedrungen ist. Während man auf beiden Torpedobooten, schon bevor sie das Heulen der Sirene erreichte, das Ausscheren vom Kurse wahrgenommen, richteten sich aller Augen der an Deck Befindlichen auf die Wasserfläche, denn sofort schoss jedem durch den Sinn: Höchste Gefahr! U-Boote! Umsonst bricht kein Schiff so ohne anzeigendes Signal aus der Linie!

Da im Wasser die weiße Bahn! Sie führt recht auf den Transportdampfer zu und zeigt auch noch nicht frei, an ihm vorüber, nachdem die gewaltsame Kursänderung mit anzuerkennender Fixigkeit vorgenommen ist!

Diesmal zog der Tod mit seinem unheimlichen Lineal die perlende helle Linie auf der blanken Ozeanfläche wohl vergebens! Es drehte sich das Opfer früh genug ab und weg von dem Verderben bringenden Strich! Aber, treibt der Teufel sein Spiel? Soeben glaubte man, wenn auch mit knapper Not, dem Boten aus der Unterwelt durch die Ruderdrehung noch entronnen zu sein. Da hebt sich deutlich ein Knick ab in dieser Wasserblasenstraße. Als habe das nahende Ungeheuer Sinne, als besäße es Augen und Ohren! Es verfolgt, wie der von der Harpune getroffene Wal den Angreifer im schwankenden Boote, hier das ausweichende Schiff mit all den atmenden und sich ihres Daseins soeben noch freuenden Menschen.

„Hell and damnation, Hölle und Verdammnis!“ zischt der alte Sergeant Kopeland noch heraus unter seinem zahnbürstenartigen, rotblonden Schnurrbart, als auch er diesen plötzlich sich deutlich abhebenden Winkel gewahr wird. Also ist es kein Märchen, dass diese damned Dutchmen, die vermaledeiten Deutschen, wirklich solche furchtbaren Torpedos besitzen, von denen die Offiziere des Transporters schon immer fabelten! Diese Höllenmaschinen sollen im Wasser „Links schwenkt, marsch!“ und ebenso richtig „Rechts um!“ machen können. Er hat immer dazu gelacht, der Alte, den der Dienst ausgemergelt. Er hat solche Erzählungen stets als Blödsinn erklärt. Denn wie kann die Kugel, die einmal den Lauf verlassen hat, vom Schützen noch Befehle empfangen? Unglaublich! Und doch, hier sieht er das für unmöglich Gehaltene selber mit an!

Da spritzt es empor an der Backbordseite vor der Kommandobrücke, so hoch, dass selbst die auf dem höchsten Deck Stehenden noch die Augen nach oben richten mussten, um den Gipfel dieser prachtvollen Kaskade beobachten zu können. Dem weißen Gischt folgt eine blassrote Flamme, der Wasserkegel bricht in sich zusammen und überschüttet mit seiner kühlen Salzflut das Hauptdeck des Dampfers. Doch bevor noch die einzelnen Gruppen auf den Luken und Winschen, der Niedergangskappe und oben auf den hier und da verstauten Kisten sich dem drohenden Bade entziehen können, da hält der Ozeanrenner plötzlich inne in seinem dahin-stürmenden Laufe. Es ist, als habe eine überstarke Hand mit einem kräftigen Rucke die Zügel nach hinten gerissen; hoch aus der Flut bäumt sich der eilende Bug empor, die Melodie der Schraube bricht ab; statt des bisherigen Bum-Bum-Bum der das Wasser peitschenden Flügel der mächtigen Propeller kommen in unregelmäßigen Zwischenpausen noch einige Takte Bupp-Bupp, Bupp-Bupp und dann ein nochmaliger Ruck und Stillstand. Diese bisher eintönige Musik schweigt für immer. Zu gleicher Zeit ein furchtbarer Knall, noch eine Erschütterung und dann steigt aus den Eisenrosten des Kesseleinfallichtes rings um den Schornstein ein gelblicher Qualm empor. Aus ihm zuckt nochmals eine rötliche Flamme und darauf zischt es in schneeweißer Wolke hervor zwischen den einzelnen Eisenstäben. Kein Wort ist zu hören; mit solchem blasenden, brodelnden, brummenden Geräusch entweicht der siedende Dampf. Nur Schmerzensschreie Verbrühter; Hasten, Springen, Kriechen und Schubsen derer, die von der geborstenen nach der höheren Steuerbordseite wollen. Aber da neigt sich der stolze Bau nach dort hinüber, es gluckst und gurgelt, und dazu rattern von den Torpedobooten die Maximgeschütze und donnern die Schnelladekanonen, denn man hat soeben ein winzig schwarzes Pünktchen auf der weiten Fläche entdeckt. Wahrscheinlich war's das Zyklopenauge des heimtückischen Feindes, der aus sicherem Wellenversteck den Todesboten sandte. Er hat sich, wie zu erwarten, der Sichtbarkeit durch tiefes Tauchen entzogen. Wird er auch das Gefecht gegen die zwei noch aufnehmen oder ihnen ungestört das Rettungswerk überlassen?

Da der Ausgang eines Kampfes zwischen U-Booten und zwei Torpedofahrzeugen immerhin fraglich sein würde, hätte Menzell den ganzen Erfolg der Überführung seines Bootes von der Nordsee zu den Türken in Frage gestellt. Er sah also davon ab, sich noch weiter mit den beiden zu beschäftigen und ließ sie, auch schon im Interesse der Menschlichkeit, die Rettungsarbeit ihrer mit den Wellen ringenden Landsleute ungestört vollführen. Da er seine Anwesenheit nunmehr kundgegeben hatte, war es wohl das Nächstliegende, jetzt zuerst den Anschluss an die Seestreitkräfte der Verbündeten zu erreichen. Man setzte also Kurs auf Rhodos, dessen Silhouette Leutnant Schneeberger so oft schon beschrieben hatte. Bei Annäherung an das Nordostkap der Insel werde man überrascht sein von einer Unmenge von Windmühlen. Er sei als Kadett zuerst mit dem Schulschiffe im Mittelmeer gewesen. Damals hätte sich ein Spaßvogel den Scherz erlaubt, den Jünglingen zu erklären, die emporragenden Gegenstände seien die übriggebliebenen Rippen des in den Sand gestreckten Kolosses von Rhodos, jenes im Altertum so berühmten Leuchtturmes. Ein zweiter Kundiger hätte den gelehrten Admiralen der Zukunft damals auch erklärt: Gerade hier auf diesem Ende der Insel sei die Geburtsstätte des alten Ermunterungswortes: „Hic Rhodus, hic salta!" gewesen. Hier, Rhodus, hier springe — und rede nicht bloß!

Doch vor Überraschungen ist der Seemann niemals sicher. Ihm wird als Kennungsmarke ein einzelner hoher Baum, eine Gruppe stattlicher Stämme in seinen Segelanweisungen bezeichnet. Da holzt der in der Klemme sitzende Eigentümer plötzlich die prächtigen Bäume ab, um Holz in Silber zu verwandeln. Ein hervorragendes Gebäude brennt nieder, eine auf Bergeshöhen einsam stehende Mühle wirft ein außergewöhnlich schwerer Sturm in Trümmer. Vor anderen Bauwerken führt man auch gelegentlich neue Gebäude auf, so dass sie der Sicht von See aus entzogen werden. So verändert sich dann durch Handwerk und Kunst, durch die Macht der Elemente allmählich, mitunter bei Wetterkatastrophen auch plötzlich, das Aussehen eines wichtigen Landpunktes.

Diese Erfahrung machte man auch hier; denn von den Schneebergerschen Mühlen — Hans Preuß verbreitete nachher, allerdings unter vorsichtigem Ausschluss der Öffentlichkeit: der Leutnant habe sie mit

Schnupftabakmahlen kaputt gearbeitet — da war nicht mehr viel zu sehen. Dem Zahn der Zeit waren sie, wie einst der Koloss selber, wohl inzwischen zum Opfer gefallen.

Aber auch ohne diese sonst so vortrefflichen Landmarken fand man sich mit Leichtigkeit zurecht. Denn das Eiland ist nicht zu verkennen, wenn man die amphitheatralisch in leicht aufsteigendem Gelände erbaute und stark befestigte Stadt einmal gesehen hat. Der St. Angelo-, die Reste des alten Araber- und ganz rechts die kühnen Zinnen des St. Elmo-Turmes können nicht verwechselt werden. Ganz auffällig ist die Ähnlichkeit dieser noch von den Johannitern angelegten Befestigungen mit denen von Malta. Da man auf Rhodos eine Funkenstation vermuten durfte, war es angebracht, mit ihr in Verkehr zu treten, um die Vernichtung des englischen Transporters zu melden, sowie um neue Nachrichten über etwa in der Nähe befindliche feindliche Fahrzeuge zu hören. Auch Kapitänleutnant Bunkenhold empfahl sich hier, da er seine Mission ausgeführt hatte, sehr zum Leidwesen der Nachbleibenden. Denn trotz der Beschränktheit des Raumes ertrugen seine Kameraden diese kleine Unbequemlichkeit gerne, wenn sie dafür die Anwesenheit des beliebten Offiziers eintauschen konnten. Er deutete an, er würde in Stambul schon sorgen, dass man das U-Boot gebührend empfange, wogegen Menzell den entschiedensten Einspruch erhob. Er lachte aber herzhaft, als der Scheidende versicherte, jedenfalls sei man dort sicher vor weißgewaschenen türkischen Jungfrauen. Denn trotz aller Fortschritte und Anlehnungen an abendländische Sitten habe man sich in dieser Beziehung noch nicht geändert. Trotzdem die Türkin schon lange die Hosen anhabe — nämlich statt unseres Frauengewandes laufe sie noch immer verschleiert, was übrigens für die Alten und Hässlichen eine segensreiche Einrichtung sei. Sie herrsche nie in der Öffentlichkeit, höchstens im Harem, von dem aber der Europäer, soweit er männlichen Geschlechtes sei? keine blasse Ahnung habe. Also Empfang durch Ehrenjungfrauen ausgeschlossen!

Pünktlich kam drahtlose Auskunft, dass ein französisches oder englisches Tauchfahrzeug anfange, unbequem zu werden; denn es triebe sich mit großer Dreistigkeit dicht vor den türkischen Häfen herum und hätte schon verschiedene Fahrzeuge bedroht und anhaltend verfolgt, vorläufig jedoch ohne viel Schaden angerichtet zu haben. Könne man diesem Vertreter der feindlichen Waffe das Handwerk legen, so würde der Erfolg eine doppelte Wirkung haben. Einmal die Schädigung der Gegner, dann aber komme auch noch der moralische Eindruck zur Geltung!

Diese Aufgabe war wieder eine sehr willkommene und wurde sogleich in Angriff genommen. Jetzt war man in in unterbrochener Verbindung mit Konstantinopel, das wiederum der Mittelpunkt eines ausgebreiteten und dichten Netzes von Nebenstationen war, die Nachrichten lieferten. Es dauerte daher nicht lange, bis man über den Standort des gesuchten Fahrzeuges schon ungefähr unterrichtet war. Nun hieß es, ein Turnier mit einem ebenbürtigen Gegner aufnehmen. Gegen ein Schiff derselben Gattung war noch nicht gekämpft worden von den braven U-Bootsleuten der deutschen Flotte. Da man sich der erhaltenen Anweisung gemäß innerhalb der zahlreichen Inseln der Sporadengruppe hielt, brauchte man nur allmählich nordwärts zu dringen und dabei abzuwarten, bis der Nachrichtendienst die Anwesenheit des Feindes in der Nähe und seinen genauen Standort meldete.

Das ließ auch gar nicht lange auf sich warten. Eines Tages wurde gefunkt, ein U-Boot, anscheinend Franzose, läge ganz versteckt in der Bucht einer Felseninsel und schiene dort auf Zufuhr von Brennmaterial oder Munition zu warten. Man nehme auch wohl eine Reparatur vor, denn Handwerker pochten und hämmerten dort an Bord herum, als lebe man im tiefsten Frieden. Diese günstige Gelegenheit wurde sofort mit Freuden begrüßt. Wenige Stunden Fahrt brachten den Deutschen in Angriffsnähe des Gegners, der sich sehr sicher vor Entdeckung fühlen musste. Oder war er etwa durch die Not gezwungen, so dicht unter Land, in flaches Wasser zu gehen?

Das Abschießen eines Torpedos schien vorerst nicht tunlich; man beschloss daher, dem Franzmann mit dem Schnellfeuergeschütz zu Leibe zu gehen. Doch trotz aller Emsigkeit bei seinem Hämmern war „Jean Krapou" sehr auf seiner Hut gewesen, denn sobald die erste Granate, leider zu weit, über ihn wegflog, stürzten einige der hämmernden Leute an sein Geschütz und pünktlich flog als Gegengruß dem herannahenden Feinde ein Eisenhagel entgegen, der leider zwei Leute, wenn auch nur leicht, verletzte. Aber, o Wunder! Die soeben noch feuerspeiende Öffnung versank, wie im Koffer verpackt, vom Deck des Franzmanns, der Lukendeckel schloss sich über der Verschwindlafette und hinabtauchte, bevor der Deutsche von den im Fahrwasser liegenden Klippen frei drehen konnte, der schon als besiegt angesehene Feind. Da half denn kein Erbarmen, trotzdem man sparen wollte; denn der Torpedo ist eine sehr, sehr kostbare Patrone. Jetzt musste das Bugrohr doch nochmals sprechen. Der Gewinn war so teuren Einsatzes wohl wert. Der Schuss saß recht mittschiffs, bevor das Fahrzeug noch ganz unter dem Wasserspiegel verschwunden war; dann aber sank das Boot schnell in dem nur flachen Wasser. Den Leuten aber war es möglich, den verlorenen Schiffsrumpf noch zeitig zu verlassen. Nur der Kommandant selbst, der wahrscheinlich durch die Explosion des Torpedos getroffen und schwer verletzt war, wurde vermisst, wie sich leider erst später herausstellte. Da Menzell die Mannschaft leicht unter Feuer nehmen und von weiterer Flucht abhalten konnte, mussten sich alle ergeben und wurden zu Gefangenen gemacht.

Aber aus Gründen der Geheimhaltung der eigenen Bauart und Einrichtung wollte man sie nicht an Bord des deutschen Fahrzeuges nehmen, deshalb rief eine drahtlose Botschaft Hilfe von der nächsten größeren Insel heran. Auf dieser lag eine türkische Garnison, die sofort mit einigen Fahrzeugen herbeieilte, um die des Schiffes beraubte Besatzung abzuholen und den wenigen Verwundeten ärztlichen Beistand angedeihen zu lassen. Aber ein zu langer Aufenthalt konnte auch den Deutschen gefährlich werden; deshalb trieb es Menzell, so rasch wie möglich den Kampfplatz zu verlassen. Aber er wollte sich vorher noch eingehend davon unterrichten, ob eine spätere Hebung des nicht tief liegenden Bootes möglich sein würde.

Da erbot sich Erich Sarnekow an Stelle des ausgebildeten Berufstauchers, der einer der Verwundeten war, in die Tiefe hinabzusteigen, um das Bootsinnere und auch die Beschädigungen der Außenhaut zu untersuchen. Seine Reederei hatte vor mehreren Jahren einen prächtigen Dampfer durch ein Brandunglück eingebüßt, bei dem damals auch mehrere Menschenleben verloren gingen. Noch heute behauptete die Leitung der Linie, Schiff und Leute wären wohl zu retten gewesen, wenn man das Feuer sofort bei der Entstehung hätte sachgemäß zu bekämpfen verstanden. Um solche beklagenswerten Wiederholungen auszuschließen, richtete die Direktion der Linie bald darauf einen Feuerwehrkursus für ihre Offiziere und Bootsleute ein. Ein Brandinspektor, der ehemals selber Seemann gewesen, erteilte den Unterricht und übte in diesen stunden auch den Gebrauch der Rauchmasken ein. Eine größere Bestellung solcher Apparate beim Drägerwerk in Lübeck war wiederum die Folge, und diese Fabrik erbot sich, geeignete Leute der Dampferkompagnie in den eigenen Werkstätten gründlicher zu schulen, um dann weitere Kameraden heranzubilden. Zu gleicher Zeit schlugen die Besitzer der Werke vor, den entsandten Schülern bei dieser Gelegenheit auch die Handhabung ihres schlauchlosen Tauchapparates beizubringen. Es kämen an Bord gewiss oft Fälle vor, in denen Außenbordsuntersuchungen durch Taucher sehr erwünscht sein dürften, zum Beispiel wenn eine in die Schraube gekommene Leine aus deren Flügeln zu lösen ist und die Umwickelungen solchen Taues von der Welle durch Messer oder Meißel zu trennen, ein einzelner Niet, der aus der langen Reihe einer Platte herausgesprungen, eingezogen und dergleichen Ausbesserungen vorgenommen werden sollen. Die Reederei hatte den jungen Vize kurz vor Kriegsausbruch dazu bestimmt, diese Gelegenheit zur technischen Ausbildung zu benutzen. Da das Boot nur in geringer Tiefe lag, wagte der Ersatzmann hier also den Abstieg, nachdem er sich in den wasserdichten Gummianzug hineingezwängt hatte. Am ganz zu schließen, sind Hosen und Hemd des Taucherkleides aus einem Stücke gefertigt. Man muss von oben in den weiten Halsausschnitt, der dazu gewaltsam gedehnt wird, hinein. Der Helm wird dann aufgeschraubt. Nachdem die Ventile der kleinen Sauerstoffzylinder und die luftreinigenden Kalipatronen geprüft sind, setzt man zuletzt die schließende Glasplatte vor dem Gesichte ein. Auch das Telefon im Innern des unförmigen Kupferhelmes ist in Ordnung, noch eine Überprüfung des Ganzen, dann steigt der junge Taucher hinab, durch das Bleigewicht in die Tiefe gezogen. Es war wegen der geringen über dem Wrack stehenden Wasserschicht genügend Licht unten, um die Seiten des gesunkenen Fahrzeuges zu besichtigen. „Hallo unten! Können Sie die ungefähre Ausdehnung des Leckes feststellen?“

Auf bejahende Antwort erfolgte dann der neue Auftrag durch Telefon:

„Versuchen Sie, in den Kommandoturm einzudringen; vielleicht können Sie dort noch Wichtiges wahrnehmen!“

Dem Befehle gehorchend, ließ der Taucher etwas ausgeatmete Luft in seine Gummihülle entweichen, um das Aufklettern auf die oberen Teile des gesunkenen Fahrzeuges leichter zu bewerkstelligen. Er fand dort die Niedergangsluke noch geöffnet, denn die Mannschaften hatten sich ja aus dem angegriffenen Schiffe eiligst durch diese Auslasspforte entfernt. Er zauderte, in die schwarze, gähnende Öffnung hineinzudringen. Das ist schon für den geübten Taucher ein Wagnis; doch Pflichtgefühl und das Bestreben, nach etwa dort zurückgelassenen Befehlen oder dienstlichen Anweisungen zu suchen, trieb ihn nach kurzer Überlegung hinunter. Da das Boot halb auf der Seite lag, war es schwierig, sich gleich zurechtzufinden. Sobald Erich Sarnekow aber erst festen Fuß gefasst und sich orientiert hatte, gelang es ihm auch, seine elektrische, für Unterwasserbeleuchtung bestimmte Lampe anzuknipsen. Nun war es leicht, weiterzugelangen, nachdem der Taucher sich noch ein genügendes Ende losen Telefonkabels nach unten gezogen hatte. Er fand gleich die Leiter, die aus dem Kommandoturm nach unten und vorn ins Boot zum Offiziersraum führte, und stieg nun auf dem schrägen Fußboden in diesen Raum. Entsetzt prallte er aber zurück, als er an etwas Weiches stieß, das seiner Hand auswich. Er löste die Lampe vom Gürtel, um sie hochhalten zu können und leuchtete dabei gerade in das bleiche, schwarzbärtige Gesicht des ertrunkenen französischen Kommandanten. Dieser hatte eine Mappe an sich gerissen, als er vor dem Verlassen des sinkenden Fahrzeuges schnell noch hinabgeeilt war, um geheime Befehle zu vernichten oder an seinem Körper zu verstecken. Da war ihm die Explosion zuvorgekommen und hatte ihm den Rückweg auf grausige Weise unmöglich gemacht. Durch die Gewalt des Stoßes waren die unteren Lukenfülle verschoben, gegeneinandergedrückt und hatten den pflichtgetreuen Offizier festgeklemmt. Er war noch mit dem linken Fuß gefangen und hatte nicht vermocht, sich aus dieser Falle wieder zu lösen. Nun bewegte das durch Eintritt des Tauchers verdrängte Wasser das im Innern eingeschlossene und brachte dadurch den toten, unten gefesselten Körper in langsam schaukelnde Bewegung, gleichsam als mache er dem Ankömmlinge eine Verbeugung. Die eine Hand war fest um das Geländer des Leiteraufganges geklammert, die andere schwenkte, leise im Wasser bewegt, die Mappe, als böte der Überwundene dem Sieger nunmehr freiwillig den Preis dar. Durch den Druck der glühendheißen Explosionsgase war der barmherzige Tod hier wohl sofort eingetreten.

Von Entsetzen geschüttelt — unter dem dicken Filzkamisol und der Gummihülle fühlte Erich die „Gänsehaut" über den ganzen Leib huschen —, wich der so tapfere Vize und gab das Signal, nach oben zu steigen. Man zog auch sofort das Kabel vorsichtig ein und landete ihn glücklich an Deck seines Bootes. Hier versagten erst die Knie den Dienst, auch die Zunge war anfangs gelähmt; und als man das Glas vorn aufgeschraubt, übergab er, noch immer sprachlos, dem Kommandanten die dem toten Wachtmann der Tiefe schleunigst entwundene Mappe.

Doch allmählich kehrten dem Bestürzten Sprache und Herrschaft über seine Glieder zurück. Als er sich endlich des Anzuges entledigt hatte, berichtete er von der nervenerschütternden Begegnung in der Tiefe, gab Auskunft über den untersuchten Schaden und erfuhr zu seiner freudigen Überraschung, was die rasch geprüfte, im Innern fast trockene Mappe enthalten. Der Franzose wurde in einem Befehl aufgefordert, am nächsten Tage an einem genau bezeichneten Orte mit einem englischen U-Boote der C-Klasse zusammenzutreffen, um gemeinschaftlich gegen Flotteneinheiten des Feindes zu operieren!

Das gab natürlich Veranlassung, sofort Anker auf zu gehen und den türkischen Behörden die weitere Sorge für das französische Wrack zu überlassen. Der in dem Geheimbefehl angegebene Vereinigungsort beider U-Boote war bald erreicht und wurde so früh aufgesucht, dass man annehmen konnte, vor dem Gegenpartner dort zu erscheinen. Das zerstörte Boot des Franzmannes, ein Fahrzeug wie die „Cigogne", hatte in seinem Äußeren Ähnlichkeit mit der Form des deutschen, so dass eine anfängliche Täuschung des Gegners, der einen Verbündeten erwartete, wohl ausgeführt werden konnte. Alles gelang über Erwarten gut. Kapitänleutnant Menzell ließ sein Fahrzeug erst hochkommen, als er das rhythmische Schlagen der Schraube des näherrückenden Briten vernahm. Er hatte in Aussicht genommen, so langsam wie möglich aufzutauchen, nur ein Endchen des Periskoprohrs herauszubringen und recht auf den Engländer loszugehen, um ihm dann aus nächster Nähe den tödlichen Stoß zu versetzen. Genau wie vorbedacht wickelte sich im Folgenden alles ab; nur ein Umstand war nicht in Betracht gezogen. Diesmal verfehlte der sonst nie sein Ziel missende Torpedo die Achillesferse des Feindes. Er traf freilich, aber doch nicht tödlich. Der Überfallene setzte sich noch tapfer zur Wehr und schoss trotz der empfangenen Wunde nun seinerseits kräftig wieder. Auch er traf nicht ernstlich, beschädigte aber das Ruder des Deutschen, so dass diesem nichts übrigblieb, als schleunigst Deckung zu suchen durch Verschwinden in der Tiefe. Man hörte den beschädigten Gegner davoneilen und ging darauf, nachdem der Führer der Sicherheit wegen noch eine Weile gewartet hatte, an die nahe Küste, um den Bug des Schiffes dicht am Strande durch Auffüllen der vorderen und Leerblasen der hinteren Trimmtanks tief hinunter zu neigen. Dadurch sollte das Heck zu gleicher Zeit hochkommen. Gelang dies, dann war man imstande, die Ruderbeschädigung gleich zu untersuchen und womöglich an Ort und Stelle wieder auszubessern.

Ein zweites Mal kroch Erich in den Gummianzug und schickte sich an, unter dem Heck den Schaden festzustellen. Man hatte sofort nach Erreichen des Ankerplatzes drahtlose Nachrichten vom Siege und auch vom eigenen Missgeschick weitergesandt, um Hilfe zu erlangen, falls die Ausbesserung mit Bordmitteln nicht beschafft werden könnte. Am Lande wurde rasch ein kleines Floß zusammengebaut, das den Taucher und seine Gehilfen aufnahm, die dann am Heck festmachen sollten. Da Menzell probieren wollte, ob sich das Ruder nach vorläufiger Inaugenscheinnahme und Reparatur durch den Taucher wieder bequem drehen ließ, befahl er Lukenschluss und Tauchmanöver. Das Floß mit den Leuten wurde deshalb eine Strecke weggeholt. Plötzlich aber ereignete sich Unvorhergesehenes, das Boot sank schneller als gewöhnlich und tiefer und tiefer, man sah, es geschah gegen Willen und Absicht. Verdutzt erst, dann erschreckt sahen sich die oben Gebliebenen an, ohne vorläufig eine Erklärung dafür finden zu können.

Da aber erschien schon die Telefonboje oben an der Wasseroberfläche und leuchtete auf, zum Zeichen, dass unten gewünscht wird, eine Mitteilung an die Oberwelt gelangen zu lassen. Schnell entschlossen bringen die Taucherleute ihre unbeholfene schwimmende Insel, mit Brettern rudernd, dahin, wo die Boje treibt. Die Lampe wird herausgeschraubt, der Taucher hat mittlerweile sein Mikrophon dem Behälter, der auf dem Floß steht, entnommen und mit dem Bojenkabel in Verbindung gebracht.

„Hallo unten! Was ist los?"

„Wassereinbruch in Raum vier, dessen wir mit der Pumpe nicht Herr werden können. Durch Arbeiten und Drehen am Ruder muss dort ein Bolzen gebrochen sein, der sich zwischen den Schieber geklemmt hat, so dass er nun nicht ganz geschlossen ist. Aber die Schotten halten." —

„Ich werde sehen, das Leck von außen zu dichten, dann müsst ihr versuchen, das eingedrungene Wasser herauszuschaffen."

Erich hatte jetzt das Kommando über seine an der Oberwelt zurückgebliebenen Leute und entwarf seinen Plan. Er stieg beherzt nochmals in die Tiefe und fand nach einigem Suchen und Tasten die Einbruchstelle der Wasserfluten. Diesmal musste er im Dunkeln arbeiten, denn die Handlampe hatte er neulich in seiner Bestürzung dem einsamen Gaste in der Franzosenkajüte zurückgelassen, wo sie vielleicht noch heute, wenn die elektrische Energie inzwischen nicht verzehrt ist, die gespenstischen Bewegungen des toten Seeoffiziers weiter beleuchtet! — Nach Besichtigung des Schadens stieg Erich nochmals nach oben, nicht, ohne zuvor durch Klopfen gegen die Außenhaut den Eingeschlossenen ein Zeichen zu geben, dass man an ihrer Rettung arbeite.

Eine kurze Planke, zwei Fetzen Zeug und ein Strang Packung, den die Maschinenleute zur Dichtung ihrer Kolben, Rohre und Stopfbüchsen gebrauchen, nahm Erich dann mit sich, als er zum dritten Male hinabging. Das Material war auf dem Floß vorhanden; man hatte etwaigen Schaden am Heck mit diesem Mittel verstopfen wollen. Nach einigen vergeblichen, zeitraubenden Versuchen, die ein wiederholtes Aufsteigen erforderten, gelang es endlich, den klaffenden Spalt von außen zu schließen. Nun musste von oben durch das Telefon Bescheid gegeben werden, mit verdoppelter Energie zu pumpen, um das Boot zu entleeren.

Um dies anzuordnen, stieg der junge Taucher abermals an die Oberfläche. Sein Finimeter am ersten Sauerstoffflächchen zeigte bereits die nahe Erschöpfung des Vorrats an. Als er mit dem unförmigen Helm, einem Fabelwesen ähnlich, zum letzten Mal emportauchte, harrte seiner eine große Überraschung. Der Funkenruf war nicht ungehört verhallt und hatte ein in der Nähe der Inselgruppe kreuzendes U-Boot unserer österreichischen Bundesgenossen herbeigerufen. Als es herannahte, glaubten die Leute auf dem Taucherfloß zuerst, dass ein Rächer des von ihnen unlängst erledigten Feindes im Andampfen sei. Doch erkannte Erich Sarnekow bald die ihn, als Offiziersdiensttuer bekanntgegebenen Erkennungsmerkmale. Beruhigt teilte er seinen Kameraden diese Feststellung mit und erwartete, nachdem er sich auch mit den unten Eingeschlossenen in Verbindung gesetzt hatte, das Näherkommen des befreundeten Helfers.

„Servus, Kameraden! Ist da kein Boot? Was hat die Boje, was das Floß zu bedeuten?"

Erich hatte den schweren Helm abklammern lassen und gab dem Kameraden der verbündeten K. u. K. Marine die gewünschte Auskunft. Er teilte auch mit, dass er die Öffnung bereits gedichtet hätte und nun für das Beste hielte, das Telefon von der Boje zu schrauben. Der Herr Linienschiffsleutnant wolle gewiss erst mit dem Kommandanten unten sprechen. Dann aber könne man gleich Arbeitsstrom durch das Bojenkabel hinab ins gesunkene Boot senden und da mehr Pumpen in Gang setzen, um des in einige Abteilungen eingedrungenen Wassers rascher Herr zu werden. Es sei doch immerhin ungewiss, ob unten im Boote noch alles so zur Zufriedenheit arbeite, da vielleicht mehr als ein Raum vollgelaufen sei. Das leuchtete auch dem österreichischen Offizier ein; er meldete seine Ankunft und Hilfsbereitschaft an Menzell und sandte nach Austausch des Telefons mit seinem Kabel Strom hinab.

Die Pumpen arbeiteten nun mit doppelter Geschwindigkeit und bezwangen die eingedrungene Flut. Je mehr das Wasser innenbords abnahm, desto fester presste der Außendruck die Dichtung auf die Einbruchstelle; und nach nicht allzu langer Wartezeit sah man die Anstrengungen belohnt. Das Boot hob sich und tauchte endlich zuerst mit den Aufbauten, dann auch mit Deck und Rumpf wieder aus der Flut empor. Als sich die Decksluken öffneten, die Insassen sich wieder des himmlischen Lichts und der frischen Luft erfreuen konnten, dankte der Kommandant zuerst dem erfolgreichen Taucher für seine Umsicht und dann dem österreichischen Kameraden für die geleistete Hilfe. Er nahm gleich in dessen Beisein eine Besichtigung der Stelle vor, die den Unfall verschuldet hatte, der verhängnisvoll geworden wäre ohne die tätige Mitarbeit des vom Bundesgenossen nach unten gesandten Stromes. Dank den Drägerschen Luftreinigungsapparaten war das Atmen unten ganz erträglich gewesen, man hatte nur zu überlegen begonnen, ob man den kostbaren Sauerstoff möglichst lange sparen und sich auf eine ausgedehntere

Anwesenheit am Meeresgrunde einrichten sollte. Dem Reichsmarineamt, so betonte Menzell nochmals, werde er die treue Kameradschaft des Bundesgenossen melden, die Ausdauer der eigenen Mannschaft loben und dann, alle würden's ihm von Herzen gönnen, den Vize zur Beförderung und für das Eiserne erster Klasse eingeben, denn er habe sich fortgesetzt besonders ausgezeichnet und sehr verdient gemacht.

Dreizehntes Kapitel. Am Endziel.

Zusammen mit dem österreichischen Boote verließ man die Insel und bereitete sich nunmehr auf den schwierigsten Teil der Reise vor, die Schutzkette der Blockadeschiffe vor den Dardanellen zu durchbrechen. Späherboote, Torpedovorposten, Minenfelder und U-Bootsfallen in der Gestalt von starken Stahldrahtnetzen würden zu überwinden sein. Gehe man jedoch tief genug, so tauche man ungefährdet unter den Sperrnetzen hindurch. Die Tiefen seien zu groß, als dass man die Netze bis auf den Grund der Straße zu senken vermöge. Minen würden aus demselben Grunde dort nicht liegen können, außerdem hätte die Strömung vom Schwarzen Meer her eine zu große Stärke. Der Angreifer käme vielleicht selber in Gefahr, wenn er zwischen die eigenen losgerissenen und vertriebenen Minen gerate! So war ihnen verkündet.

Um die Annäherung an die so sorgsam bewachten Engen wieder möglichst geheim zu gestalten, sollten beide Fahrzeuge erst zwei Ruhetage innehalten, was der deutschen Mannschaft nach ihrem unfreiwilligen Tauchmanöver auch gewiss zu gönnen wäre. Während dieser Zeit entzogen sie sich am Tage den Augen etwaiger Kundschafter durch Verweilen am Grunde, nur zur Nachtzeit wollten sie nach oben kommen. Drahtlose Abmachungen des Oberkommandos hatten zur selben Zeit angeordnet, dass zwei andere österreichische U-Boote, in Größe und Aussehen den ersten ziemlich ähnlich, in der Adria von sich reden machten. Beim Feinde würde man schließlich im ungewissen bleiben, ob beide Paare dieselben wären oder ob man mit vier Schiffen zu tun habe. Durch Zufall gelang den Kameraden im Meeresteil zwischen dem Hacken von Italien und Griechenland ebenfalls ein kühner Handstreich gegen zwei italienische Kauffahrer, „Otranto" und „Korfu", die versenkt wurden. Dies hatte die sofortige Abkommandierung einiger Torpedobootszerstörer, die unweit Gallipoli kreuzten, zur Folge. Da war's Zeit für Menzell und den Edlen von Plaska, den österreichischen Führer, den Durchbruch zu wagen. Sie verließen ihren Schlupfwinkel bei den Hagios-Georgios-Inseln, ließen Mytilini, das alte Lesbos, erst an Backbord, um dann mit fast rechtwinklig, um ein ganzes Viertel der Kompaßrose geändertem westlichem Kurse den Müslim-Sund zwischen Insel und Festland zu durchsteuern. Beim Kap Baba Burnu wendete man sich wieder nach Norden, um zwischen Tenedos und der Küste von Anatolien an die südliche Einfahrt der Dardanellen zu kommen. Der Linienschiffsleutnant, der in diesem klippenreichen Fahrwasser bekannt war, übernahm nunmehr die Führung, in geringem Abstände folgte das deutsche Boot. Beide navigierten mit großer Vorsicht, selbst zur Nachtzeit den Periskopkopf so selten wie nur möglich über Wasser bringend. Dabei machte man eine höchst unangenehme Entdeckung. Die Feinde hatten, wie man nachher erfuhr, überall, wo man das Erscheinen von U-Booten fürchten musste, fässerweise Schmieröl über Bord gegossen und weite Flächen des Meeres mit klebrigem Fett überzogen. Dies sollte, so beabsichtigte man, sich an die Glaswände der optischen Kuppe setzen und dadurch die Augen des Unterseebootführers verkleben, sein wichtiges und einziges Sehwerkzeug unbrauchbar machen. In solchem Falle wären die Fahrzeuge jedes Mal gezwungen, aus der Tiefe emporzusteigen, um die Optik von außen zu reinigen. Diesen Augenblick der Lüftung der Tarnkappe wollte der Gegner dann zum Artillerieangriff wählen und die Erscheinenden mit einem Eisenhagel großen und kleinen Kalibers überschütten, sie durchlöchern und versenken.

Doch gegen Schmierflecke gibt es ein einfaches Mittel, das — Duplizität der Ereignisse — diesmal der „Krabbe" und „Fräulein Milchmann" — nur gegenseitig gestatten sich beide diese Spitznamen — zu gleicher Zeit einfiel. Sie trugen es auch zugleich dem Herrn von der „schwarzen Fakultät", dem „Leitenden" der Maschine vor und fanden hier wirklich ein williges Ohr. Noch in der Nacht ging man an die Ausführung, die hier nur eine ganz vorläufige werden konnte. Menzell hatte natürlich erst die Erlaubnis zur Arbeit geben müssen. Man führte einen ganz dünnen Gummischlauch im zusammenschiebbaren Periskoprohr nach oben bis in dessen Kopf, zog ihn hier über ein nach außen gehendes Kupferrohr, das den oberen Rand des Stielauges ringförmig umschloss. In diesen Wulst waren kleine Löcher gebohrt, durch die man bei verschmierten Periskopgläsern Benzin zur Auflösung und Beseitigung der Fettschicht spritzen konnte. Das Verfahren bewährte sich ausgezeichnet, so dass keine Störung mehr durch feindliche Ölverschwendung stattfand.

Nach mancherlei Mühsal hatten sich beide zusammenbleibende Boote so weit vorangearbeitet, dass die Einfahrt in die Dardanellen, den Hellespont der Alten, in der nächsten Nacht gewagt werden konnte. Die etwa 35 Seemeilen lange Meeresstraße hat eine durchschnittliche Breite von zwei Seemeilen (zu je 1852 Meter). An den Engen aber nähern sich die Küsten einander bis auf 1300 Meter und haben Tiefen von 45 bis 100 Meter in der Fahrwassermitte zwischen sich. Die Südwesteinfahrt ist ungefähr zwei Seemeilen breit und wird an der europäischen Seite von der Feste Seddil-Bahr, an der asiatischen von Kum-Kalesi bewacht gegen Eindringlinge, die den Engpass mit Gewalt erzwingen wollen.

Ohne Firman des Sultans durfte auch in Friedenszeiten laut des wiederholt nachgeprüften Dardanellen-vertrags kein Kriegsschiff einer fremden Macht weiter als bis zur Stadt Tschanock einfahren, es sei denn, der Militär-Pascha habe die Erlaubnis erteilt. Die wichtige Meerenge, über die einst Xerxes seine Brücken schlug, konnte schon einen Alexander nicht hindern, nach Asien vorzudringen. Auch die Türken überquerten später die Straße in umgekehrter Richtung. Der nachherige Besitzer aber erkannte die große Wichtigkeit des Zugangs zum Schwarzen Meer und fing schon vor Jahrhunderten an, die Durchfahrt durch starke, unbezwingliche Befestigungen zu verhindern. Schon Mohammed der Zweite begann Mitte des fünfzehnten Jahrhunderts damit, solche Sperrforts und Zwingburgen anzulegen. Seddil-Bahr am Europäischen Ufer und drüben Tschanak-Kalesi, jetzt Kale-Sultanie genannt, die beiden „alten" Schlösser, zeugen von der richtigen Erkenntnis der militärischen Wichtigkeit. Ein Jahrhundert später, um 1569, erbaute der Großvezier Achmed Koprüli zur vermehrten Sicherheit Konstantinopels die „neuen" Dardanellenschlösser Kum-Kale am Eingang an der asiatischen Seite, und weiter nördlich gegenüber recht in der Enge Kilid-Bahr. Um diese später mit Riesengeschützen, neuzeitlichen Panzertürmen und andern Erfindungen ausgerüsteten Stammwerke ist dann nach und nach ein mehrfacher Kranz von kanonenstarrenden Schanzen und Forts erbaut, so dass eine gewaltsame Öffnung der Schlösser nach menschlichem Ermessen fast für unmöglich gehalten werden muss. In drei Gruppen von Erd-, Mauer- und Stahlkuppelwerken recken 6 bis 700 Geschütze, teilweise schwersten Kalibers, ihre schwarzen dräuenden Münder empor. Sie drohen jedoch nicht umsonst, sie speien im Notfalle Tod und Verderben und reden mit den Anrückenden eine deutliche Sprache: „Bis hierher und nicht weiter!" die ja Engländer und Franzosen zu ihrem Schaden empfunden haben!

Die asiatische Küste flacht nach See hin im allgemeinen vom Idagebirge herunter ab. Viele das fruchtbare Land bewässernde Bäche strömen der Meerenge zu und haben im Laufe der Jahrhunderte durch ihre Abwässerung den Rand Kleinasiens mit einer ganzen Anzahl von Bänken umsäumt, die den Ufern seichte Stellen vorlagern. Die europäische Küste ist dagegen hoch und fällt nach der Straße zu fast überall steil ab. Im Sommer erscheint das Land von weitem dürr und unfruchtbar, was keineswegs der Fall ist; denn besserer Anbau hat hier reiche Kornfelder geschaffen, deren gelblicher Schimmer bis oben zu den Anhöhen hinaufsteigt und das Auge erfreut. Gegenüber bilden bewaldete Hügel und mit grünem Gebüsch geschmückte Täler einen angenehmen Gegensatz.

Die Boote suchten nunmehr ihren Weg längs der Abhänge des alten Sigeion, die mit dem steilen Hügel von Jenischehir enden. Die Gegend ist leicht zu erkennen, da auf dem etwa 70 Meter hohen Hügel ein Haus steht, und nicht weniger als neun Windmühlen ihre Flügel lustig drehen, soweit sie nicht von den „Zuckerhüten" der englischen und französischen Panzer zerstört sind, östlich von den Hügeln von Jenischehir, die bereits in der urgrauen Vorzeit viel Kriegsvolk gesehen, liegt die Ebene von Troja. Zwei auffällige, noch heute sich deutlich aus dem Gelände abhebende Grabhügel sollen die Ruhestätten der beiden sagenhaften Helden Achilles und Patroklus sein.

Doch diese Erinnerungen an die Schulzeit, an die Homer-Präparationen in der Sekunda, durften Menzell jetzt nicht beschäftigen. Denn näher als die Trümmer der alten, bezwungenen Priams-Feste lag ihm die Jenischehir-Bank, die sich von der Küste beinahe über eine Viertelmeile breit in See hinauserstreckt. An ihrer Außenkante findet man nur 4 bis 5 Meter Wasser, die natürlich zu meiden waren. Die Aufgabe war umso schwieriger, als man die kleinen Fahrwassertonnen aufgenommen hatte, und das Leuchtfeuer auf Kum-Kalesi natürlich seit Kriegsbeginn nicht mehr brannte. Der drahtlose Dienst hatte über die Minen Auskunft gegeben und von großer Wahrscheinlichkeit berichtet, feindliche Unterseeboote zurzeit nicht anzutreffen.

Man glaubte, solche wären augenblicklich auf der Jagd nach den Doppelgängern in der Adria; Torpedoboote und Vorpostenfahrzeuge aber hätten sich augenblicklich mehr nach der Nordseite hinübergezogen und wachten näher bei Seddil-Bahr.

Dies liegt auf dem Abhange eines Hügels von Kap Greco, an dessen Fuße noch eins der alten steinernen Kastelle vorhanden ist, die der Stadt den Namen, nämlich „Meerenge" gegeben haben. Es liegt fast auf der Spitze der so heiß umstrittenen Halbinsel Gallipoli, dem thrazischen Chersones der griechischen Geschichte.

Da die erwähnten Tonnen nicht lagen, die Jenischehir-Bank aber steil ansteigt, soll man sich auf Tiefen von 20 Meter Wasser halten und als Landmarke die auffällige und verfallene Windmühle mit weißer Mauer auf einem Hügel hinter Burnu in einer Linie halten, in Deckpeilung, wie der Seemann sagt, mit dem gleichnamigen Leuchtturm.

„Bei da Nacht", so hatte der Edle von Plaska gesagt, „san holt olle Katzen grau, oba der Türk wird uns helfen! Grad uma zwölfi, in der Geisterstund, da steckens die Mühl in Brand und lossens das Licht des Turms, wenns ihn no net zsamm gschossen habn, recht hell brenna und für uns blitzen! Hot oba so an vorlauts Ding von a Stinkbomb die Lamp bereits verlescht, nacha wollns dann an dera Stell a anders Feier an machen. Mir steuern so, dass dann beidi Lichter immer in oaner Linie gholtn werdn. Und sa'n ma frei von Kum Kalesi, da steckns dann an Land halt noch a mol an Feierwerk on! Dann drahn ma frisch auf Nordost-Kurs und damit eini in die Dardanellen-Eng', was der Franzmann und der Malefiz-Brit' net hab'n firti bracht!"

Deren schmalste Stelle liegt zwischen Tschanak-Kalesi und Namasije, kaum sieben Kabellängen (je 1/10 Seemeile = 185 Meter) breit. Das Fahrwasser läuft dann etwa vier Seemeilen Norden auf, wo man zur zweitengsten Stelle zwischen Nagara Kalesi, rechts und Boghalü Kalesi an der europäischen Seite gelangt. Hier ist ungefähr eine Kabellänge mehr Platz, aber der Strom kann zuzeiten viele Schwierigkeiten schaffen, da er quer über die ganze Wasseröffnung setzt, so dass man auch unter Land keine Gelegenheit findet, unbelästigt von der Strömung, in ruhigerem Wasser voranzukommen. Die Wassertiefe ist durchweg groß, beträgt im Mittel 90 Meter und steht an der europäischen Seite bis dicht unter Land. Gegenüber aber findet sich eine gefährliche Bank, die der Kodja-Tschai-Fluss, der unmittelbar südlich vom Tschanak-Kalesi-Kastell mündet, in die Straße hinaus-geschwemmt hat. Während er im Sommer zuzeiten fast ganz austrocknen kann, gleicht er im Winter einem reißenden Strome, der große Mengen Sand und Schlick mit sich führt. Seine Sinkstoffe haben sich dann auf der Barre abgelagert und färben sogar das Wasser der Umgebung ganz gelblich. Da sich die Grenzen der Untiefe je nach Wasserführung des Kodja-Tschai verschieben, sind die Karten niemals ganz zuverlässig; es ist daher nicht möglich, allzu dicht an der asiatischen Seite entlang zu fahren. Man wählte deshalb mehr die Mitte des Fahrwassers, wo auch der Strom geringer, und steuerte in solcher Tiefe, dass der in den unteren Schichten nach dem Marmarameer zu setzende Strom das Boot mit Nordostwärts schieben musste.

Von den glücklich überwundenen Engen bis Gallipoli zu kommen, ist nach diesen Schwierigkeiten kein Kunststück mehr. Bald hatte man, nun mit Oberwasserfahrt steuernd, Lapsaki, die kleine malerische Stadt am Nordeingange des Kütsch-Ovasitals, passiert und hielt nach Gallipoli hinüber. Diese zweitgrößte Stadt der Dardanellen hat ungefähr 20 000, sich aus Türken, Griechen und Juden zusammensetzende Einwohner und wurde ehemals, schon ein Jahrhundert vor Konstantinopel von den Türken erobert. Sie ist die Hauptstadt des gleichnamigen Sandschaks, das zum Vilajet von Adrianopel gehört. Hier mussten nun Lebensmittel und Trinkwasser ergänzt werden. Der Brunnen am Bootshafen, der reines und unverdächtiges Nass lieferte, gab aus seiner engen Röhrenleitung

aber so wenig, dass man einen mehr ergiebigen Vorratsspender im nördlich gelegenen Bastschesme Liman in Anspruch nehmen musste,
wodurch ein halber Tag verloren ging. Dann kam die Fahrt durch die
Propontis, das heutige Marmarameer, nochmals eine Strecke von 110
Seemeilen.

„Nun wirst du, Effendi Bachrije Sabiti, Herr Marineoffizier, eine
leichtere Reise haben durch das ak denis, das Marmarameer; denn die
akynty, die Strömung, hindert dein Boot nicht mehr so wie in den boghas
(Engen). Du hast mehr asmak (Stillwasser) und ai dolusu, der Vollmond,
wird deinen Kurs bescheinen. Aber deine gemidschi (Matrosen) sind
tüchtige Leute, beinahe Osmanli, Türken!" „Steure weiter gen schimal
we schark arasy, gen Nordosten, nach deinem wunderbaren pússula
(Kompass) und erledige im schönen Stambul alle deine umur-i-bachrije,
die Marineangelegenheiten, zur Freude deines und meines Sultans, die
Allah behüten möge!"

So hatte der Pascha von Gallipoli zum deutschen Kameraden gespro-
chen, sich an ihn als den Älteren der beiden Führer wendend. Da beide
erfahrene Navigateure waren, sahen sie die nun noch vor ihnen liegende
Strecke auch als eine Promenadenstraße an und ließen, nachdem sie die
Äiraklitsa-Äuk nordöstlich von Gallipoli passiert hatten, auf San Stefano,
die westliche Vorstadt von Konstantinopel zu steuern. Die gleichnamige
Huk (Ecke) ist ein ungefähr 15 Meter hoher Küstenabhang von rötlicher
Farbe, der dem Ankommenden den Anblick der Stadt zuerst verdeckt.
Man muss die vorgelagerte Bank vermeiden und dann den viereckigen
Bau des Marmaraturms, die Südwestecke der Verteidigungswerke Stam-
buls, aus dem Häusermeer heraussuchen. Bald lag das prachtvolle Pano-
rama des Neapel an Schönheit gleichenden Ortes vor den Deutschen.
Das alte Byzanz, noch heute mit einer, stellenweise freilich verfallenen
Mauer umgeben, aus der 20 Ecktürme hervorragen. Nicht weniger als 28
Tore, von denen sich 14 zum Hafen hin öffnen, fuhren aus den belebten
Gassen ins Freie, Über 200 große, mehr als 600 kleinere Moscheen zieren
die Straßen. Aus den Mauern wachsen schlanke Minaretts mit ihren nie
zu verkennenden eigenartigen Formen empor. Von deren Turmgalerien
werden die Gläubigen fünfmal des Tages zu den von Mohammed vorgeschriebenen Gebeten gerufen. Außerdem gibt es noch 144 den verschiedenen Bekenntnissen angehörige Kirchen und 31 Synagogen. Die vor-
nehmste Moschee ist die von Justinian erbaute Aja Sophia, deren Um-
risse sich für die Ansteuernden bereits scharf gegen den Himmel abho-
ben. Das Auge kann sich nicht satt sehen an den vielerlei Linien und
senkrechten Strichen, die Straßenzüge und schlanke Minaretts, wuchtige

Mauerquadern und hochstrebende Türine gegen den Hintergrund zeichnen. Aber leider darf der sich diesen, prachtvollen Hafen nähernde Seemann beim Binnenkommen und Auslaufen seine Aufmerksamkeit nicht zersplittern. Solange sein Schiff noch Fahrt voraus macht, wechseln die Bilder mit jeder Umdrehung der Schrauben. Die sechs Minaretts der Moschee des Sultans Achmed wanderten daher scheinbar immer weiter nach links und wurden bald mit diesem, bald mit jenem Gebäude in einer Linie gesehen. Als man Serail-Burnu, die Serailspitze, querab an Backbord hatte, ging es mit Nordwest-Kurs in das Goldene Korn hinein, das Galata und Pera von den südlich gelegenen Stadtteilen trennt. — Zwei Brücken überqueren diesen sonst von regem Schiffsverkehr aller Nationen belebten Meeresarm, auf denen die flinken, hier heimischen Kaiks den Verkehr schneller vermitteln, als die plumperen Boote der Kauffahrer. Die östliche, die Sultan-Valide-Brücke, ist neueren Datums; die westliche Mahmudbrücke mit ihrem Riesenverkehr ist die ältere. Nördlich der letzteren beginnt der Kriegshafen, ein etwa 740 Meter breites und für die größten Schiffe genügend tiefes Becken, an dessen nordöstlicher Seite die Kaiserliche Werft mit ihren Docks liegt; daran schließt sich westlich der Kai von Ters Hane. In diesem Gebiet liegen die großen Ausrüstungsmagazine, Dampfhämmer, Kräne zum Einsetzen der Masten und Kessel, zum Heben der Anker, Schrauben und großen Beiboote. Gelegentlich werden hier sogar Neubauten, fast regelmäßig Reparaturen an Schiffen ausgeführt. Kasernen und die Marineschule schließen sich dem Zuge der vielen Bauten an.

Um nun in diesen Teil des Goldenen Horns zu gelangen, müssen die beiden Brücken passiert werden, die für gewöhnlich nur für einige Stunden des Tages geöffnet sind. Kriegsfahrzeuge sind natürlich, zumal in so unruhigen Zeiten, nicht an diese Bestimmungen gebunden; ihnen wird der Weg stets nach Bedarf freigegeben.

Doch schon zu früh hatten sich die Reichsdeutschen mit ihren österreichischen Kameraden der winkenden Ruhepause gefreut. Hans Preuß hatte mal wieder recht: „Erstens kommt's ganz anders, zweitens wie man denkt." Als die Fahrzeuge schon in der Nähe der ersten Brückendurchfahrt angelangt waren, schoss eine schmucke Motorjacht vom Hauptzollamt her auf Menzells Boot zu, begrüßt von Ausrufen der Freude seitens der passierten Handelsschiffe und Kaikführer. Schnell standen die Kieler Jungens in Parade auf Deck, denn Admiral Souchon kam selbst, um die Einlaufenden zu begrüßen. Er schüttelte Kapitänleutnant Menzell freundschaftlich die Hand, sprach Worte der Anerkennung und heftete dem kühnen und erfolgreichen Seemanne das Eiserne erster auf die

Brust, die schon lange das Heldenzeichen des schwarzweißen Bandes zweiter Klasse schmückte. Auch Schneeberger und ebenfalls der Taucher und Entdecker der geheimen Order, die er der starren Hand des toten französischen Führers entwunden, wurden mit demselben Ehrenschmuck bedacht. Mehrere Leute gingen auch nicht leer aus, so dass die drei brausenden Hurras wohl begründet waren.

Aber auf diese Annehmlichkeiten folgte gewissermaßen der hinkende Bote: „Die beiden Fahrzeuge sollten ohne Aufenthalt, natürlich nach Ergänzung der nötigen Vorräte an Brennstoff, Schmieröl und Lebensmitteln, sofort noch eine wichtige Aufgabe vollführen und nordwärts durch den Bosporus laufen. Er, der Admiral, werde mit den beiden Kreuzern folgen, auf deren einem Menzell — Verbeugung gegen den Ritter des Eisernen erster — noch in bester Erinnerung stehe. Die Worte „Breslau" und „Göben" seien ihnen wohl geläufiger als die neuen türkischen Namen. Man werde ins Schwarze Meer hinauslaufen, um die Russen für mehrere Akte, die gegen gesittete Kriegführung verstießen, mit Nachdruck zu züchtigen!

Da gab's denn keine lange Ruhezeit. „Junge! Se könnt dat ohne uns doch nich bestroppen (fertigbekommen), de Lud met ehr veelen Wieber un'n de roode Troddelmütz upp'n Kopp!" sagte Kuhlo, war aber doch stolz auf das auch in ihn gesetzte Vertrauen.

Abermals wirbelten die U-Bootsschrauben ihren Takt und wühlten sich ein schnurgerades Kielwasser in der Verbindungsstraße des Marmarameers mit dem Pontus Euxinus, wie die Alten das Schwarze Meer benannten.

„Wenn nu so'n Kaptein farbenblind is, denn dürf he hier gornich fohren," meinte der Philosoph von der Wasserkante, der die „Mata Forgana" einst erblickt, „he kann süs am enn na'n Rooden Meer, anstatt na'n Swatten hen geroden!"

Ein „Au" und einige sausende Schuhe folgten dem rasch in die oberen Regionen des Bootes Steigenden, der sich anschickte, seinen Posten am Tiefenruder wieder zu übernehmen.

Die vielen vorspringenden Ecken des gewundenen Fahrwassers lassen hier keinen Seegang aufkommen und schwächen die Gewalt des Stromes ab, so dass die Durchfahrt für die mittels Maschinenkraft bewegten Schiffe keine Schwierigkeiten bietet. Allerdings muss man den „Teufelsstrom" in den Engen zwischen Rumili und Anadoli Hisar vermeiden. Beide Seiten des Meeresarmes, dessen Breite zwischen einer halben und anderthalb Seemeilen schwankt, sind mit zahlreichen, teilweise prächtigen Häusern und Palästen bedeckt, die sich an der europäischen Küste in fast ununterbrochener Folge aneinanderreihen, auf dem gegenüberliegenden Ufer aber etwas spärlicher verteilt sind. Dazu im Hintergründe, als Umrahmung während des Sommers, in üppigem Pflanzenwuchs prangende Hügel und unten als Abschluss des abwechslungsreichen Panoramas sehr viele Befestigungswerke, die aus ihrer verschiedenen Bauart einen Schluss auf die Zeit und die Männer, die sie einst errichteten, zulassen. Am Orte der größten Einschnürung der Wasserstraße haben fremde Eroberer stets die trennende Scheide überschritten, um von Europa nach Asien oder umgekehrt zu gelangen.

Ein störender Begleiter solcher Fahrten ist der namentlich in den Herbstmonaten häufig auftretende Nebel, der auf dieser Reise zur großen Befriedigung der Führer ausblieb. Die alte Regel der Seefahrer in diesem Gebiete verheißt Nordostwind, wenn im Bosporus selbst das Wetter schön und sichtig, vor der Einfahrt ins Schwarze Meer aber eine Nebelbank gelagert ist. Jedoch mit Wettervorhersagen ist es auch hier ein eigen Ding; sie stimmen oft nicht, weder bei Voll- noch bei Neumond, der doch ein so eifriger Verursacher von Übergängen aus schlechter zu guter Witterung sein soll — wenn's ihm gerade passt!

Der Nordost blieb aus, man behielt auch sichtiges Wetter und pirschte sich, nachdem man zuerst mehr nach Backbord gehalten und einen Blick auf die von den Argonauten einst gefürchteten Symplegaden geworfen, nach Nordosten hinüber. Die beiden Kreuzer folgten im Abstande von einigen Stunden und steuerten einen mehr nördlichen Kurs, um gegen Sewastopol vorzustoßen, in dessen Schutze sich mehrere russische Kriegsschiffe aufhalten sollten. Was durch diese Streife beabsichtigt war, geschah auch. Mit großer Übermacht dampften nämlich sofort mehrere feindliche Schiffe heran und versuchten, den Türken, die ehemals einen andern Namen am Heck trugen, den Rückweg abzuschneiden, was diese Kreuzer zur schleunigen Umkehr veranlasst? Der Moskowiter konnte nicht ahnen, es hier mit den beiden Windhunden zu tun zu haben, die schon früher unter anderer Flagge ihren Verfolgern immer zu entschlüpfen vermochten. Als sich schließlich drüben aus dem Schwärm der Gegner ein schnelleres Fahrzeug löste und dem Geschwader vorauskam, wendete einer der vermeintlichen Flüchtlinge wieder, um ein Gefecht anzunehmen. Jetzt tauschten die Rollen; der Russe lief mit voller Fahrt zurück, während die die Halbmondflagge führenden Kreuzer den Verfolger machten. Die anfänglich zurückgebliebenen Torpedobootszerstörer kamen nun auch heran und suchten ihr Feuer auf die beiden zurückkehrenden Jäger zu vereinigen, um ihren Kameraden zu entlasten und aufzunehmen. Dadurch ließ ihre Aufmerksamkeit auf die übrige Umgebung wohl zu wünschen übrig, denn die beiden U-Boote, die beim ersten Erscheinen der feindlichen Rauchsäulen auch nach Norden hinübergehalten hatten, kamen ungesehen näher und konnten sich beide ein bequemes Ziel auswählen und ihren Torpedoschuss aus treffsicherer Nähe anbringen. Zugleich gelang es dem vorderen der türkischen Kreuzer, dem vor ihm fliehenden Russen eine Granate gleich hinter dem Schornstein so hineinzuschießen, dass sofort Dampf und Rauch das Deck einhüllten. Wahrscheinlich hatte der Treffer den Kessel beschädigt und dann einen Brand verursacht. Da diese Gefechtseinheit dadurch erledigt war, zwei andere durch die Tauchfahrzeuge genug bekommen hatten, signalisierte der türkische Admiral, zurückzulaufen. Er war zufrieden mit dem schönen Erfolge und wollte sich nicht erst einem Torpedoschusse der noch unbeschädigten feindlichen Boote aussetzen, denen er durch sein Entfernen vom Kampfplatze auch Gelegenheit gab, die etwa von den zwei verlorenen Schiffen mit den Wellen Ringenden ungestört aufzunehmen. Mit diesen neuen Lorbeeren bedeckt liefen Menzell und sein getreuer Begleiter, der Edle von Plaska, wieder ins Goldene Horn, diesmal wirklich die nötige Erholungszeit erlangend.

Eine große Freude wurde den tapferen Kämpfern nach ihrer Ankunft zuteil. Der deutsche Bevollmächtigte, der ehrwürdige von der Goltz-Pascha, wünschte die U-Bootshelden zu sehen und überreichte den Führern und Mannschaften für diese neue Tat Auszeichnungen, die der Sultan ihm eigenhändig zur Weitergabe anvertraut hatte.

Die schönste Belohnung aber empfing der mutige Vizesteuermann. Die alte Exzellenz rief ihn nämlich, nachdem Menzell und Schneeberger schon ihr Teil empfangen hatten, zu sich heran, übergab auch ihm dann den osmanischen Orden und fuhr fort: „Leutnant zur See Sarnekow! Seine Majestät hat Ihnen schon wiederholte Beweise Seiner Allerhöchsten Gnade gegeben. Er hat Sie heute zum Leutnant zur See befördert und weiter geruht, Sie für das nächste U-Boot, das die Reise aus der Nordsee nach dem Mittelmeer antritt, als Wachoffizier zu kommandieren!"

Dadurch war der Aufenthalt im alten Byzanz natürlich begrenzt, denn der Soldat hat alle Befehle unweigerlich und pünktlich auszuführen. Bald sah sich Leutnant zur See Erich Sarnekow unter der kundigen Führung des Edlen von Plaska Wiens Sehenswürdigkeiten an. Die Bewohner der prächtigen Kaiserstadt aber schienen die beiden stattlichen Seeleute, deren Brust trotz der frischen Züge von „Fräulein Milchmann" bereits mehrere sichtbare Zeichen außerordentlicher Tapferkeit zierten, den sehenswerten Merkwürdigkeiten zuzuzählen. Denn überall erregten sie

Aufmerksamkeit, so dass der Norddeutsche schließlich froh war, wieder im Zuge zu sitzen, der ihn der Heimat und dann neuen Heldentaten entgegenführen sollte.

Ratternd und fauchend eilte das Dampfross nordwärts und trug den jungen Seehelden schnell durch Mähren und Böhmen nach Sachsen hinein. In Dresden konnte der alte Mediziner seinem rückkehrenden Sohne den Gruß der Heimat bringen und mit dem ordengeschmückten Seemanne zusammen nach Berlin weiterfahren, wo sich Leutnant zur See Erich Sarnekow persönlich zu melden und neue Befehle entgegenzunehmen hatte. Damit er dies Wiedersehen auch schon im Offiziersrock feiern konnte, hatte Kapitänleutnant Bunkenhold seinen ehemaligen Zögling und jungen Kameraden mit einigen Uniformstücken ausrüsten können, die für ihn dort unten im Mittelmeer überflüssig geworden, neu aber so schnell in Konstantinopel nicht zu beschaffen waren. Die Dienstaufträge in Berlin wurden rasch erledigt, so dass doch noch einige Tage blieben, die alte Heimat aufzusuchen. Der Admiral selber hatte gerne die Erlaubnis dazu gegeben, nur bedauert, dass er die Ruhezeit nicht länger ausdehnen könne, weil U-Bootsoffiziere mit solchen Erfahrungen unentbehrlich seien! Diese Anerkennung möge dem Heimreisenden ein kleines Trostpflaster für die Kürze des Urlaubes sein. Seine Majestät habe die ganze Reise mit der größten Spannung verfolgt und würde sicher eilte persönliche Meldung befohlen haben, wenn den obersten Kriegsherrn nicht andere Pflichten augenblicklich zu weit aus Erichs direktem Kurse abgerufen hätten!

Die historische Entwicklung der (militärischen) U-Boote

Unterseeboote oder kurz U-Boote sind Wasserfahrzeuge, die sich selbstständig vollständig oder teilweise untergetaucht fortbewegen können. U-Boote werden zur Tiefseeforschung, für Bergungsoperationen oder für Reparaturen unter Wasser genutzt. Einige dienen auch als Transportmittel für Touristen bei Unterwasserbesichtigungstouren in Urlaubsregionen.

Die weitaus größte Anzahl von U-Booten der Vergangenheit und Gegenwart ist aber für den militärischen Einsatz entwickelt und eingesetzt worden und wird es noch immer.

Schon in der Antike befassten sich Forscher und Tüftler mit der Möglichkeit, sich unter Wasser fortzubewegen und diese Unterwassertransportmittel dann auch militärisch nutzen zu können. Leider sind die Beschreibungen der Konstruktionen bestenfalls lückenhaft und wurden oft mit mythologischen Darstellungen vermischt. Es ist aber bekannt, dass der vielseitige Universalgelehrte Leonardo da Vinci (* am 15. April 1452 in Anchiano bei Vinci in Italien; † am 2. Mai 1519 auf Schloss Clos Lucé, Amboise, Frankreich) nach der Lektüre antiker Schriften um 1515 selbst eine Zeichnung für die Konstruktion eines Tauchbootes erschuf.

1620 baute schließlich Cornelis Jacobszoon Drebbel (* 1572 in Alkmaar in den Niederlanden; † 7. November 1633 in London) eine Art Ruderboot, das mit Leder überzogen war, und einen Luftschorchel für die Sauerstoffversorgung besaß. Die Besatzung bestand aus 12 Ruderern; das Boot konnte mehrere Passagiere bei einer Tauchtiefe von 3,6 Meter mitführen. Obwohl der englische König Jakob I. einer erfolgreichen Vorführung beiwohnte, lehnte die Royal Navy dieses als Fahrendes Tauchboot bezeichnete Wasserfahrzeug ab.

1776 baute David Bushnell (* 30. August 1740 in Saybrook, Colony of Connecticut; † 1824 in Warrenton, Georgia, USA) das Versuchs-U-Boot Turtel. Als Antrieb dienten erstmals zwei mit Handkurbeln betriebene Schrauben. Das U-Boot sollte ermöglichen, sich unter Wasser feindlichen britischen Kriegsschiffen zu nähern und eine Sprengladung an ihrem Rumpf anzubringen.

Die Turtle wurde am 7. September 1776 im amerikanischen Unabhängigkeitskrieg eingesetzt. Der Angriff auf das britische Kriegsschiff HMS Eagle scheiterte jedoch.

Sebastian Wilhelm Valentin Bauer (* 23. Dezember 1822 in Dillingen an der Donau; † 20. Juni 1875 in München) verfolgte mit seinem 1850 in der Kieler Förde gebauten Brandtaucher einen ähnlichen Ansatz. Der Brandtaucher sollte unterhalb der Wasserlinie Schiffe, Brücken und Hafenanlagen angreifen, zerstören oder in Brand setzen. Als Vorbild für die Form wählte Bauer die Naturform eines Seehundes. Auch seine Konstruktion blieb erfolglos.

Schließlich gelang 1864 dem konföderierten Kleinst-U-Boot CSS Hunley im Amerikanischen Bürgerkrieg (Sezessionskrieg) die Versenkung eines Kriegsschiffes. Am 17. Februar 1864 griff die CSS Hunley die USS Housatonic an und versenkte sie. Durch die Explosion des Spierentorpedos (das war im Prinzip eine Sprengladung an einer langen Stange) gingen auch die CSS Hunley und ihre 8 Mann Besatzung verloren.

Erst gegen Ende des 19. Jahrhunderts begannen die Seestreitkräfte der führenden Nationen, sich im Zuge der Entwicklung neuer Technologien in Sachen Schiffsbau, Antriebstechnik und Waffentechnik mit der systematischen Entwicklung von Unterseebooten zur Seekriegsführung zu beschäftigen. Als erste moderne U-Boote kann man die französische Narval (Q 4) und die von John Philip Holland (irisch: Seán Ó Maolchalann; * 24. Februar 1841 in Liscannor, Irland; † 12. August 1914 in Newark, USA) für die US Navy gebaute USS Holland (SS-1) ansehen. Die Narval verfügte über einen kombinierten Verbrennungsdampfmaschinen/ Elektrohybridantrieb; die Holland dagegen über einen Petroleummotor.

Das deutsche Kaiserreich stellte im Jahr 1906 das erste U-Boot (SM U 1) in Dienst. Wurden die ersten vier U-Boote der Kaiserlichen Marine noch von Petroleummotoren angetrieben, so wurden ab SM U 5 Dieselantriebe verwendet.

Im 1. Weltkrieg wurden Unterseeboote dann zum ersten Mal in großer Zahl eingesetzt. Husarenstücke wie die Versenkung von drei britischen Panzerkreuzern am 21. September 1914 durch SM U 9 brachte der U-Boot-Waffe, besonders im Deutschen Reich, den Heldennimbus ein.

Die Hauptaufgabe der deutschen U-Boote im 1. Weltkrieg bestand allerdings in der Versenkung von Handelsschiffen, zumal die gewaltigen Großkampfschiffe der Entente bald durch kleinere Einheiten gut abgeschirmt wurden. Für die Versenkung von Handelsschiffen wurden primär die an Deck montierten Bordgeschütze verwendet. Manchmal ging auch eine Prisenmannschaft an Bord der Beute, um nützliche Versorgungsgüter zu konfiszieren und dann Sprengladungen am Rumpf anzubringen. Die teuren und störanfälligen Torpedos wurden eher selten eingesetzt.

Auch bewegten sich die U-Boote des 1. Weltkriegs zumeist über Wasser, da sie sich so schneller fortbewegen konnten als Unterwasser. Man ging in der Regel nur auf Tauchstation, um sich vor Geleitbooten und U-Boot-Jägern zu verstecken.

Nach der Niederlage im Herbst 1918 wurde, im Versailler Vertrag fixiert, Deutschland der Besitz von U-Booten verboten. Alle vorhandenen U-Boote mussten zerstört oder an die Siegermächte herausgegeben werden.

Weitere Informationen zur deutschen U-Boot-Waffe finden Sie auf unserer Website: https://www.ek2-publishing.com/de/u-boot-zentrale.html

Ihre Zufriedenheit ist unser Ziel!

Liebe Leser, liebe Leserinnen,

hat Ihnen unser Buch gefallen? Haben Sie Anmerkungen für uns? Kritik? Bitte zögern Sie nicht, uns zu schreiben. Wir werden jede Nachricht persönlich lesen und beantworten.

Schreiben Sie uns: info@ek2-publishing.com

Wussten Sie schon, dass Sie uns dabei unterstützen können, deutsche Militärliteratur sichtbarer zu machen? Bitte nehmen Sie sich einen Moment Zeit und bewerten Sie dieses Buch auf Amazon. Viele positive Rezensionen führen dazu, dass das Buch mehr Menschen angezeigt wird.

Sie können somit mit wenigen Minuten Zeitaufwand unserem kleinen Familienunternehmen einen großen Gefallen tun. Vielen Dank für Ihre Unterstützung!

PS: In seltenen Fällen kommt ein Buch beschädigt beim Kunden an. Bitte zögern Sie in diesem Fall nicht, uns zu kontaktieren. Selbstverständlich ersetzen wir Ihnen das Buch kostenlos.

Erich Sarnekow der U-Bootsheld, Dr. Franz Schulze
Erstmals erschienen im: Loewes Verlag Ferdinand Carl,
Stuttgart, 1916

———————

Vollständig überarbeitete Ausgabe. Ungekürzte Fassung.

Eine Veröffentlichung der EK-2 Publishing GmbH

Friedensstraße 12, 47228 Duisburg
Registergericht: Duisburg, Handelsregisternummer: HRB 30321
Geschäftsführerin: Monika Münstermann

info@ek2-publishing.com
Website: www.ek2-publishing.com

Entstanden in Zusammenarbeit mit dem Klarwelt Verlag

www.klarweltverlag.de

Cover: Kayla Pelgrim
Autor: Franz Schulze
Überarbeitung: Mario Auras
Korrektorat: Jill Marc Münstermann
Nachwort: Hartmut Schober und Jill Marc Münstermann

1. Auflage, Dezember 2022
ISBN Taschenbuch: 978-3-96403-259-1, ISBN Hardcover: 978-3-96403-260-7

Druckhinweis:
Libri Plureos GmbH
Friedensallee 273
22763 Hamburg